삶과 삶 사이로 떠나는 여행

영혼들의
시간

Translated from
LIFE BETWEEN LIVES:
HYPNOTHERAPY FOR SPIRITUAL REGRESSION

Copyright © 2004 Michael Newton, Ph.D.
Published by Llewellyn Publications
Woodbury, MN 55125 USA
www.llewellyn.com

Korean translation copyright © 2014 by Thoughts of a Tree
All rights reserved.
This edition published by arrangement with Llewellyn Publications through Shinwon Agency Co.

삶과 삶 사이로 떠나는 여행

영혼들의 시간

마이클 뉴턴 지음 | 박윤정 옮김

LIFE
BETWEEN
LIVES

나무생각

영혼퇴행으로 피술자들의 영혼에 다가가는 최면요법가들에게,
자기 영혼이 지나온 삶의 여정을 알고 싶어 하는 독자들에게
윤생 사이의 생으로 돌아가보는 이 최면요법 안내서를 바친다.

마이클 뉴턴은 상담심리학자이자 최면치유가다. 40여 년간 고등 교육기관에서 가르치는 일을 하기도 하고, 병원이나 여러 사회봉사 단체들과 손잡고 지역의 정신건강 센터나 영혼의 쇄신을 위한 기관에서 집단치료 디렉터로 일했다. 삶과 삶 사이의 신비를 풀어낸 선구적인 인물로 인정받고 있다.

베스트셀러로《영혼들의 여행》,《영혼들의 운명》(미국 도서 박람회 형이상학 분야 최우수 도서상),《영혼들의 기억》이 있으며, 이 책들은 30개국이 넘는 나라에서 번역 출간되었다.

마이클 뉴턴은 전국초개인적최면치료협회에서 '가장 독보적인 기여를 한 최면요법가에게 주는 상'을 수상했으며 국제적인 교육 활동에 대한 공을 인정받아 명예 기사 작위도 받았다.

또 LBL 최면요법을 가르치는 뉴턴 연구소를 설립했다. 뉴턴 연구소는 윤생 사이의 생으로 퇴행시키는 최면요법가를 전문적으로 훈련시키는 국제적인 학습기관이다. 그는 이 훈련 프로그램들을 지휘하는 데 많은 시간을 쏟아부었으며, 라디오와 텔레비전의 토크쇼, 대중을 상대로 한 강연 활동도 병행하였다. 삶에 대한 진지한 생각을 불러일으키는 강연자로도 국제적인 명성을 얻었다. 온라인 www.newtoninstitute.org에서 그를 만날 수 있다.

차례

5부 윤생 사이의 삶

6부 세션을 마감하며

추천하는 글

수년 전부터 마이클 뉴턴 박사는 전문 최면요법가들에게 윤생 사이의 영혼 상태로 돌아가는 영혼퇴행요법Life Between Lives을 포함해서 그가 연구한 최면요법을 가르치는 일을 감독하고 있다. 나는 운 좋게도 첫 번째 훈련 그룹에 들어가서 피술자를 윤생 사이의 영혼 상태로 인도하는 방법을 상세하게 배울 수 있었다.

원래 나는 전통적 심리치유가 훈련을 받았고, 건강심리를 전문으로 하는 최면요법가 교육도 받았다. 그러다 10년 전 뉴턴 박사의 감동적인 처녀작 《영혼들의 여행》을 우연히 접하고, 이후 그의 두 번째 책인 《영혼들의 운명》을 찾아 읽었다. 두 책 모두 윤생 사이의 영혼들이 존재하는 영역에 대해서 다루고 있다. 단순한 전생퇴행만으로는 이 영역에 도달할 수 없다. 나는 전문적 퇴행최면요법 분야와 모든 경문학metaphysical literature 분야를 통틀어 이제까지 출간된 책들 가운데 이 두 권의 책이 가장 중요하다고 느꼈다.

이 책들은 주관적인 사색의 결과물이 아니다. 그의 통찰은 7천 명이 넘는 피술자를 환생 이전의 영혼 상태로 인도한 경험에서 나온 것이었다. 나도 영혼퇴행을 직접 시술하면서 피술자가 영혼 상태에서 관찰하고 발견한 것들이 그들의 가치와 선택, 현재의 삶에 미치는 영향을 확인하고 놀라움을 금치 못했다.

8

뉴턴 박사는 현재 최면요법을 직접 시술하는 일에서 은퇴하고, 30년 넘게 영혼퇴행을 시술하면서 스스로 구축한 방법을 상세하게 기록으로 남기는 작업을 하고 있다. 다음 세대의 영혼퇴행요법가들이 올바른 지식을 습득해서 그의 획기적인 작업을 발전시켜 나갈 수 있도록 하기 위해서다.

이 책은 퇴행최면요법에 능숙한 전문 상담가나 자신의 작업을 발전시켜 피술자의 영혼까지 치유하려는 최면시술가들에게 소중한 자원이 될 것이다. 또 퇴행요법가가 아니더라도, 뉴턴 박사가 그의 책에서 보고한 놀라운 성과를 얻는 방법에 관심이 있거나 직접 영혼퇴행요법을 체험해 보고 싶은 독자들에게도 《영혼들의 시간Life Between Lives》은 선구적인 영혼 탐구자의 사고 과정과 방법을 알려주는 귀중한 자료가 될 것이다. 단순히 방법을 알려주는 지도서가 아니다. 이 책은 영혼, 그리고 환생한 인간으로 하여금 다차원적인 창조 작업에서 자신이 맡은 놀라운 역할과 창조 과정 자체의 경이에 대해서도 생각하게 한다.

아서 E. 로페이 박사

이 책은 수십 년 동안 계속해 온 나의 연구 결과들과 내세에 대한 영혼의 기억에 다가가도록 돕는 실제적 최면기법들을 설명하고 있다. 피술자를 초의식적인 최면 상태에 들어가도록 하고, 불멸의 영혼으로 존재할 때의 기억을 떠올리게 만드는 방법이 이 책의 핵심 내용이다. 누구나 자각력이 높아지면 "나는 누구인가?", "나는 왜 여기에 있는가?", "나는 어디에서 왔는가?" 등의 오래된 의문들에 대한 답을 스스로 발견할 수 있다.

근본적으로 이 책은 실제적이고 단계적인 '방법서'로, 피술자를 영계의 기억으로 인도하는 가장 효과적인 방법을 담고 있다. 최면치료 전문가들을 위한 유용한 참고서라 할 수 있다.

이 책에는 나의 전작 《영혼들의 여행Journey of Souls》(1994)과 《영혼들의 운명Destiny of Souls》(2000)에는 소개되지 않은 새로운 사례들도 실려 있다. 전작들을 읽은 독자라면 영계에 대한 심상을 이끌어내기 위해서 내가 피술자에게 던진 질문들과 새로 삽입한 사례들에도 흥미를 느낄 것이다.

두 권의 전작과 이 책은 내세에 대한 3부작이다. 이 3부작을 통해 독자들이 영혼퇴행의 과정을 더욱 깊이 이해하고, 노련한 최면 치료 전문가와 함께 윤생 사이로 떠나볼 용기를 낼 수 있다면 좋겠다.

본래 나는 전통적인 최면치유가였으나, 전생퇴행을 시술하기 시작한 후 윤생 사이의 생으로 퇴행하는 방법을 발견했다. 영혼퇴행을 수없이 인도한 후 은퇴가 가까워지면서 오랜 경험을 통해 성공적인 시술로 입증된 영혼퇴행요법을 다른 전문가들에게 가르쳐주어야 할 때임을 깨달았다.

그래서 1999년부터는 전문가들로 구성된 다양한 공인 최면학회와 함께 작업하기 시작했다. 이 협회들은 나에게 몇 시간짜리 영혼퇴행 워크숍을 진행해 달라고 요청했다. 그러나 누군가에게 영혼퇴행요법을 가르치려면 못해도 사나흘이 소요되는 것을 곧 깨닫게 되었다.

그러던 차에 전국초개인적최면치료협회NATH; National Association of Transpersonal Hypnotherapy로부터 훈련을 공동으로 감독해 주면 영혼퇴행만을 주제로 하는 학회를 열어주겠다는 제의를 받았다. 이렇게 해서 2001년 9월, 미국이 테러리스트들에게 공격당한 지 일주일이 지났을 때 영혼퇴행요법가 훈련을 위한 첫 번째 세계 학회가 버지니아 비치에서 열렸다. 영혼 탐구를 위한 새로운 최면 프로그램을 공부하기에 좋은 시기였다. 이 집중 코스는 40시간의 워크숍과 시범, 실제 최면 세션 지도로 구성되었고, 수준도 전생퇴행 연구를 훌쩍 뛰어넘는 것이었다. 전국초개인적최면치료학회의 선견지명과 지원 덕분에 이후에도 계속 학회를 열 수 있었다.

얼마 후 나는 오직 영혼퇴행요법의 발전만을 목적으로 하는 단체가 필요하다는 점을 깨달았다. 그래서 2002년에 여러 명의 헌신적인 LBL Life Between Lives, 죽은 후 새로운 몸으로 다시 태어나기 전 영혼으로만 존재함을 가리키는 말로. 이 영적 세계로 인도하는 것은 마이클 뉴턴의 대표적 최면요법이다—역자 주 요법가들의 도움으로 영혼퇴행협회Society for Spiritual Regression를 창립했다. 영혼퇴행협회의 주 구성원은 영혼퇴행의 실제와 연구를 발전시키는 데 헌신하는 공인받은 LBL 시술자들이다. 이 단체의 주요한 목적 가운데 하나는 국내외 피술자들에게 최면요법가를 추천하는 역할이다. 웹사이트 주소는 www.spiritualregression.org이다. 자신의 영혼에 대해 알고 싶은 사람은 꼭 LBL 훈련을 마친 검증받은 최면요법가를 추천받기 바란다.

현재 살고 있는 지역에 전문가가 없으면 먼 곳으로라도 찾아가야 한다. 충분히 그만한 노력을 기울일 만하다. 영혼의 기억을 되살려주는 일에 열정을 갖고, 피술자의 구체적인 요구에 섬세하게 반응하는 자격 있는 LBL 시술자를 찾는 것은 몹시 중요한 일이다.

영혼퇴행요법에는 전생퇴행과 LBL이 결합되어 있다. 그러므로 최면요법가는 형이상학에도 정통해야 한다. 그래야 카르마Karma, 업가 피술자의 현생에 미치는 영향을 심리적이고 역사적인 관점에서 분석할 수 있기 때문이다. 이런 맥락에서 피술자는 접수 면접을 통해 시술자가 노련한 최면요법가인지 아닌지를 스스로 확인해 봐야 한다.

이 책은 영혼퇴행의 기초들을 체계적으로 설명하고 있다. 하지만 나는 영혼퇴행을 하는 최면요법가들이 일련의 과정을 곧이곧대로 따르기를 바라지는 않는다. 실제로 이 책은 다른 방법으로 영계에 들어가 보려는 사람들에게도 유용할 수 있다. 또 최면요법가들은 자기만의 생각과 재능, 경험들을 LBL 요법에 적용한다. 이런 다양한 접근법이 영혼의 삶에 대한 지각을 더욱 높여줄 것이다.

나는 분명한 몇몇 문제들에 대해서는 조언을 하되, 지나치게 이론적으로 접근하기보다는 실제적인 차원에서 적용하기 위해 노력했다.
또 최면 방법과 관련된 개념적 틀을 가능한 한 단순하게 설명하기 위
해 최선을 다했다.

이 책을 통해 21세기에 무르익을 전 세계적인 움직임의 선두에서
자신을 새로이, 영적으로 통찰하길 바란다. 영혼퇴행의 다양한 활용
은 삶의 목적을 분명하게 이해하게 하고 우리를 더욱 행복하게 만들
어줄 것이다.

우리를 둘러싼 모든 것,
자신도 모르게 스쳐 보내는 모든 것,
느끼지도 못하고 접촉한 모든 것,
알아차리지도 못하고 부딪힌 모든 것은
우리에게 빠르고도 놀랍고도 설명할 수 없는 영향을 미친다.
– 기 드 모파상 –

1부

초기의
몇 가지 질문들

피술자의
믿음 체계 다루기

영혼퇴행과 관련된 최면요법을 상세하게 설명하기 전에 먼저 할 일은 영계에 대한 피술자의 궁금증을 다루는 법을 살펴보는 것이다. 영혼퇴행요법을 처음으로 접하는 피술자는 자신의 믿음 체계에 혼란을 느낄 수도 있다. 이럴 때 최면요법가가 피술자 개개인의 편견에 대응하는 방식이 중요하다. 이는 피술자가 다음 약속을 잡는 데에 결정적인 영향을 미치기 때문이다.

물론 최면요법가의 도움으로 영혼의 기억에 다가가고 싶어 하는 피술자는 대부분 자신의 신념에 따라 찾아왔을 것이다. 하지만 종교적인 가르침으로 인해 갈등을 겪거나, 윤생 사이의 삶으로 다가가는 최면요법의 메커니즘을 불신하는 피술자도 있다. 혹은 영계로 들어가기 위해 자신을 최면요법가에게 맡기는 일에 불안을 느끼는 피술자도 있다.

만약 접수 면접 단계의 피술자가 불안을 느끼고 있다면, 최면을 통해 영계로 들어갈 때는 열린 마음을 갖는 것이 유익하다는 사실을 설명해 준다. 또 피술자가 어떤 믿음 체계를 갖고 있든지 간에 무의식의 기억을 따라가다 보면 영계의 집을 볼 수 있으며, 이미 영혼퇴행을 체험한 다른 피술자들의 보고도 이와 일치한다고 말해준다.

의심 많은 사람은 이런 말이 피술자를 사전에 조건화conditioning 시키기 위한 술책이 아니냐고 반박하기도 한다. 그래도 나는 이 설명이 불안을 느끼는 피술자가 편안한 마음으로 최면을 받는 데 도움이 될 것이라 생각한다. 윤생 사이의 영계로 돌아가 보는 최면 세션을 수도 없이 진행해 봤기 때문이다.

피술자의 편견에 대응할 때 고려할 점이 또 한 가지 있다. 이미 출간된 나의 책들로 인해 영혼퇴행이 널리 알려졌다는 사실이다. 잠재적인 피술자 중에는 이 책들을 읽은 경험이 영향을 미칠 수도 있지 않느냐고 의문을 제기하는 이들도 있다. 하지만 나는 연구 결과를 책으로 발표하기 전까지는 피술자들에게 아무 말도 해주지 않았다. 물론 미리 언급을 했다고 가정해도 아무런 차이가 없다. 일단 피술자의 의식이 깊은 최면 상태에서 영계로 들어가면 피술자가 어떤 사상을 갖고 있든 내가 사전에 피술자에게 무슨 말을 해주었든 피술자는 이전의 다른 모든 피술자들과 유사한 보고를 할 것이다.

또 내게 훈련받은 LBL 시술자들의 말에 따르면, 나와 내 책을 전혀 알지 못하는 피술자 역시 영계에 대해서 일관된 보고를 했다고 한다. 어떤 언급도 없었는데 말이다. 차이가 있다면 선명하게 본 영혼의 행위와 흐릿하게 기억한 영혼의 행위가 서로 달랐을 뿐이다. 이 부분은 어떤 세션에서도 똑같은 결과가 나타나지 않는다. 불멸의 기억을 되살릴 때 피술자마다 특정한 에너지 양상이 존재하고, 존재마다 고유한 역사를 지니고 있기 때문이다.

엄격한 믿음 체계로 인해 형이상학에 의구심을 품고 있는 피술자는 내적으로 혼란스러워할 수 있다. 잠재적인 피술자가 이런 상태일 때는 원인부터 해결해 주어야 한다. 이런 피술자는 고차원적인 자기 자신을 알고 싶어서 최면요법가를 찾아왔으면서도 철학적인 의구심으로 인해 머뭇거린다. 이런 정신적 갈등의 저변에는 흔히 불행한 마음이 자리 잡고 있다.

이들은 불만이 가득한 시선으로 자신의 삶과 세상을 바라본다. 이들이 최면요법가를 찾아온 이유도 새로운 접근법으로 해결책을 찾아야만 하는 시점에 이르렀기 때문이다. 이런 상황에서 일차원적인 사고에 얽매이지 않는 치유가는 제약 없는 철학적 토론을 가능케 하는 공명판이 되어주는데, 이런 토론은 잠재적인 피술자에게 사색과 이해를 이끌어내고, 용기를 북돋아준다.

예를 들어보자. 기독교도의 비율이 높은 미국 사회에서는 다음처럼 말하는 피술자를 만날 수 있다. "천국이 어떤 곳인지 직접 경험해보고 싶어요. 하지만 선생님 같은 분을 찾아뵙는 게 죄짓는 일은 아닌지 걱정됩니다." 한편 같은 고민을 이렇게 표현하는 피술자도 있다. "내세가 있다고는 생각해요. 그런데 영혼퇴행 최면을 받으려면 꼭 환생을 믿어야 하나요?"

삶은 이미 결정되어 있으므로 자신의 운명을 통제할 수 없다는 믿음이 지배적인 문화권에서 자란 피술자도 만나보았다. 또 환생이나 운명에 대해서는 열린 생각을 갖고 있지만 성난 신이나 사악한 영혼, 사후에 떨어질지도 모르는 달갑지 않은 천상의 영역 등과 관련된 의식을 엄수하는 문화권의 피술자도 만나보았다.

물론 윤생 사이의 영계에 존재하는 영혼의 자아를 인정하지 않는 종교가 있다. 무신론자, 불가지론자들도 고차원적인 힘이나 우주의 웅대한 의도를 믿기 힘들 것이다. 그러나 앞서 말했듯이 어떤 선입견을 갖고 있든 간에 초의식적인 최면 상태에 들어가면 윤생 사이의 삶에 대해서 다른 피술자들과 유사한 보고를 할 것이다.

다양한 믿음 체계를 지닌 사람들이 최면요법가를 찾는 이유는 삶의 의미를 찾고 싶기 때문이다. 그들은 납득이 가능한 다른 종류의 영성을 구한다. 극단론자들과 그들의 과격한 교리를 제외한다면, 모든 종교는 연민과 박애, 사랑이라는 훌륭한 가르침을 이야기한다.

하지만 이런 가르침은 현대의 사고방식과 어울리지 않는 제도화된 교리로 인해 수세기 전부터 정체된 상태다. 세계에서 가장 규모가 큰 종교들도 대부분 변질되었다고 볼 수 있다. 개인과 신성의 영적인 교감이라는 핵심을 상당 부분 잃어버렸기 때문이다. 종교를 탄생시킨 것은 바로 이 영적 교감인데, 아이러니하다. 이런 변질은 사람들을 더욱 혼란에 빠뜨리고 있다.

역사학자 아널드 토인비는 인류의 모든 역사에서 영적인 모델로서의 호소력을 잃어버린 믿음 체계는 수정되거나 폐기 처분됐다고 주장했다. 우리는 혼돈의 세계에 살고 있다. 몇몇 사람은 우리 스스로 이런 혼돈을 자초했다고 생각한다. 우리를 창조한 근원Source을 탓하면서 모든 종교에서 고개를 돌려버리는 이들도 있다. 오랜 세월 최면치료를 하면서 나는 자신이 영적이라고 여기는 것에 대한 생각을 강요하는 매개자 없이, 스스로 개인적이고도 고유하며 새로운 영적 인식을 찾으려는 이들이 점점 많아지고 있음을 확인했다.

사람들은 누구나 자신과 사고방식이 다른 사람을 견뎌내지 못하는 성향이 있다. 영혼퇴행요법가들도 자신이 믿는 진리를 중요하게 생각한다. 이는 자연스러운 일이다. 하지만 이런 성향으로 인해 피술자의 생각을 명확하게 이해하지 못할 수도 있다. 영혼퇴행요법가는 자신의 가치관을 피술자에게 강요하지 않고, 피술자가 그의 존재를 이해하고 마음의 평화를 얻도록 도와주어야 한다.

피술자가 알아야 할 것은 모두 그의 의식 속에 있다. 그러므로 최면 요법가는 피술자가 가능한 한 기억을 되살리고 해석할 수 있게 도와 주어야 한다. 피술자가 자기 영혼의 삶에 대한 심상을 드러내는 데는 치유가의 이해와 긍정적인 치유 에너지가 매우 중요한 역할을 한다. 또 이것은 피술자의 진동하는 영혼 에너지가 두뇌의 리듬과 조응하도 록 돕기도 한다.

나는 피술자가 어떤 철학적 믿음 체계를 갖고 있건 우리가 불완전 한 세상에 사는 이유는 완전한 상태를 이해하기 위해서라고 설명한 다. 우리는 자유의지를 통한 개선과 변화를 위해 노력한다. 여기에서 내면의 지혜를 발견하는 것은 아주 중요하다. 다른 사람들이 오래전 에 만든 제도적인 교리들을 넘어서 자기만의 내적인 인식에 다다르지 못하면 오늘날 지구상에서 지혜로운 삶의 방식을 찾아낼 수 없기 때 문이다.

각각의 세대는 더욱 고차원적인 진실로 현재의 진실을 발전시킨 다. 우리만의 정체성을 표현하는 근저에는 인식의 발달과 예리한 자 각이 있다. 최면의 힘을 활용하는 영혼퇴행요법가들은 이제 치유를 위한 새로운 중재법을 갖게 되었다. 자신의 내면에 있는 신성한 빛을 보고 피술자가 진정한 자기를 발견하게 도움으로써 인류의 궁극적인 깨달음에 크게 기여하게 된 것이다.

2부

영혼퇴행을 위한
준비

영혼퇴행요법가가
갖추어야 할 요건

언젠가 워크숍에서 피술자를 윤생 사이의 삶으로 인도할 때 어떤 노력이 필요한지를 이야기한 적이 있다. 첫 번째 휴식 시간에 어느 최면요법가가 다가와서 말했다. "워크숍을 열어주셔서 감사합니다. 하지만 저는 그만 가야 할 것 같아요. 이 일이 제게는 너무 버겁다는 걸 깨달았거든요. 저는 제 분야에서 최면시술을 훌륭하게 하고 있어요. 그런데 영혼퇴행에 대해서는 아직 감당할 준비가 안 돼 있어요." 나는 이 정직한 사람에게 나중이 아니라 지금 이런 문제를 인식해서 다행이라고 말해주었다.

한 번에 여러 개의 공으로 묘기를 펼치면서 쉼 없이 서너 시간이나 강도 높은 작업을 병행하는 것은 확실히 힘겨운 일이다. 최면요법가는 피술자의 불멸의 영혼과 관계하면서 동시에 피술자 두뇌의 정신작용과도 씨름해야 한다. 이 두 자아의 통합에 실패하면 갈등이 일어날 수도 있기 때문이다.

LBL 최면요법가는 영혼의 오랜 기억의 조각들을 되찾고 조정해주면서 피술자의 이원화된 의식과 싸워야 한다. 그래야 피술자가 편안하게 다음 단계로 나아갈 수 있다. 이를 위해 최면요법가는 영계의 지형을 탐험하는 피술자의 정신적 여정을 끊임없이 따라잡아야 한다. 이런 작업을 매핑mapping이라고 한다.

피술자의 동기나 두려움, 자아상, 기대를 결정짓는 것은 피술자의 신체적, 정서적, 정신적인 구조다. 그리고 이 기질적인 요소들에 영향을 미치는 것은 '나임을 말해주는 영혼의 신호들', 즉 통찰력, 직관, 상상력 같은 것들이다.

피술자는 자신의 영혼의 삶에 대해 이야기할 때 현재의 몸을 통해 정보들을 전달한다. 이런 상황은 피술자에게 혼란과 고통을 불러일으킬 수 있다. 내세의 이야기가 피술자의 의식 속에서 펼쳐질 때, 피술자가 영혼의 진정한 모습을 직면하는 태도는 내세에 대한 피술자 개인의 초월적 시각에 영향을 미친다.

최면요법가는 피술자가 전생에 다른 몸으로 겪었던 여러 가지 카르마적 경험들에도 집중해야 한다. 그래야 어떤 원인과 결과의 양식이 피술자의 현생에 영향을 미치는지를 찾아낼 수 있다. LBL 요법을 시술하다 보면, 영계를 다리 삼아 한 생에서 다음 생으로 옮겨가는 사이에 시술자의 전생퇴행 기술도 크게 향상된다. 최면요법가는 피술자의 전생들과 영혼 상태의 경험, 현재의 삶을 오가는 동안 관용적인 최면기법과 권위적인 최면기법을 번갈아 사용할 줄 알아야 한다. 일반적으로 피술자의 태도가 전생과 영계에서 다르게 나타나기 때문에 피술자의 수용적인 태도에 많은 것이 달려 있다. 영혼퇴행요법가는 자신이 떠올린 모든 심상에 초점을 맞추어 이를 다스릴 수 있도록 피술자를 도와야 한다. 그래야 피술자가 세션을 통해 자신의 영혼을 진정으로 이해하고 삶의 목적을 파악할 수 있다. 물론 이런 결과를 얻어내는 것은 힘든 일이며, 기술과 끈기를 필요로 한다.

영혼퇴행요법가는 개인적인 집착에 휘말리지 않아야 한다. 하지만 피술자가 현재의 몸을 갖게 된 이유나 안내자와 스승들에게 들은 말의 의미를 힘들게 이야기할 때 피술자에게 연민을 느끼지 않거나 공감하지 못한다면 지나치게 냉정한 치유가라고 할 수 있다. 의욕적이고 동정심이 있는 치유가는 시술을 하는 중에 완전히 냉담한 태도를 유지하기 힘들다. 나도 힘들게 세션을 끝내면 에너지가 고갈된다. 이럴 때는 산에 오르거나 힘든 운동을 하며 머릿속을 비우는 것도 많은 도움이 된다.

훈련과
경험의 중요성

　내가 가르치는 LBL 훈련반에는 자격증을 가진 치유가와 검증받은 최면 전문가들이 섞여 있다. 일반적으로 영혼퇴행요법가가 되려면 많은 시간 기본 훈련과 고급 최면치유 훈련을 받아야 한다. 또 수년간의 개인 시술 경험도 필요하고, 전생퇴행 경험이 있는 것도 큰 도움이 된다. 물론 전문적인 심리학자나 심리치유가, 상담 자격증을 가진 사람만이 노련한 최면치유가가 될 수 있는 것은 아니다. 하지만 고통스러워하는 피술자를 시술할 때 상담 분야의 배경지식은 매우 유용하다.

　치유가는 윤리적으로 자신의 능력과 전문가로서의 자격 수준을 자각하고 있어야 하며, 자신이 훈련받지 않은 영역의 방법은 사용하지 말아야 한다. 특히 피술자가 진정한 자기의 영혼을 보도록 도와주는 영혼퇴행요법가들에게는 학술적인 교육과 전문가로서의 경험이 많을수록 좋다.

　자기 인식은 LBL 시술자에도 중요한 문제다. 치유가가 피술자에게 미치는 영향이 치유가의 자기 인식과 직접적으로 연관되어 있기 때문이다. 치유가의 직관이나 동기, 통합성도 치유가의 에너지에 영향을 미친다.

　나는 도교 철학을 대단히 존중한다. 도교 철학에서는 의식이 무의식의 자연스러운 에너지를 방해하지 않을 때 영감이 일어난다고 한다. 어느 면에서 우리의 우주적인 에너지는 몸을 조화롭고 투명하게 만들어준다. 그러므로 내면에 분명한 집중점을 갖고 있으면 더욱 훌륭한 치유가가 될 수 있다.

최고의 영혼퇴행요법가에게는 의식적인 추론을 거치지 않고도 무언가를 알 수 있는 인식 능력이 있다. 이런 최면요법가는 피술자를 시술하면서 적절한 순간에 상황을 인식하는 능력을 사용한다. LBL 요법을 시술하는 동안 최면요법가와 피술자는 선택이나 문제해결 같은 행동과 관련된 영역에서 각각의 안내자로부터 도움을 받을 수 있기 때문에 최면요법가가 이런 순간을 바로 인식할 수 있어야 한다.

영계의 경험을 설명해 주는 (물질계의 방식으로 정의할 수 없는) 상징들은 훈련을 통해 충분히 인식하고 분석할 수 있다. 이것은 피술자가 떠올린 영계의 사건과 연관된 지상의 무언가를 상징할 수 있다.

솔직히 세션을 하다 보면 텔레파시를 사용할 수 있을 것 같은 순간이 있다. 그러나 의식적으로 차단시키지 않으면 이 순간적 느낌은 오히려 장애가 될 수 있다. 피술자가 나의 생각을 알아차릴 수도 있기 때문이다.

매일 명상을 하고 호흡을 다스리는 훈련은 LBL 시술에 도움이 된다. 요가에서 프라나Prana는 호흡을 통해 우리 안에서 드러나는 에너지 혹은 생명력을 가리킨다. 나는 때때로 세션 중에 호흡을 조절하는데, 이는 정신을 더욱 고차원적인 상태의 의식 속으로 확장시키기 위해서다. 또 주변에서 느껴지는 영적인 힘들에 더욱 열린 태도를 취하기 위해서 스스로 가벼운 몰아 상태에 들어가기도 한다.

프라나는 숨 자체도, 호흡에 필요한 산소도 아니다. 호흡과 연관된 에너지다. 이 점을 반드시 이해해야 한다. 프라나는 우주적인 생명력으로, 모든 살아 있는 존재의 에너지와 연결되어 있다. 피술자가 나나 안내자에게 도움을 구할 때 내가 피술자의 마음에 다가갈 수 있는 에너지 통로도 훈련을 통해 찾을 수 있었다. 먼저 나의 마음을 열고 인도를 구하는 것이다. 이렇게 정보를 받아들이되 이를 내보내지는 않으려고 노력한다. 내가 피술자에게 보내는 것은 주로 확신과 안도의 메시지다.

훌륭한 치유가가 되는 열쇠는 듣는 데 있다. 또 다른 열쇠는 은유적인 상징들을 치유가가 해석해 주기 전에 피술자가 먼저 자신의 경험을 토대로 해석하게 만드는 것이다. 듣기와 질문 사이에서 미묘한 균형을 유지해야 한다. 하지만 말해야 할 때와 침묵해야 할 때를 파악하는 법을 가르치거나 배우기는 쉽지 않다.

LBL 시술에서 최면요법가는 자신이 떠올린 것을 시간을 들여 스스로 분석하고 이해하도록 피술자를 부드럽게 도와주어야 할 때를 파악해야 한다. 그러기 위해서는 교육과 병행해서 실습도 이루어져야 한다. 이런 훈련과 창조력이 최면요법가의 직관력을 향상시켜 준다.

적절한
세션 횟수와 시간

나의 저서들이 출간된 후 많은 최면요법가들이 내게 영혼퇴행에 대해서 물었다. 그들은 보통 전생퇴행에 어느 정도 능숙해지면 윤생 사이의 영혼의 상태로 퇴행하는 작업을 시작하는 것이 자연스러운 순서라고 생각하는 것 같았다. 하지만 이는 틀린 생각이다.

대부분의 전생퇴행요법가들은 피술자를 하나의 전생에서 다음 전생으로 건너뛰게 하는 역할만 한다. 또 어떤 이들은 여전히 윤생 사이의 시간을 아무런 의미도 없는 흐릿한 중간 상태로 여긴다. 이는《티베트 사자의 서 The Tibetan Book of The Dead》라는 책에 있는 "바르도 상태에서 환생까지의 시간은 최대 7주가 걸린다"는 구절에 영향을 받은 것 같다. 물론 지금은 이런 생각도 점차 바뀌고 있다.

출간된 저서의 서문들에서 이미 밝혔듯이 대부분의 피술자들이 자연스럽게 받아들이는 것처럼 보이는 영계로의 진입 경로를 밝히는 데는 오랜 시간이 걸렸다. 최초의 영혼퇴행 피술자가 영계의 문을 열어 보인 후, 나는 수많은 사례를 통해 영계의 지도를 그려나갔다. 그 결과로 지금과 같은 영혼퇴행 과정을 편안히 적용하게 된 것이다. 하지만 수많은 사례를 경험한 지금도 영계의 모습을 표면적으로밖에 살피지 못했다는 생각이 든다.

새로운 LBL 시술자들은 각자 효과적인 방식을 찾는다. 피술자를 잠재의식에서 초의식 상태로 부드럽게 인도해서 영계의 집을 방문하고, 개개의 영혼이 지닌 불멸의 기억을 떠올리게 만드는 데 가장 효과적인 방식은 최면요법가 스스로가 확인하게 될 것이다. 새로운 LBL 기술을 실제 과정에 적용하는 방식도 최면요법가가 스스로 실험해 봐야 할 몫이다.

많은 전생퇴행요법가들이 이런 질문을 한다. "제가 뭘 잘못하고 있는 걸까요? 제 피술자는 왜 윤생 사이의 영혼의 상태로 들어가지 못하는 걸까요?" 우선 나는 이렇게 묻는다. "세션 시간이 얼마나 됩니까?" "아시다시피 보통 45분에서 1시간가량 진행합니다." 이런 대답을 들으면, 나는 방법을 묻지도 않고 그것이 하나의 원인이라고 말해 준다. LBL 요법을 시술하려면 한 번에 서너 시간은 들여야 한다. 몇몇 사람은 반문한다. "그러면 하루에 피술자를 한두 명밖에 만날 수 없는데 찾아오는 피술자를 어떻게 다 감당하죠?"

나는 일주일에 하루 이틀만 영혼퇴행에 집중할 마음이 없으면 영혼퇴행요법을 시술할 생각은 하지 않는 것이 좋다고 조심스럽게 말해 준다. 이는 심신의 소진을 막기 위해서다. 하지만 이미 밝혔듯이 영혼퇴행요법의 효과에 매료돼서 LBL 피술자만 받던 몇 년 전에는 나도 이렇게 하지 못했다.

내게 훈련받은 LBL 시술자들 가운데도 이런 사람들이 몇몇 있었는데, 그들의 에너지가 스스로를 지탱해 주길 바랄 뿐이다. 하지만 솔직히 이 작업이 에너지를 너무 소진시키기 때문에 하루에 피술자를 한명 이상 만나는 것은 어리석은 일이라고 생각한다.

그럼 피술자 한 명당 세션은 몇 번이나 갖는 것이 좋을까? 다른 LBL 시술자들을 교육하여 양성하기 전에는 전 세계 각지에서 피술자들이 나를 찾아왔고, 그때는 피술자 한 명당 하루밖에 시간을 낼 수 없었다. 일반인들의 세션 요청이 쇄도하기 전 몇 년 동안 나는 LBL 피술자 한 명당 보통 세 번의 세션을 가졌다. 그리고 각각의 세션은 다음과 같이 이전의 세션을 기초로 했다.

1. 초기 면접을 한 뒤 약 30분간의 가벼운 최면 세션을 통해 피술자의 최면 감수성을 평가한다. 피술자의 최면 수준이 흡족하지 않게 나타나면, 피술자와 별개의 훈련 세션을 갖는다.
2. 일반적으로 두 번째 세션에서는 피술자를 어린 시절과 어머니의 자궁에 있던 시절, 가장 최근의 전생으로 인도한다. 하지만 죽음의 순간으로 퇴행하거나 영계로 진입하지는 않는다.
3. 장시간의 마지막 LBL 세션에서는 피술자를 이전 세션에서 살펴본 전생의 마지막 시기로 신속하게 퇴행시킨다. 그리고 피술자가 시각의 연속성을 유지할 수 있게 죽음의 장면을 지나 영계로 들어간다. 단, 피술자가 떠올린 영혼의 기억을 하나 이상의 조각으로 쪼개지 않도록 노력한다.

영혼퇴행을 할 때 피술자가 세션 내용을 녹음하고 싶어 할 수도 있다. 이 경우에는 세션 중에 테이프리코더가 고장 날지도 모르므로 두 대의 테이프리코더를 사용하는 것이 좋다. 또 피술자의 마스터테이프에 문제가 생길 경우를 대비해서 백업 파일을 하나 보관해 둔다. 최면 상태에서는 흔히 작게 말하는 경향이 있으므로 고품질의 마이크를 쓰는 것이 필수다.

녹음은 최면을 유도한 직후 피술자가 전생을 기억하기 시작한 시점이나 죽음의 장면이 지난 다음에 시작한다. 나는 죽음의 장면이 지난 직후에 녹음을 시작한다. 그렇게 하면 압축된 전생을 요약한 뒤 테이프 전체에 피술자의 영혼의 삶을 담을 수 있다.

접수
면접

첫 만남에서는 피술자가 자신의 목적을 분명히 밝혀 내세를 충실하게 경험할 수 있도록 해야 한다. 최면요법가가 어떤 체계적인 방법을 사용할지 피술자에게 미리 알려주어야 세션이 효과적으로 이루어질 수 있다. 이렇게 미리 알려줘도 LBL 요법의 신비와 경외감은 전혀 사라지지 않는다. 나는 피술자에게 이제부터 둘이 협력해서 영계로 여행을 떠날 것이라고 말한다.

물론 피술자의 배경, 특히 과거에 최면을 받아본 경험이 있는지를 살펴보는 것도 중요하다. LBL 시술자를 찾아온 피술자들은 대개 다른 지역에 사는 사람들일 것이다. 만약 피술자가 예전의 최면 경험이 기대에 못 미쳤거나 불만족스러웠다고 말하면 상황을 설명해 달라고 부탁한다. 어떤 식으로든 피술자가 최면을 꺼리는 마음을 가지고 있으면 즉각 이 문제를 해결해야 한다. 그렇지 않으면 피술자의 자기방해self-sabotage에 직면할 수도 있다.

나는 새로 온 피술자가 멀리 떨어진 곳에 살고 최면을 경험해 본 적이 없으면 피술자가 사는 지역의 최면요법가를 찾아가서 짧은 세션을 한번 받아보라고 권한다. 피술자가 최면 상태에 들어갈 수 있는지를 확인하기 위해서다. 이렇게 하면 시간과 돈을 아낄 수 있다. 몇몇은 이렇게 최면을 받아본 다음에 목적이 분명해져서 다시 찾아올 것이다.

나를 찾아오는 피술자들 가운데서 최면 경험이 있는 사람들은 대개 이렇게 묻는다. "예전에 최면을 받았을 때는 진짜로 잠이 든 것 같지 않았어요. 왜 그런 거죠?" 이들은 잠들면 질문에 답할 수 없으므로 최면 상태에서 진짜로 잠이 들면 안 된다는 말을 들은 적이 없는 것이다. 이들은 최면 상태에서 나타나는 의식의 변형 상태와 델타 수면의 차이에 대해서도 들어본 적이 없다. 이는 최면 상태에 대한 지극히 기본적인 사실인데도 말이다.

그래서 나는 피술자들에게 최면의 자연스러운 상태에 대해 일일이 설명해 주고, 그들을 얼마나 깊은 최면 상태로 인도할지도 알려준다. 윤생 사이의 삶으로 들어가는 최면에서는 이런 설명이 특히 더 필요하다. 최면을 받아본 피술자에게도 LBL은 최면의 깊이 면에서 새로운 경험이 될 것이기 때문이다.

나는 피술자들에게 최면의 무의식적인 과정도 충분히 설명한다. 하지만 임상학적인 문제들까지 세세하게 설명하면서 지나치게 부담을 안기지는 않는다. 최면에 대한 전문 지식을 너무 자세히 말해주면 세션 초기에 자신이 들어가야 할 단계들에 대한 선입견을 가질 수도 있기 때문이다. 하지만 최면을 시작하기 전에 적당한 깊이의 최면에 이르기 위한 준비로 신체의 이완과 시각화 훈련에 많은 시간을 할애하는 이유는 꼭 설명한다. 의식의 변형 상태와 관련해서 나는 피술자들에게 기본적으로 다음과 같은 설명을 해준다.

1. 베타 상태는 의식이 완전히 깨어 있는 상태다.
2. 알파 상태에서는 가벼운 최면 상태와 중간 최면 상태, 더욱 깊은

최면 상태에 들어갈 수 있다.

    a. 가벼운 최면 상태는 일반적으로 명상을 할 때 들어가는 상태와 동일하다.

    b. 중간 최면 상태에서는 대부분의 사람들이 어린 시절의 기억과 과거의 상처를 기억해 낸다. 이 상태를 금연이나 체중 증감 같은 행동 교정에 활용할 수 있다.

    c. 깊은 알파 상태에서는 전생을 기억한다.

3. 세타 상태는 의식을 잃기 직전의 상태와 유사한 깊은 최면 상태인데, 이 상태에서는 윤생 사이의 영혼의 활동을 드러내주는 초의식의 영역이 열린다.

4. 델타 상태는 마지막의 깊은 수면 상태다.

이것을 요약적으로 설명한 다음에는 우리가 밤이 되면 자연스럽게 잠들 때마다 이 모든 과정을 경험하고, 다음 날 아침이 되면 이 과정을 반대로 겪는다는 사실도 알려준다. 하지만 이 상태들이 두뇌의 서로 다른 영역에서 동시에 작용해 언어적 반응을 촉진시키기도 한다는 사실은 말해주지 않는다. 상황을 복잡하게 만들 수도 있기 때문이다. 마찬가지로 뇌파의 변동에 대한 상세한 설명도 피하는 것이 좋다. 알파파와 세타파가 깊어질수록 영혼의 기억을 노출시키는 에너지의 파동이 더욱 크고 분명하게 나타난다는 사실이 흥미롭긴 하지만 말이다.

나는 피술자가 최면을 '초자연적'이거나 '신비로운' 것으로 생각할 경우 느낄 수도 있는 불안을 덜어주기 위해 최면 상태에서 일어나는 의식의 변형을 가벼운 이야기 형식으로 간단하게 설명한다. 이야기 형식의 간접적인 설명이 불안을 더는 데 도움이 되기 때문이다.

최면 효과를 위해서 최면 과정을 신비로운 것으로 오해하게 내버려두는 최면치유가도 있다. 하지만 이미 말했듯이 나는 LBL 피술자가 영혼퇴행 작업을 협력적인 과정으로 느끼기를 바란다. 피술자가 최면 과정을 알고 LBL 세션에 필요한 최면의 깊이를 스스로 통제할 수 있음을 받아들일 때, 긴 최면 과정이 진행되는 동안 피술자의 참여를 보다 적극적으로 이끌어낼 수 있다.

영혼퇴행을 진행하는 경우에는 접수 면접을 통해 앞으로 경험할 영혼의 여정을 개념적으로 설명하면서 피술자와 높은 신뢰 관계를 구축하는 것이 특히 중요하다. 최면요법가는 접수 면접을 통해 피술자가 삶의 여정에서 어느 지점에 있는지를 관찰하고, 피술자는 최면요법가의 지식과 자신감, 감수성, 지각력을 평가한다. 전생퇴행을 경험한 피술자도 영혼퇴행의 경험은 훨씬 강렬하게 여길 것이다. 영혼퇴행은 피술자의 불멸성과 관계가 있기 때문이다.

나는 접수 면접을 할 때 자기발견에 대한 피술자의 두려움을 덜어주기 위해 노력한다. 영혼퇴행을 경험한 많은 사람들이 자기발견을 통해 위안과 힘을 얻은 사례도 말해준다. 나는 피술자들이 모종의 강렬한 정서적 장면들을 경험할지도 모른다는 가능성을 너무 심각하게 받아들이지 않았으면 좋겠다. 어느 세션에서나 정서적 장애물에 부딪히는 순간이 있기 때문이다. 피술자는 자신의 본래 모습과 자신이 저지른 실수, 진화의 정도를 발견하는 단계에서 강렬한 순간을 경험할 수 있다.

물론 이런 순간이 피술자를 의기소침하게 만들기도 한다. 하지만 세션이 진행될수록 이런 경험이 피술자에게 더욱 많은 깨우침을 선사한다. 즉, 피술자가 실수를 저지르는 것도 성장의 한 부분임을 깨닫는 것이다.

피술자는 영계에서 연민과 용서, 사랑이 자신을 에워싸고 있음을 인식하게 되면서 존재의 평온함을 경험한다. 이런 경험은 피술자에게 커다란 위안과 힘을 준다. 그래서 나중에 최면요법가가 최면 후 암시 post-hypnotic suggestion를 주면, 피술자는 영계의 아름다운 모습을 의식적으로 기억해 내고 현재의 삶에 새로운 희망을 품은 채로 시술실을 나선다.

접수 면접을 할 때 나는 피술자를 편안하게 영혼의 고향으로 인도해 줄 것이라고 말한다. 정신적으로 내세와 연결되어 있는 동안 피술자는 물질계의 소용돌이에서 벗어나 일시적으로 자유로워짐을 느낀다. 그래서 어떤 피술자는 영혼퇴행이 끝나도 최면에서 깨어나지 않으려 한다. 이런 피술자를 위해서는 영계로의 여행은 자신에 대한 영화를 보는 것과 같다고 설명해 준다.

어두운 영화관에 들어가서 줄거리도 모르는 이야기를 관람하다 보면 한 장면 한 장면이 아주 느리게 전개되는 것처럼 여겨진다. 하지만 나중에 영화의 줄거리를 알고 나서 다시 관람하면, 모든 장면이 처음보다 훨씬 빠르게 흘러가는 것처럼 보인다. 영사기사가 필름을 빠르게 돌리기라도 하는 것처럼 말이다. 이는 피술자가 곧 영화의 일부가 되어서 줄거리에 푹 빠져들었기 때문이다.

세션을 시작하기 전에 피술자와 갖는 대화는 무척 중요하다. 이 대화는 피술자가 LBL 과정을 가능한 한 편안히 받아들일 수 있게 돕는다. 하지만 최면의 성공을 좌우하는 것은 피술자의 강한 동기나 의지가 아니라는 것을 기억해야 한다. 아무리 강력한 욕망을 갖고 있다 하더라도 최면 감수성이 떨어지는 피술자는 수용력이 높은 피술자만큼 깊은 최면 상태에 들어가지 못한다. 최면요법가는 이 점을 꼭 명심해야 한다.

피술자의
선입견을 다루는 법

피술자의 믿음 체계를 떠받치는 신념에서 비롯된 선입견에 대해서
는 1부에서 이미 이야기했다. 하지만 최면요법가가 풀어줘야 할 요소
가 또 있다. 이 요소들이 열린 마음으로 세션에 참여하는 것을 방해하
기 때문이다. 이 작업 역시 접수 면접 시간에 해야 한다.

나를 만나기 전에 심령술사나 점성술사, 치유가, 채널러channeler, 영
매 등을 만나서 자신의 진화 상태나 영계에서의 위치, 영혼의 친구,
안내자 등에 대해 들은 적이 있다는 피술자들이 종종 있다. 물론 이런
분야는 나의 전문 분야가 아니다. 그러므로 나는 각 분야의 인식의 원
천을 폄훼하지 않으려고 애쓴다.

하지만 피술자가 이런 사전 지식들로 인해 편견을 가질 수도 있다
는 사실을 기억해야 한다. 초의식 상태에 들어가면 어떤 지식이 부정
확했는지에 대해서 대부분의 피술자들이 알게 된다. 최면요법가가
그렇듯 영혼의 의사 가운데도 훌륭한 사람들이 있지만 그렇지 않은
이들도 있다. 그 차이는 자신의 의식으로 영계를 보면서 피술자 스스
로가 파악해 나갈 것이다.

앞에서 언급한 것처럼 나의 책들을 읽고 영적인 편견에 사로잡힌
피술자도 있다. 한 가지 전형적인 예를 살펴보겠다.

뉴턴 박사님, 제가 파란빛을 띠는 6단계의 영혼이라는 것을 아시게 될 거

예요. 저는 알아요(혹은 들었어요). 저는 곧 영계의 스승이 될 거예요. 이번이 지구에서의 마지막 생이거든요.

물론 이런 주장도 존중해 주어야 한다. 하지만 솔직히 말하면 이런 주장은 대개 겸양이 부족한 피술자의 바람에 불과하다. 그런가 하면 내 책들을 읽고 나서 자신이 하급 영혼이라는 느낌이 들었다고 말하는 피술자도 있다. 이런 겸손한 주장도 사실과 동떨어지기는 마찬가지다.

내가 가진 편견을 확인시켜 준 사례들도 있다. 캘리포니아 주 데스밸리 근처의 황량한 십자로에 있는 화물트럭 휴게소에서 웨이트리스로 일하던 해리엇이 그 경우였다. 그녀는 지저분하게 구겨진 체크무늬 드레스 차림에 낡은 구형 자동차를 타고 내 사무실에 찾아왔다. 격식에 얽매이지 않는 가식 없는 태도에 나는 무의식적으로 충격을 받았다. 하지만 그녀와 포옹하는 순간, 그녀가 지닌 내면의 에너지에 순식간에 사로잡히고 말았다. 그녀는 내가 만난 영혼들 가운데서 가장 고차원적으로 진화된 영혼 중 한 명이었다.

해리엇은 오래전 황량한 세계에서 처음으로 육체를 받아 태어난 혼성 영혼hybrid soul이었다. 그곳에 사는 존재들은 다른 존재의 마음속으로 들어가는 모종의 정신적 전이를 통해 인격을 바꾸는 훈련을 했다. 그녀는 화물트럭 휴게소에서 커피를 팔면서 한밤중에 도로를 달리는 지치고 우울한 운전자들에게 따뜻한 위로의 말을 건넸다. 사실 해리엇이 나를 찾아온 이유는 전국으로 방송되는 저녁 라디오 쇼에서 내 이야기를 듣고 나서, 나의 영적인 탐구를 도와주기 위해서였다.

반대로 큰 기대를 안고 찾아온 앤디라는 청년도 기억난다. 최면퇴행 자체를 부정하는 사람들 중에는 피술자가 미리 어떤 생각을 품고 세션에 참여할 경우, 최면 상태에 들어가서도 자신의 믿음 체계를 뒷받침할 환상적인 장면을 정교하게 꾸며낸다고 주장하는 이들이 있다. 앤디의 사례는 허울만 그럴듯한 이런 주장을 논박할 수 있는 좋은 예다.

앤디는 내가 나이 어린 피술자와의 작업을 중단하기 전에 만난 청년이었다. 통찰력 있는 그의 어머니가 스물한 번째 생일선물로 나를 만나게 한 것이다. 큰 키에 건강한 체격의 앤디는 반바지에 플립플롭 쪼리을 신고 사무실로 들어왔다. 건방져 보일 수도 있을 만큼 쾌활하고 자신감이 넘쳤다. "의사 선생님, 안녕하세요? 준비됐으니 바로 시작하죠." 그가 큰 목소리로 말했다. 가장 먼저 경험할 최근의 전생을 포함해서 앞으로 경험할 최면 과정이 어떻게 전개되는지를 설명해 주자, 앤디는 점점 성급해졌다. 그는 현재의 자신이 학교에서 인기가 아주 많으므로 지난 전생에서도 많은 사람들에게 강력한 영향력을 휘두르면서 살았을 것이라고 확신했다.

그런데 세션 중에 그의 전생에서 가장 중요한 순간으로 돌아가 보라고 하자 앤디의 얼굴에 돌연 먹구름이 끼었다. 그는 의자에 앉은 채 몸을 비틀어대면서 낮고 불길한 목소리로 소리쳤다.

앤디 : 아, 안 돼요!

뉴턴 박사 : 뭐가 보이는지 설명해 주세요.

앤디 : 아, 이럴 수가……. 안 돼! 이건 내가 아냐. 정말 아냐. 내가

아니라고! 절대 내가 아냐! 절대 받아들일 수 없어…….

뉴턴 박사 : 진정하세요. 지금은 너무 많이 분석하지 말고 그냥 그 장면을 받아들이세요.

앤디 : (체념한 듯) 제가 맞아요…….

뉴턴 박사 : 당신은 누구인가요? 어떤 모습을 하고 있는지부터 말해보세요. 그리고 어디에 있는지도 이야기해주세요.

앤디 : (분노에 찬 목소리로) 저는 떠돌이 흑인 일꾼이에요. 긴 철로를 따라 걷고 있네요. 이런…… 너무 지저분하고…… 굶주려 있어요……. 제 이름은 오티스예요. 찢어지고 바랜 플란넬 셔츠에 낡고 해진 가죽 신발, 더러운 갈색 코트, 바지를 입고 있어요……. 기침도 많이 하고요.

질문을 계속해 보니 오티스는 1934년 조지아 주의 시골에 사는 가난한 소작농이었다. 마흔다섯 살의 그는 이날 밤에 죽을 운명이었다.

영계로 들어간 후 우리는 앤디가 다른 여러 생애 동안 오만하게 살았으며, 사람들을 학대했다는 사실을 발견했다. 이로 인해 앤디는 오티스로서 겸허한 삶을 살아야만 했다. 세션이 끝날 무렵 앤디와 나는 그가 현생에서 타인을 대하는 태도와 타인에 대한 관용의 부족이 전생의 행동 양식과 연관되어 있다는 문제에 대해서 진지하게 대화를 나누었다.

나는 피술자의 느낌을 신중하게 다룬다. 피술자가 믿고 싶어 하는 내용을 세션이 시작되기도 전에 논박하는 것은 내가 하는 일이 아니다. 그보다는 피술자가 자연스럽게 자신을 발견하게 두는 편을 좋아

한다. 물론 피술자는 세션이 시작되어 마음속에 떠오른 장면들을 처음에는 거부할 수도 있다. 하지만 이런 장면들이 자연스럽게 전개되도록 놓아두면 피술자 스스로 자신을 발견한다. 나는 또 피술자가 알아야 할 것들을 깨닫도록 개인적인 안내자가 도와주고 있음을 피술자가 받아들이기를 원한다. 자신을 오티스와 분리시키려 했던 앤디의 사례에서 볼 수 있듯이 이것은 힘든 일일 수도 있다.

피술자가 접수 면접 중에 이렇게 묻기도 한다. "세션을 진행하면서 제가 이야기를 꾸며내면 어쩌죠?" 그러면 나는 깊은 최면 상태에서는 보통 보고 느끼는 것을 있는 그대로 이야기하기 때문에, 영계에 대한 환상을 꾸며낼 가능성은 거의 없다고 설명해 준다. 그런 다음 현실적인 측면에 호소한다. "먼 거리를 달려와서 돈까지 지불했는데, 이야기를 꾸며내는 것이 무슨 의미가 있겠습니까? 사실상 자신을 속이는 것에 불과하잖아요." 마지막으로 아직 활동 중인 의식의 추론 능력과 사고 능력이 무의식에 저장된 기억에서 나오는 진실을 강화시켜 준다는 점도 간단히 설명해 준다. 이렇듯 세션에는 의식과 무의식이 모두 관여하고 있으므로 최면요법가의 이 설명은 피술자의 사고력을 자극한다.

여기서 주의해야 할 점이 있다. 최면요법가의 개인성이 LBL 요법을 대하는 태도에 그대로 반영되어 나타날 수 있다는 점이다. 그래서 최면요법가는 자신의 형이상학적인 믿음 체계를 피술자의 의식에 투영하지 않도록 각별히 주의를 기울여야 한다.

세션 중에 피술자는 초의식 상태에서 나오는 영계의 삶에 대한 정보들에 당황할 수도 있다. "제가 이야기들을 꾸며낸다고 생각하세요?" 하고 묻는 피술자도 있다. 이 질문에 대응할 수 있는 방식은 여러 가지다. 나는 먼저 "당신은 어떻게 생각하세요?" 하고 묻는다. 그다음 대개 다음과 같이 묻는다. "보고 느끼는 장면을 완전히 솔직하게 이야기하고 있다고 스스로를 믿고 있나요? 그러는 편이 자신에게 이롭다는 것을 알고 있나요?" 또 특정한 장면에 의문을 제기하는 피술자에게는 이렇게 말한다. "들은 내용과 관련된 당신의 정보를 받아들일 권리에 대해서 안내자(또는 의원이나 영혼의 친구들)에게 물어보세요." 세션이 끝날 즈음 피술자 대부분은 자신이 떠올린 기억이 사실임을 '알게 됐다'고 말할 것이다.

영혼퇴행을 위해 피술자를 준비시킬 때는 세션 중에 무엇을 보게 될지 장담하지 말아야 한다. 피술자의 의식 속에 무엇이 있을지는 최면요법가도 알 수 없기 때문이다. 하물며 피술자가 그의 기억을 얼마나 잘 끄집어내고 받아들일지는 더더욱 알기 어렵다. 나는 모든 피술자에게 이런 점을 미리 알려준다.

대부분의 피술자는 한 번의 LBL 세션이 그의 삶에서 가장 심오한 정신적 경험 가운데 하나였다고 말한다. 반면에 원하는 것을 찾지 못했거나 세션 후에도 삶이 개선되지 않았다며 불만을 표하는 피술자도 종종 있다. 세상에는 으레 자신의 의식 안에 들어 있지도 않거나 차단되어 있는 정보를 최면요법가가 어떻게 해서든 요술처럼 만들어주기를 바라는 불행한 사람들도 있는 법이다. 본질적으로 이런 피술자는 자신의 책임은 다하지 않으면서 자신의 삶에서 잘못된 부분을 최면요법가가 알아서 수정해 주기만을 바란다.

또 대단히 불안정하거나 정신이 분열된 상태에서 사무실을 찾아오는 피술자가 있는가 하면, 장난 삼아 들러보는 사람도 있다. 사전의 생각들이 영혼의 노출로 인해 심리적인 형태를 띠고 나타날 수 있다. 피술자는 내적인 삶의 개념들에 압도당해서 혼란에 빠지거나 LBL 경험을 이해하지 못할 수도 있다. 그러나 자기 회의로 가득 찬 사람에게 무언가를 납득시키는 것은 최면요법가의 몫이 아니다. 피술자들이 필요로 하는 것은 내성을 키우기 위한 더 많은 시간과 최면요법가의 지지뿐이다.

주요 인물 목록과
비밀 보장

접수 면접을 진행하는 동안 나는 피술자가 미리 편지로 써 보낸 삶의 이야기와 목적을 다시 읽어보고, 현재도 같은 상황인지를 확인한다. 내가 특히 궁금해하는 점은 윤생 사이의 삶으로 돌아가 보려는 이유다. 연구를 시작할 때 나는 안내자나 영혼 그룹, 윤생 사이의 영혼으로 존재할 때 자신이 했던 일을 알아보는 것이 대부분의 피술자가 지닌 주요한 목적일 것이라고 생각했다. 물론 이런 정보도 피술자들에게 의미가 있는 것이었다. 하지만 대부분의 경우 영혼퇴행을 하는 근본적인 이유는 삶의 목적을 찾기 위해서였다. 피술자들은 이 세상에 자신이 존재하는 이유가 무엇이고, 어떤 것을 성취해야 하는지 알고 싶어 했다.

삶의 목적에 대한 의문을 풀기 위한 한 가지 방법은 피술자의 삶에서 가장 중요한 사람들을 살펴보는 것이다. 이들은 모두 피술자의 현재의 삶에서 의미 있는 역할을 맡고 있다. 하지만 영계에서 알아보기 전까지 그 역할이 충분히 드러나지 않을 수도 있다. 그래서 나는 처음으로 세션을 진행하는 피술자에게 그의 삶에서 중요한 인물들의 이름과 이들에 대한 간단한 설명을 종이에 적어오라고 부탁한다. 그리고 피술자와 혈연관계든 아니든 상관하지 않고 피술자의 삶에 등장한 시기에 따라 이들을 모두 배열한 다음, 세션을 진행할 때 참고 자료로 활용한다.

내가 새로운 피술자에게 나눠주는 안내 용지에는 다음과 같은 내용도 들어 있다.

세션 중에 영혼 그룹을 찾아내는 작업을 돕고 싶다면, 한 가지 좋은 방법이 있습니다. 부모나 조부모, 고모, 이모, 삼촌, 형제자매, 배우자, 자식, 애인, 친구 등 당신의 삶에 중요한 영향을 끼친 사람들의 이름과 당신과의 관계를 종이에 적어오는 겁니다. 이 목록은 가능한 한 짧게 작성하고 가장 중요한 사람들만 적어야 합니다. 그리고 이들의 성격에 대해서도 간략하게 적어주기 바랍니다. 예를 들면 다음과 같습니다.

빌 – 가장 친한 친구. 유머러스하고 종교적이며 일방적인 판단을 하지 않고 모험심이 강함.

세션을 시작하기 전 피술자와 함께 이 목록을 살펴볼 때 나는 종종 또 다른 비유를 사용한다. 영화나 연극에 비유하는 것이다. 요컨대 피술자에게 이 인물들이 피술자의 인생이라는 커다란 연극 무대에서 나름의 역할을 갖고 있으며, 그의 주인공 역할을 지지해 주는 조연들이라고 설명한다. 등장인물 목록은 내가 극장의 앞줄에 앉아 연극을 구경할 때 참고하는 프로그램이나 마찬가지다. 피술자에게는 등장인물이 적힌 참고용 프로그램이 불필요하지만 내게는 필요하다.

피술자는 세션 중에 목록에 없는 중요한 인물을 만날 수도 있다. 하지만 이것은 문제가 되지 않는다. 피술자가 목록에 적어야 한다고, 혹은 적지 말아야 한다고 결정한 사람과 관계없이 중요한 인물은 나타나게 마련이다. 한 예로, 제인이라는 피술자가 영혼 그룹에 다가가다가 갑자기 "아, 짐이 저를 향해 오고 있어요!" 하고 소리쳤다. 참고 용지를 슬쩍 훑어보니 짐이라는 영혼은 제인이 고등학생 시절에 만난 첫사랑이었다. 마찬가지 이유로 제인의 삶에 밀리 아줌마가 정말로 중요한 영향을 미쳤는지 아닌지는 일부러 알아볼 필요가 없었다.

피술자의 삶에서 중요한 역할을 맡은 인물을 알아내는 것과 동시에, 새로운 피술자를 대하는 방식과 관련해서 고려해야 할 점이 또 하나 있다. 가끔 이렇게 묻는 피술자가 있다. "남편(혹은 아내, 형제자매, 친구)이 제 LBL 세션을 참관하고 싶어 하는데, 그래도 될까요?" 그러면 나는 여러 가지 이유로 허용할 수 없다고 답한다. 시술 초기에 깨달은 바에 의하면, 타인의 참관은 세션에 방해가 된다. 영혼퇴행을 하는 중에도 피술자의 의식이 제삼자가 방 안에 있다는 것을 알고 있기 때문이다.

피술자의 사생활 보호권에는 은폐하거나 공개할 권리도 포함되어 있다. 영혼퇴행을 경험하는 내밀한 순간에 피술자는 타인이 그를 찬찬히 관찰하고 있다는 부담감으로부터 완전히 자유로워야 한다. 아는 사람이 그의 가장 사적인 생각들을 주시하며 듣고 있으면 더욱 혼란스러워질 수 있기 때문이다. 배우자의 참관이 특히 그렇다.

영혼퇴행에서 최면요법가는 반드시 피술자의 비밀을 보장해 주어야 한다. 세션이 끝나고 나면, 처음에는 누군가를 대동하고자 했던 피술자를 포함한 대부분의 피술자가 이렇게 말한다. "오늘 혼자 오길 정말 잘한 것 같아요. 몇몇 정보는 공유할 수도 있지만, 제 녹음테이프는 누구한테도 들려주지 않을 거예요."

마지막
사전 설명

피술자의 배경과 영혼퇴행을 받으러 온 목적, 피술자의 삶에 영향을 미친 사람들을 파악하고 나면, 영계의 문을 향해 어떻게 나아갈지 피술자에게 개략적으로 설명한다. 먼저, 최면 상태에 다소 빠르게 들어가겠지만 성공의 열쇠는 최면의 깊이라는 점을 말해준다. 그리고 호흡과 신체 이완, 시각화 같은 몇 가지 준비운동을 함께 하리라는 점도 설명한다.

LBL 세션에서는 긴 심상화가 상당히 유익하다. 이 부분은 3부에서 더 자세하게 다룰 것이다. 그러나 최면을 시작하기 전, 영혼퇴행 중에 피술자는 분석적인 해석에 가담하면 안 된다는 점을 설명한다. 특별히 좌뇌형의 피술자에게는 이 점을 분명하게 말해줘야 한다. 이 설명은 이들의 통제 욕구를 제어해서 이완 능력을 극대화할 수 있도록 돕는다.

또한 피술자가 어떤 사람이든 그가 특히 떠올리고 싶어 하는 장면을 미리 확인한다. 서로 신뢰를 구축하면서, 피술자에게는 스스로 통제하고 있다는 인상을 심어주기 위해서다. 적절한 최면 단계로 인도되는 과정에서 예상하지 못했던 것이 아무것도 없다면 피술자는 더욱 수용적인 태도를 보일 것이다.

하지만 피술자의 자발성을 위해 LBL 과정을 너무 세세하게 알려주지는 않는다. 동시에 뜻밖의 상황이 펼쳐져서 피술자에게 혼란을 주는 것도 바라지 않는다. 그래서 영혼퇴행을 하기 위해서는 시간을 거슬러 올라가 보아야 하며, 마라톤을 준비하듯 함께 여러 가지 정신적인 준비운동을 해야 한다는 점을 일러준다. 또 심상화 작업이나 창조적인 꿈꾸기 훈련을 한 뒤 피술자를 어린 시절로 인도하리라는 점도 알려준다.

이런 과정이 위험하지 않음을 피술자에게 이해시키는 것은 중요한 일이다. 영혼퇴행의 목적은 어린 시절의 상처를 발견하는 것이 아님을 피술자의 의식이 완전하게 깨어 있는 동안 분명하게 설명한다. 더불어 어린 시절의 상처는 정신건강 전문가가 장기적으로 치료했을 때 효과가 가장 크다는 말도 덧붙인다. 또 어린 시절의 신체적 혹은 정서적 학대를 발견했을 때 피술자가 느낄 수도 있는 두려움을 가라앉히기 위해서 장난감이나 애완동물, 집과 관련된 일처럼 간단하면서도 행복한 기억만 이야기할 것이라는 점을 알려준다. 이에 대한 방식은 3부의 '어린 시절로 거슬러 올라가기'에서 더욱 자세히 설명하고 있다.

영혼퇴행의 초기 과정에 대한 마지막 설명으로, 어린 시절의 몇 군데 장소에 들른 다음에 자궁 속으로 들어갈 것이라고 말해준다(3부 '어머니의 자궁 속에서' 참고). 지나치게 건너뛰는 것처럼 느껴지겠지만, 자궁 속으로 이동할 때의 피술자는 어린 시절로 돌아가 있을 것이므로 이런 이동이 힘들지는 않을 것이다. 자궁에서 머무는 몇 분 동안에는 피술자에게 기본적인 질문들을 몇 가지 하고 빠르게 전생으로 인도한다.

사실 이 기본적인 질문들을 통해 피술자의 두뇌와 결합하는 영혼에 대해 알아낼 수도 있다. 하지만 이런 세부 사항들은 피술자와의 사전 대화로 알아내고 싶은 내용이 아니다. 나는 모든 피술자에게 전생 퇴행을 위해서 영혼퇴행 전문가를 찾아오지는 않았다는 것을 알고 있다고 분명히 밝힌다. 그래서 만일 전생을 돌아보는 일이 필요하다고 해도 생략하고 넘어갈 것이라고도 말해둔다. 우리의 주요한 목적은 죽음의 장면을 신속하게 통과해서 자연스럽게 영계로 들어가는 일이기 때문이다. 이렇게 모든 접수 과정이 끝나면, 피술자는 그의 앞에 놓여 있는 일들을 더욱 협조적으로 받아들이게 될 것이다. 내가 바라는 점이 바로 이것이다.

3부

세션의
시작

LBL 피술자의
최면 유도

유도 과정은 짧게 설명할 생각이다. LBL을 처음 접하는 최면요법가도 기본적인 최면의 영역은 이미 많이 경험했을 것이기 때문이다. 그래도 영혼퇴행과 관련해서 몇 가지 짚고 넘어갈 것이 있다.

최면 유도를 느리게 할 것인가 아니면 빠르게 할 것인가, 권위적인 접근법을 쓸 것인가, 아니면 관대한 접근법을 쓸 것인가 하는 문제는 보통 피술자의 수용성을 보고 판단한다. 일반적으로 빠른 유도는 최면에 잘 걸리는 순응적인 피술자에게 효과적이다. 지나치게 흥분해서 이완이 힘들거나 신속한 분출이 필요한 피술자, 다른 최면요법가에게 이미 여러 번 최면을 받아본 피술자에게도 빠른 유도가 적합하다. 반면에 융통성이 적고 분석적이거나 통제당하는 것을 꺼리는 피술자, 부드러운 접근법에 잘 반응하는 피술자에게는 느린 유도가 더욱 효과적이다.

내가 최면 유도의 일반적인 원칙들과 피술자에 대한 적용 가능성을 설명하려는 이유는 기본적으로는 모든 영혼퇴행에 느리고 통제적인 유도가 효과적이라는 생각을 전달하고 싶기 때문이다. 이런 접근법은 LBL 요법의 긴 심화 테크닉과도 잘 어울린다. 얕은 알파 상태는 전생퇴행에 아주 효과적이지만, 보통 윤생 사이의 삶으로 돌아가려면 더욱 깊은 세타 상태에 들어가야 한다. 확실히 최면 유도와 심화의 속도는 개인적으로 결정해야 할 문제다. 그런데도 이런 조언을 하는 이유는 LBL 세션에서는 최면의 모든 단계들을 주의 깊게 감독해야 하기 때문이다.

하지만 내가 최면을 천천히 유도하는 데는 다른 이유도 있다. 피술자의 의식 안에서 초월적인 기분이 더욱 강해지도록 시술실에도 영적인 분위기를 조성하고 싶기 때문이다. 신비로운 음악을 부드럽게 배경음악으로 틀고 촛불을 켜서 피술자의 시선을 고정시키면, 피술자는 빛과 소리에 영적으로 연결된다. 나중에 어두운 방에서 타오르는 황금빛 불꽃이 자신을 영계로 손짓해 부르는 신호등처럼 여겨졌다고 말하는 피술자도 있다. 나는 최면 지시를 내리고 신체 이완 훈련 효과를 점진적으로 증강시키면서 이런 인식을 강화시킨다. 그러면 피술자는 최면요법가의 목소리 높이와 억양에도 익숙해진다. 이 부분은 뒤에서 다시 이야기할 것이다.

최면의 깊이와
최면 감수성

알파와 세타, 델타 상태의 의식에 대해서는 접수 면접에 대해 말하면서 이미 간략하게 설명했다. 그래도 베타 상태에서는 뇌파 에너지의 작은 파동들이 의식의 억압으로 인해서 더욱 조밀하고 팽팽하게 나타난다는 일반적인 믿음을 LBL 시술자들을 위해서 분명하게 설명하고 싶다.

알파와 세타 상태에서는 파동이 더욱 크고 개방적인 모양으로 나타난다. 이런 큰 뇌파는 깊이 뿌리박혀 있는 기억들을 의식의 간섭 없이 노출시켜 준다. 큰 뇌파 덕분에 새로 드러난 정보들은 의식 속으로 통합되는데, 그것은 두뇌의 다른 부분이 최면 상태에서도 베타 상태에 머물러 있기 때문인 듯하다.

영혼의 기억이 저장되어 있는 영역을 더욱 분명하게 알 수 있도록 시각적으로 설명해 달라는 요청을 받을 때가 있다. 그러면 나는 간단한 그림으로 의식과 잠재의식, 초의식으로 들어가는 최면의 단계를 보여준다. 우리의 의식이 큰 동심원에서 작은 동심원까지 서로 다른 동심원을 품고 있는 세 개의 원과 같다고 상상해 보자. 지면으로 보이는 것과는 달리, 세 개의 원은 서로 엄격하게 분리되어 있지 않다. 이 원들은 의식의 여과 체계 속에서 투과층처럼 존재한다. 돌을 물속에 집어던졌을 때 중심에서 바깥으로 잔물결이 이는 모양을 떠올려 보면 된다.

가장 바깥의 원은 우리의 의식, 다시 말해 비판과 분석, 해결을 담당하는 일상의 추론 센터를 나타낸다. 중간에 있는 원은 전생을 포함한 모든 물리적 기억이 저장되어 있는 잠재의식을 나타낸다. 이 원은 감정과 상상력의 중심이기도 하다. 창조적인 우뇌형의 사람은 좌뇌의 지배를 받는 사람에 비해서 이 영역에 더욱 쉽게 들어갈 수 있다. 그리고 이 동심원들의 중심 깊은 곳에 신성한 영혼의 기억을 저장하고 있는 초의식이 있다.

최면의 단계들을 이용하면 의식의 기억과 불멸의 기억, 신성한 기억을 연결하고 있는 영역의 사이나 속으로 들어갔다 나올 수 있다. 영원불멸한 영혼의 의식은 우리의 상상을 뛰어넘는 우월한 사고의 에너지에서 나온다. 그리고 초의식은 우리 영혼이 가진 불멸의 성격과 그것의 오랜 역사를 드러내준다. 그러므로 세타 상태에서는 우리의 기원과 모든 전생, 윤생 사이의 영혼의 상태, 우리의 진보를 도와주는 존재들을 조망할 수 있다. 이런 경험은 매우 숭고하다.

LBL 시술자는 피술자를 더욱 깊은 최면 상태로 신중하게 인도한다. 그러다 보면 특정한 단계에서 다른 피술자들보다 더욱 깊은 심화 작업이 필요한 피술자가 있음을 발견한다. 그렇다고 LBL 시술자가 피술자보다 너무 앞서거나 뒤처지면 안 된다. 피술자의 수용성에 정해진 공식은 없다. 어떤 피술자의 경우는 다른 사람들보다 더욱 깊은 최면 상태로 들어가야만 그의 전생이나 영계에 대한 정보를 얻을 수 있다. 여러 최면 단계들의 미묘한 효과가 피술자에 따라 다르게 나타나는 것이다.

그러나 최면요법가의 도움을 받으면 대부분의 피술자가 전생과 윤생 사이 영혼의 기억에 다가가는 데 필요한 적절한 수준의 최면 상태를 발견한다. 이것은 LBL 요법이 지닌 놀라운 측면이다. 피술자는 일종의 거리 측정기를 내장하고 있는 것 같다. 개개의 피술자는 심층의 차원들 속에 나름의 의식 조정기를 갖고 있다.

최면 감수성을 폭넓게 알려주는 통계자료도 있다. 전국적인 조사 결과에 따르면, 인구의 10~15퍼센트는 최면 감수성이 아주 높은 반면에 70~80퍼센트는 보통의 최면 감수성을 갖고 있다고 한다. 나머지 10~15퍼센트는 최면에 반응하지 않거나 최소로 반응한다고 볼 수 있다. 이 최소 반응 집단에 속하는 사람 중에서 최면에 성공하는 사람에게는 영계의 문에 이를 때까지 지속적인 심화 작업이 필요하다.

하지만 일단 깊은 최면 상태에 들어가면, 영혼의 기억을 떠올리는 일은 초기 최면 감수성의 정도나 다양한 최면 단계에서 특정한 깊이에 도달하는 속도와는 상관이 없는 것 같다. 영혼퇴행 세션에는 더욱 믿을 만한 성공 가늠 지표들이 있다. 최면의 깊이가 외부 환경과의 분리 정도와 관련되어 있다면, 적절한 수준의 최면 상태에 있는 피술자는 자기 내면의 비전들에 더욱 몰두하게 될 것이다. 질문에 답할 때도 분명하게 초점을 맞출 수 있다. 이는 집중력을 발휘하기에 상당히 바람직한 상태다.

피술자가 자유 연상을 하거나, 반응이 모호하거나, 의식과 너무 많이 연결되어 있는 것처럼 보인다면, 대개는 최면의 깊이에 원인이 있다. 내게 LBL 요법을 배우는 학생들 가운데 전문적인 최면요법가로 활동하던 이들은 흔히 이런 질문을 던진다. "재생revification이 전생 퇴행에 더욱 몰입하게 만든다면, 윤생 사이의 삶으로 돌아갈 때도 재생은 같은 효과를 발휘하나요?" 나는 특별히 그런 것은 아니라고 답하고 그 이유를 설명해 준다. 재생은 과거의 사건을 관찰한다기보다 다시 경험하는 것을 의미한다. 피술자가 이전의 몸이 하던 적극적인 일에 몰두할 때, 오감 전체가 기억을 되살리는 작업을 하는 것이다.

영계에서의 삶을 재경험할 때 재생의 과정이 있어야만 재경험이 잘 이루어지는 것은 아니다. 영계에서는 육체가 없는 영혼의 상태로 존재하기 때문이다. 몽유병자와 비슷한 깊은 세타 상태에 있으면 모든 것이 더욱 잘 드러난다. 그래도 그보다 얕은 최면 상태의 한 가지 특징이라 할 수 있는 관찰자적 의식이 영계의 정보를 받아들이는 일을 제한하지는 않는다. 나의 경험에 따르면, 초의식적인 영혼 상태의 피술자에게서도 의식의 참여와 관찰이 동시에 이루어지는 것 같다. 그래도 영혼퇴행요법가들은 최면의 깊이에 세밀하게 주의를 기울여야 한다.

심화와
심상화

심화 방법을 다룬 훌륭한 최면 서적들은 많이 있다. 그러므로 여기서는 영혼퇴행에 대한 적용 가능성이 있는 경우를 제외하고 상세한 내용은 다루지 않으려고 한다. 나는 LBL 피술자에게 긴 심상유도법을 쓴다. 심화 과정에서 각성과 재유도를 분할해서 적용하는 방법은 쓰지 않는다. 또 점강적인 암시를 통해 혼란을 야기하지도 않고, 잘못된 지시로 감각에 부담을 안기지도 않는다. 방어적인 반응에 대응해서 혼란 기법을 쓰는 대신, 몸의 운동 근육을 움직이는 훈련으로 약간의 도전의식을 불러일으킨 다음 점진적인 이완으로 이끈다.

또 심화 단계에서는 피술자의 유체이탈 경험을 촉진시킨다. 영혼 상태에서 경험할 일에 피술자를 대비시키기 위해서다. 최면의 깊이에 상관없이 불멸의 영혼이 지닌 성격은 언제나 피술자의 심리의 일부를 구성한다. 그래서 나는 이렇게 주문한다. "당신의 의식이 순수한 빛의 지성체이자 불멸의 존재, 진정한 당신인 이 빛 속으로 흘러들게 하세요."

아름다운 산이나 해변 장면들을 길게 심상화 visualization하는 심화 작업에 45분까지 할애하기도 한다. 경험의 인지 차원을 바꾸고 정서적인 연결을 높여주는 섬세한 심상화 작업도 역시 점진적으로 실시한다. 이때 나는 피술자가 황홀한 풍경 속에 완전히 빠져들기를 바란다. 이 풍경 속에서 피술자는 그의 목적지를 향해 움직이고, 나중에 그의 영혼이 다시 돌아올 때도 똑같은 방식으로 움직인다.

나는 피술자를 좁은 길이나 계단, 에스컬레이터를 통해 따뜻한 모래사장 또는 부드러운 풀밭, 호수나 바다 속으로 이동시키고, 그의 영혼 상태를 받아들일 수 있도록 언제나 떠 있게 한다. 이런 점진적인 심상화에는 청각과 운동 지각을 모두 사용한다. 이 심상화는 심화를 위한 것이기도 하고, 앞으로 다가올 경험에 피술자를 준비시키기 위한 것이기도 하다.

이렇듯 심상화의 목적은 심화에도 있지만, 에릭슨 최면^{비지시적 최면법, 간접적 최면법}에서 의미하는 상징적인 역할에도 있다. 이 심상들은 경계에 있는 천상적인 영역으로의 이동을 촉진시키기 위해 만들어진 것이기 때문이다. 나도 에릭슨 최면을 배운 적이 있다. 하지만 전반적인 LBL 세션에서는 그보다는 형식을 존중하는 훨씬 권위적인 최면기법이 효과적이라고 느꼈다.

그래도 심상화에는 은유적이고 관대한 접근법을 사용한다. 의미 있는 메시지를 전달하기 위해서 피술자의 정서적 차원과 태도, 관심사, 개성을 나의 이야기들과 통합하려고 애쓴다. 물론 언제나 성공을 거두는 것은 아니다. 하지만 심상을 유도할 때 직접적인 암시와 간접적인 암시를 모두 사용해서 안정과 평화, 치유라는 LBL 시술의 목적에 부합하는 묘사를 하려고 한다. 다음의 두 가지 예시에서 이를 압축적으로 볼 수 있다.

이제 이 방에서 나가서, 멀리 있는 산맥을 향해 높이, 더욱 높이 떠오르는 당신이 보입니다. 조용하고 평온한 날, 하얀 양털 구름을 빠르게 스쳐 지나면서 주변의 부드럽고 따뜻한 기류를 느껴보세요. 당신은 떠 있을 때 무게를 느끼지 않고, 아무런 노력을 기울이지 않으면서 산맥을 향해 더욱 가까이 갑니다. 곧 첫 번째 산맥을 지나서 아래로 아래로 내려갑니다. 저 밑으로 계곡과 아름다운 초원이 보입니다. (잠시 멈춤) 아래로 아래로 내려가다 보니, 이제 초원이 아주 크고 위풍당당한 나무들에 완전히 둘러싸여 있는 모습이 보입니다. 지면에 이르러 초원으로 다가갑니다. 나무들로 이루어진 이 완벽한 원의 바깥쪽을 떠다니면서, 원을 통과해 이 고요하고 마술적인 장소의 중심에 이르는 유일한 길을 찾기 시작합니다.

나는 계속 보이지 않는 힘이 피술자를 인도하기라도 하는 것처럼 이 이야기를 하고, 계속 길을 찾아나간다. (영계로의 진입을 나타내는) 초원으로의 이동이 이루어지고 나면 다른 상징들을 도입한다. 저 높은 곳에서 내려와 따뜻한 빛의 보호막을 만들어주는 황금빛 햇살(안정)이나 밝고 향기로운 꽃들과 노래하는 새(황홀함) 같은 것들이다.

이제 피술자를 해변으로 인도한다. 해변에는 따뜻한 모래(변치 않는 고요)가 끝없이 펼쳐져 있고, 머리 위에서는 갈매기들(자유)이 선회하고, 파도(위안을 주는 소리)가 하얀 포말(순수)을 일으키며 굽이친다. 장면들에서 시간은 무한하다. 다음은 이런 심상화를 짧게 발췌한 부분이다.

아래로 떠가면서 점점 분리되는 자신을 느껴보세요. 자연스럽게 시간과 공간을 관통하는 것 같기 때문에 호흡도 편안합니다. 아래로 아래로 내려가는 사이, 부드럽고 따뜻한 기류가 당신을 에워싸면서 살포시 몸을 어루

만집니다. 낮게 더 낮게 내려가는 동안, 흰색의 둥글고 투명한 거품들이 당신의 위로, 더욱 위로, 멀리 떠오르면서 당신을 스쳐 지나가는 모습이 보입니다. 곧 당신 내면의 빛이 당신을 머리끝에서 발바닥까지 완전히 감싸고, 당신은 수면을 통과해 텅 빈 시공간 속으로 들어갑니다. 시간이 스치는 강물처럼 흘러가는 사이…… 때로는 흐름을 타기도 하고…… 때로는 가로지르기도 하면서…… 흐름을 거스르기보다 걱정도 근심도 없이 자신을 내맡긴 채 목적 없이 표류하면서 강물을 통과합니다. 꿈속에서처럼 당신이 있어야 할 그 특별한 장소에 다다릅니다.

폭넓은 심화기법은 LBL 요법에서 중요한 요소다. 하지만 내가 강조하고 싶은 점은 세션을 서너 시간 진행하는 것이 높은 분리 상태를 만들어낸다는 사실이다. 단선적인 시간의 비틀림이 증가하면서 피술자의 의식은 더욱 몸에서 분리된다. 영혼퇴행을 시작하기 전에 짧게 심상화 세션을 한두 번 실시하면 더욱 좋다. 하지만 이것이 시간을 절약하기 위해 긴 LBL 세션에서 심상화 장면들을 서둘러 마쳐야 한다는 의미는 아니다.

피술자가 전생에서 죽은 장면에 이르기 전에는 한 장면에서 다음 장면으로 천천히 이동해야 한다. 이때 심화 작업을 계속해야 할 수도 있다. 숫자 세기와 호흡을 결합한 방법도 상당히 효과적인 심화 방법이다. 다음은 전생으로의 이동을 준비시키는 한 가지 예시다.

느린 호흡에 더욱 의식을 집중하세요. 호흡을 할 때마다 더욱 깊이 들어갑니다. 제가 열에서 하나까지 숫자를 세어 내려가면, 숫자에 맞춰 호흡하면서 숫자가 낮아질 때마다 더욱 멀리 움직이는 자신을 느껴보세요. 당신을 기다리는 시간의 터널을 향해서 더욱 가까이 다가가는 자신을 느껴보세요.

영혼의 구체적인 기억을 떠올리기 위해 의식의 심층에 다가갈 때, 피술자의 고차원적인 영적 자기 안에 있는 의식의 나침반이 어떻게 이 과정을 돕는지는 이미 설명했다. 또 함께 작업하는 최면요법가와 피술자의 의식 사이에서 활성화되는 두 개의 서로 다른 자기 에너지장을 언제나 인식해야 하는 점도 이야기했다. 이 이야기를 다시 꺼내는 이유는 최면요법가의 목소리가 피술자의 에너지장을 뚫는 수단의 하나이며, 정서적 장애물의 제거와 심화에도 유용하다는 점을 다시 일깨워주기 위해서다.

최면요법가의
목소리와 어조

　나는 내 목소리의 떨림과 울림을 기분이 반영돼 있는 피술자의 어조에 맞추려 애쓴다. 피술자와 교감하면서 적절한 최면 상태로 피술자를 인도하기 위해서다.

　유도를 시작하는 순간부터 최면요법가의 어조와 목소리의 높낮이는 강력한 소리 도구가 된다. 세션을 진행하는 내내 피술자에게 리듬과 속도를 제시해 주는 역할을 하는 것이다. 목소리를 다양하게 변화시켜 때로는 날카롭거나 부드럽게 구사하고, 때로는 북돋아주거나 차분하게 만들어주는 기법을 구사하면서 세션의 속도를 조절하는 일은 긴 의식의 여정에서 아주 중요하다.

　영혼퇴행을 하다 보면 피술자가 경험하는 내용을 충분히 이해하지 못하는 순간도 있다. 그래도 언제나 피술자에게 현재 일어나고 있는 일에 관심과 주의를 기울이고 있음을 전달해 주어야 한다. 그래서 나는 울림이 강한 음색을 피술자의 반응 유형과 소리에 맞게 조절한다. 이런 조절은 피술자에게 처음으로 지시를 내리는 순간부터 시작되며 심화 과정 중에 더욱 가속화된다.

　세션이 진행되면서 피술자의 반응이 바뀌면 최면요법가의 음색에도 변화를 주어야 한다. 그래서 나는 피술자가 도착하기 전에 몇 분간 음역 훈련을 하는데, 특히 낮은 음역대의 특정한 소리를 지속적으로 내본다. 피술자의 음성에 맞춰 시시때때로 목소리를 조정하면 두 개의 진동 에너지가 더욱 잘 융합되기 때문이다.

전달하려는 생각에 맞춰 소리를 조정하는 일은 심상화 과정에서 특히 유용하다. 이런 조정은 피술자가 이미지를 더욱 의미 있고 선명하게 받아들일 수 있도록 도와준다. 피술자의 의식 속에서 장면들이 펼쳐지는 동안, 최면요법가는 피술자가 한 장면에서 다음 장면으로 옮겨갈 때의 시각적정서적 이동 속도에 계속 보조를 맞춰야 한다. 피술자는 영계의 장면들과 연결되고 통합될 때 아주 빠르거나 느리게 혹은 보통의 속도로 움직일 수 있다. 이럴 때도 피술자의 속도와 음량에 맞추는 것이 바람직하다. 그리고 다음 질문으로 넘어가기 전에 피술자가 현재의 질문에 완전하게 반응할 때까지 참고 기다린다.

퇴행 전의
마지막 지시

긴 심상화를 통한 심화 작업을 충분히 마치고 나면 피술자에게 다음과 같은 지시를 한다.

다양한 시간과 장소에서 자신의 모습을 볼 수 있는 당신의 능력을 믿고, 이 장면들과 관련된 감정들을 느껴보세요. 검열하지 말고 제가 알고 싶어하는 모든 것을 말해주세요. 저와 함께하는 이 여행에서 저는 당신의 안내자가 되고, 당신이 알고 사랑하는 사람들도 우리와 함께할 것입니다. 당신의 영혼의 안내자도 당신을 도우러 와서 저와 함께 당신에게 위안과 힘을 줄 것입니다.

처음에는 그냥 장면들을 보고, 그다음에는 본 것을 저에게 자신 있게 이야기해주세요. 최면이 깊어질수록 당신의 기억력은 점점 좋아질 것입니다. 더욱 많은 것을 보고, 더욱 많은 것을 받아들이고, 보고 느끼는 것들을 더욱 잘 이해하게 될 겁니다. 그래서 나중에는 당신이 보고 느끼는 것을 제가 평가할 수 있게 도와줄 것입니다.

다른 몸을 갖고 살았던 이전의 생들과 과거의 모든 모습들과 연관된 느낌과 감정들을 다시 경험하면서, 과거의 모든 정신적 짐에서 분명하게 해방되는 것을 느낄 것입니다. 모든 기억을 제대로 이해하고 현재의 삶 속에 통합해서, 결국에는 자신과 완벽한 조화를 이룰 것입니다.

자, 작업을 계속하기 전에 강력하고 투명한 황금빛 보호막이 머리부터 발끝까지 당신을 에워싸는 모습을 그려보세요. 이 빛의 보호막은 모든 외부의 힘으로부터 당신을 보호해 주고, 당신에게 온기와 광명과 빛과 힘을 줍니다. 부정적인 기억이 당신에게 접근하려고 하면, 이 빛의 보호막이 부정적인 기억을 튕겨버릴 것입니다.

물론 이런 지시는 여러 가지로 다양하게 변형시킬 수 있다. 최면요법가 자신의 양식에 맞게 피술자를 위한 보호 장치를 계발해 낼 수도 있다. 한 예로, 이때 또 다른 지시를 고려해 볼 수도 있다. 서너 시간 세션을 진행하다 보면 피술자와 긴 대화를 나누게 된다. 그런데 어떤 피술자와는 깊은 최면 상태에서 대화를 나누기가 쉽지 않을 수도 있다. 말을 많이 시키면 최면 상태를 유지하는 데 어려움을 겪는 피술자도 있다. 그러므로 나는 모든 피술자에게 다음과 같이 말한다.

당신은 최면에서 깨어나지 않은 상태에서 어떤 것이든 편안히 이야기할 수 있습니다. 사실 우리가 나눌 긴 대화는 당신의 최면 상태를 유지시키고 심화시키는 데 도움이 됩니다. 저와 함께하는 동안 당신은 제 목소리를 분명하게 듣고, 저에게 분명하게 이야기할 수 있을 것입니다. 우리의 대화는 당신을 편안하게 만들어주고, 당신이 외부 세계와 분리될 수 있게 도와줄 것입니다.

어린 시절로
거슬러 올라가기

피술자를 먼저 어린 시절로 퇴행시키는 이유는 나중에 있을 더욱 어려운 기억에 대비해서 한결 쉬운 기억으로 준비운동을 시키기 위해서이기도 하다. 모든 최면요법가에게는 나름의 방식이 있다. 나는 먼저 하늘에 황금빛 계단이 긴 곡선 형태로 놓여 있는 모습을 그려보게 한다. 이 계단의 한 층은 피술자의 삶에서 일 년을 나타낸다. 그러므로 최면요법가는 미리 피술자의 나이를 확인해 두어야 한다. 나는 다음과 같은 지시를 한다.

당신의 어린 시절로 일 년 일 년 시간을 거슬러 올라가 행복했던 기억들만 떠올립니다. 당신의 의식 속에는 나이별로 경험했던 모든 일에 대한 기억이 저장되어 있습니다. 어른이 되어 더욱 총명하고 이해력도 높아진 지금의 의식 속에도 이 기억들이 들어 있습니다.
이 계단을 내려가 당신의 어린 시절로 돌아갑니다. 숫자를 셀 때마다 어린 시절로 더욱 깊이, 더욱 멀리 들어갑니다. 제가 오래된 사진첩을 넘기는 동안, 당신은 점점 아래로 내려가면서 더욱 어려지고 더욱 작아지는 당신의 모습을 봅니다. 제가 어느 계단에서 멈추건 당신은 언제나 당신이 서 있는 계단의 나이로 돌아갑니다.

이때 피술자가 필요한 만큼 깊이 들어가지 못하면 숫자를 세면서 하는 부가적인 훈련을 지시하기도 한다.

제가 다섯부터 하나까지 세어 내려가면, 당신은 이 긴 계단의 맨 꼭대기 층에 다다르면서 점점 더 당신의 몸과 분리됩니다. 다섯…… 이제 당신의 물리적인 몸과 더욱 안전하고 편안하게 분리됩니다. 깊이, 더욱 깊이. 넷…… 깊은 의식의 영역으로 초월해 들어가서…… 셋…… 이제는 내맡기고…… 꼭대기 계단을 향해…… 떠올라…… 떠올라…… 둘…… 표류하듯 떠올라가면서…… 자유롭게 떠올라가면서…… 가벼움을 느껴보세요. …… 이제 맨 위 층계에 가까워집니다. …… 하나.

피술자의 현재 나이부터 숫자를 세어 내려가면서 인생의 계단을 내려가게 하기 전에, 나는 보통 다음과 같은 관념운동적 신호를 요구한다.

맨 위 계단에서 아래로 안전하게 이동할 준비가 되면 오른손의 손가락을 들어 올리세요. 그런 다음 저와 함께 시간을 거슬러 아래로 내려가기 시작합니다.

망설이는 기색이 조금이라도 보이면, 인생 계단을 빠르게 움직이는 에스컬레이터로 바꾼다. 그러면 피술자는 애써 걸음을 옮기지 않고도 아래로 이동하게 된다.

숫자를 세면서 계단을 내려가게 하는 동안 종종 숫자를 건너뛰어 스무 살로 인도한 다음, 이때부터 속도를 크게 늦춘다. 그리고 열두 살에서 멈춰 계단을 내려가 이때 살던 집(혹은 아파트)의 앞마당으로 들어가게 한다. 피술자에게 집의 크기나 색깔을 묘사하게 하고, 서 있는 자리의 앞이나 양옆에 큰 나무들이 있는지 보라고 한다.

집 안으로 들어간 후에는 피술자의 침실 같은 익숙한 방으로 이동해서, 침대나 화장대 같은 가구들이 문에서 어느 쪽에 위치해 있는지를 알려달라고 한다. 또 옷장을 들여다보고 학교에 가거나 놀 때 즐겨 입던 옷들에 대해 묻기도 한다. 그럼 다음 계단을 내려가 일곱 살로 돌아가서 다시 집으로(다른 집일 수도 있다) 들어가게 한다. 이때는 애완동물이나 장난감에 대해서만 묻는다.

이 처음의 기억 훈련에서는 물건들이나 그것과 관련된 피술자의 물리적 위치, 나이에 따라 바뀌는 외모를 확인하는 일에 초점을 맞춘다. 전생이나 영계의 모습을 기억할 때 곧 맞닥뜨리게 될 공간적 심상들의 유형에 피술자를 준비시키면서 최면의 깊이도 점검한다. 한 예로, 열두 살로 돌아간 피술자에게 좋아하는 보석을 찾아보라고 하면 이렇게 말하는 경우가 있다. "생각 좀 해보고요. 제가 즐겨 착용하던 보석이 있었는지 기억이 잘 안 나요." 이런 대답은 피술자가 무의식보다는 의식의 기억으로 과거를 되살리려 하고 있다는 뜻이다. 무의식의 기억을 사용한다면 바로 그 장면을 보고 신속하게 답할 것이기 때문이다. 의식의 개입과 피술자의 느린 반응 문제는 앞으로 다른 부분에서 추가로 다룰 것이다.

어린 시절을 기억하는 단계에서 제때에 대답하지 못한다는 것은, 이전의 최면 테스트에서나 지금까지 보여준 최면 상태에 상관없이 아직 적절한 최면 상태에 들어가지 못했음을 보여주는 첫 번째 분명한 신호라고 할 수 있다.

모든 것이 잘 진행되면 피술자를 아주 어린 시절로 인도했다가 태어나기 직전 어머니의 자궁 속에 있던 시기로 퇴행시킨다. 이렇게 자궁 속으로 의식이 하강해 들어갈 때는 피술자의 나이가 (두세 살 정도로) 아주 어리므로 퇴행이 쉽게 이루어지리라는 점을 확인시켜 준다.

어머니의
자궁 속에서

어머니의 자궁 속에서 태아로 존재하던 시절을 희미하게밖에 보지 못하는 피술자들도 있다. 이는 최면의 깊이와는 관계없다. 이런 경우 나는 잠시 시간을 내서 피술자에게 "어머니의 박동 소리가 들리나요?"와 같은 질문을 하거나 팔다리와 머리가 온전하고 편안한지, 무엇이 들리고 느껴지는지를 묻는다. 그러나 태아 상태의 피술자가 폭넓게 응답하지 못하더라도 압박하지는 않는다. 단지 조금 어리거나 미숙한 영혼일 수도 있기 때문이다.

이때의 반응을 통해 나는 피술자의 영혼과 처음으로 접촉한다. 그리고 피술자의 영혼이 어떤 진화 단계에 있는지도 어렴풋이 파악한다. 불안해하는 어머니를 자신이 어떻게 차분히 다독이려 애쓰는지, 다가올 삶의 도전들과 관련해서 무슨 생각을 하고 있는지를 보고하는 피술자와 아무 일도 하지 않고 아무런 생각도 없이 그냥 어두운 중간 상태에 있다고 말하는 피술자 사이에는 엄청난 차이가 있다.

경험이 많은 영혼(피술자)인 경우에는 뇌와 영혼의 통합에 관한 여러 가지 상세하고 집중적인 질문을 던진다. 나중에 치료와 밀접하게 관련된 부분에서 활용하기 위해 주의 깊게 기록도 해둔다. 이때 피술자의 영혼의 의식을 향해 직접 물어보는 질문들은 다음과 같다.

1. 당신은 임신 몇 개월째에 태아와 처음으로 하나가 되었나요?

2. 당신이 지금 점유하고 있는 뇌의 첫인상은 어땠나요?

3. 이 뇌의 전기회로를 따라가는 일이 어렵지는 않았나요?

4. 이 뇌의 특징은 무엇인가요?

5. 이 몸의 정서 체계가 뇌에 영향을 미치는 방식에 대해서 무엇을 발견했나요?

6. 전체적으로 이 몸은 당신 영혼과의 통합을 어떻게 받아들였나요? 통합이 쉬웠나요, 아니면 어려웠나요?

7. 이 몸은 당신이 그동안 깃들었던 몸들과 비교해서 어떤가요?

8. 당신의 영혼의 의식은 이 몸이 잘 어울린다고 생각하나요, 그렇지 않다고 생각하나요? 이유는 무엇인가요?

9. 당신은 왜 이 몸을 선택했나요?

다른 질문들에 대한 답변이 구체적이면, 나는 마지막 질문만 던진다. 답변이 구체적이지 않을 때는 나중에 몸의 선택 문제를 다시 이야기한다. LBL 세션이 끝나갈 즈음 피술자가 삶을 선택하는 방에서 현재의 어른 몸을 처음으로 볼 때, 자궁에서의 반응들을 다시 꺼내 더욱 깊은 통찰을 얻어내는 것이다.

어머니의 자궁 속에 있을 때 영혼과 몸의 통합을 가로막는 억제인자들을 종종 발견한다. 일부 피술자들이 말하는 육체의 저항적인 의식이나 무겁고 아둔한 의식뿐만 아니라, 태아로 존재하는 동안 영혼을 제한하는 부차적인 억제인자도 있다. 어머니가 정서적·신체적인 상처로 인해 불안이나 두려움, 우울, 분노에 사로잡혀 아이에게 마음을 닫아버릴 수도 있고, 그냥 아이를 원치 않을 수도 있다. 어머니가 아주 어린 나이에 첫아이를 임신한 경우나 결혼을 하지 않은 불안한 상태일 때 특히 이런 부정적 억제인자들이 분명하게 나타난다. 반대로 늦은 나이에 원치 않는 임신을 한 경우에도 불편한 감정을 가질 수 있다. 또 어머니가 사랑 없는 결혼 생활을 유지하고 있을 때도 이로 인해 아이에게 마음을 닫아버릴 수 있다.

물론 경험이 더 많은 영혼은 자신의 정제된 에너지장으로 어머니의 (나중에는 세상의) 부정적인 정서를 상당 부분 극복한다. 그러므로 피술자에게 미리 초기의 가족관계를 물어보는 것은 영혼퇴행요법가에게도 도움이 된다. 이런 자료가 자궁 속에서 시작된 영혼과 뇌의 에너지 통합이 지닌 긍정적 양상과 부정적 양상을 파악하는 데 도움이 되기 때문이다.

자궁 속에서의 상태에 대한 피술자들의 보고는 《영혼들의 운명》(전 2권)에서 이미 소개했다. 하지만 이 책의 목적을 위해 또 다른 사례를 소개하고자 한다. 이 사례는 최면요법가가 피술자에게서 얻을 수 있는 정보의 질을 말해준다. 아래의 보고는 영혼 통합에 능숙해 보였던 낸시의 사례에서 발췌한 것이다.

저는 태아 속으로 들어가기 전, 보통 임신 3개월에서 6개월 사이에 접어든 어머니의 몸을 관찰합니다. 저의 에너지를 단계적으로 침투시켜서 처음에는 어머니의 의식, 다음에는 태아의 의식과 접촉하죠. 이렇게 하면 저의 파장이 두 의식과 조화를 이룰 수 있으니까요. 저는 이런 방법으로 순조로운 통합을 준비합니다. 현재의 삶에서 어머니는 첫아이인 저로 인해 불안과 혼란을 느끼고 있었어요. 저는 어머니의 위와 가슴에서 느껴지는 굳어진 에너지 형태를 느슨하게 풀어주기 위해서 그 부위로 저의 에너지를 발산했어요. 이런 방법은 도움이 된 것 같았지요. 제 영혼이 어떤 아기와 통합되든, 저는 먼저 아기의 뇌에서 나타나는 전기적 충격과 화학작용에 더욱 초점을 맞춥니다.

낸시는 현생의 몸에서 영혼과 뇌의 통합이 만족스럽게 이루어졌으며 의식도 둔하지 않았다고 보고했다. 그래서 나는 다른 전생에서 둔한 뇌와 통합된 적이 있었는지, 둔한 뇌를 가진 몸은 어떻게 받아들였는지 물어보았다. 그러자 그녀는 다음과 같이 대답했다.

물론 전생에서 둔한 뇌와 결합한 적이 있었어요. 그 전생에서는 제 영혼이 더욱 주도적으로 움직여야 했습니다. 대신 그 뇌에는 제 자신을 더욱 쉽게 각인시킬 수 있었어요. 중점을 둔 부분은 둔한 뇌를 가진 아기의 내면에 힘과 능력, 영향력을 키워주는 것이었지요. 반면 아기의 두뇌가 빠를 경우, 제 영혼은 아기의 온갖 충동과 생각에 흔들리지 않고 중심을 유지하면서 동시에 유연성을 잃지 않게 노력해야 했습니다.

전생으로의
퇴행

LBL 피술자를 곧장 영계의 문으로 인도하기 전에 먼저 어머니의 자궁 속으로 갔다가 전생으로 퇴행시키는 데는 중요한 이유들이 있다. 가장 심오한 이유는 죽음의 장면을 경험해야 영계로 자연스럽게 건너갈 수 있기 때문이다.

학생들 가운데 종종 이렇게 묻는 이들이 있다. "꼭 가장 최근의 전생으로 퇴행시켜야만 하나요?" 물론 그런 것은 아니다. 하지만 나는 가능한 한 가장 최근의 전생을 이용한다. 가장 가까운 전생의 마지막이 피술자가 최근에 영계로 진입했던 때이고, 그만큼 피술자의 기억이 선명할 것이기 때문이다.

가장 가까운 전생을 이용하는 또 다른 이유는 현생과의 관련성 때문이다. 전생에 생긴 부정적인 흔적이나 카르마의 문제들이 피술자의 현생에 직접적으로 영향을 미칠 수도 있다. 현생에 고통을 불러오는 흔적의 근원을 찾아내면, 몸과 마음에 남아 있는 잔여물을 말끔히 없앨 수 있다. 물론 이 작업은 나중에 영계에서도 할 수 있다. 하지만 가장 가까운 전생을 실제로 다시 경험할 때 직접적으로 이 문제에 개입한다면, 나중에 재구성 작업을 더욱 효과적으로 진행하는 데에 도움이 된다.

하지만 최면요법가가 이런 의도를 가지고 피술자를 가장 가까운 전생을 통해 영계로 인도하려 해도 피술자가 그것을 무시한 채 더욱 의미 있는 이전의 전생으로 먼저 들어갈 수도 있다. 흔하지는 않지만 일어날 수 있는 일이다. 그래서 최면을 시작하기 전에 나는 전생퇴행은 영혼퇴행을 위한 과정의 한 부분임을 미리 피술자에게 일러준다. 그렇지만 피술자가 이의를 제기하지 않는 한, 가장 가까운 전생을 통해 영계로 들어가는 이유를 굳이 상세하게 설명해 주지는 않는다. 하지만 가끔 이렇게 말하는 피술자도 있다. "저, 전생퇴행은 집에서도 할 수 있어요(혹은 전생퇴행은 벌써 해봤습니다). 제가 선생님을 찾아온 이유는 윤생 사이의 삶으로 인도하는 전문가이기 때문이에요. 그러니까 시간도 절약할 겸 어머니의 자궁에서 곧장 영계로 인도해 주시면 안 될까요?"

최면요법가들 중에도 전생을 통하지 않고 곧장 영계로 인도하고 싶은 유혹을 느끼는 이들이 있다. 위와 같은 피술자의 요청이 있을 경우에는 특히 더할 것이다. 나도 물론 이런 방식을 실험해 보았고, 그 결과 이런 방식은 적절하지 않다는 결론에 이르렀다. 그 이유는 다음과 같다.

1. 현재의 삶에서 곧장 영계로 퇴행하면, 보통의 피술자는 의식의 혼란을 느끼고, 분별력을 상실할 수도 있다. 앞문이 아니라 뒷문을 통해 영계로 들어갔기 때문이다. 우리의 영혼이 죽음의 경험을 통해 영계로 들어가는 것이 가장 자연스러운 방식이다. 물론 피술자를 다시 앞문으로 되돌려 보낼 수도 있다. 하지만 이런 복잡한 작업에는 역시 시간이 더 소요된다. 요컨대 LBL 세션에서는 전생을 단축해서 경험하게 하는 것이 좋다.

2. 피술자를 곧장 영계로 성급하게 인도하면, 몸을 벗어나 천상의 영역으로 자연스럽게 건너가는 것이 얼마나 아름다운 일인지를 경험하지 못한다. 또 마중 나온 존재가 없이, 약간 당혹스러운 상태로 영계에 도착할 가능성이 높다. 흔히 들르는 기착지가 어디인지, 영혼 그룹과 어떻게 재회하는지도 모른다. 또 우리는 전생의 죽음 장면을 통해 개인의 영혼이 어떻게 영계로 들어가는지 배우게 된다. 영계로의 진입 속도는 느린가, 아니면 빠른가? 일반적으로 영혼들은 사랑하는 사람들에게 다가가기 위해 잠시 죽음의 현장을 배회하는가? 안내자나 영혼의 친구들과 어떤 방식을 통해 처음 접촉하는가?

3. 마지막으로, 전생을 돌아보는 동안 피술자는 크게 걸음을 내디디며 초의식 상태로 완전히 들어가기 전에 기억력을 훈련하는 시간을 더 가질 수 있다. 이전에 전생퇴행을 경험해 보지 못한 피술자는 처음에는 그가 보고 느낀 것을 물었을 때 반응이 느릴 수 있다. 하지만 LBL 세션에서 전생의 경험들에 노출시켜 주면 최면 과정을 더욱 익숙하게 받아들일 수 있다. 이로 인해 영계에 들어갔을 때도 최면요법가의 질문에 반응을 잘하게 된다.

물론 이런 질문을 할 수도 있다. "태아 상태에서 전생으로 이동하는 것이나 자궁에서 영계로 곧장 들어가는 것이나 피술자에게 힘들기는 마찬가지 아닌가요?" 내 대답은, 둘은 다르다는 것이다. 태아 상태에서 전생으로 이동하는 것은 몸을 지닌 하나의 환생 상태에서 다음의 환생 상태로 옮겨가는 것이다. 이때 대부분의 피술자는 아직 초의식적인 영혼 상태에 들어가 있지 않다.

또 신체적인 죽음의 장면을 경험하면, 자궁에서 영계로 곧장 진입할 때와는 달리 몸을 벗어나서 그 위를 맴돌면서 영혼으로 존재하는데 적응할 수 있는 시간을 더욱 많이 갖게 된다. 물론 진화한 영혼에게는 두 개의 기법 중에 어느 쪽을 선택하건 문제가 되지는 않을 것이다. 하지만 이처럼 진화한 영혼은 피술자 가운데 아주 일부뿐이다.

피술자를 어머니의 자궁에서 전생으로 인도하기 시작할 때, 나는 피술자에게 가장 가까운 전생(혹은 피술자가 원할 경우, 가장 의미 있는 전생)으로 데려다 줄 긴 터널을 그려보라고 한다. 그리고 자궁 속에서 벗어나 이 어두운 시간의 터널 속으로 들어가게 한다. 이때 내가 주는 지시 내용은 다음과 같다.

이제 긴 터널 속으로 들어간다고 상상하세요. 이 터널이 당신을 가장 가까운 전생으로 인도할 것입니다. 이 시간의 터널은 기차 터널과 겉모습이 비슷하지만, 기차 터널보다 훨씬 부드럽고 깨끗합니다. 입구와 출구가 있는 완전한 원통 모양을 그려보세요. 커다랗고 둥근 입구 안으로 들어가 보면, 주변의 모든 것이 검게 보입니다. 제가 수를 열에서 하나까지 빠르게 세어 내려가는 사이, 곡선 모양의 벽이 점점 회색빛으로 바뀌는 게 보입니다. 다섯에 이르면 밝은 흰색으로 바뀝니다. 그러면 반대편 끝에 커다랗고 둥글고 밝은 출구가 보입니다. 제가 하나를 세면, 이 출구를 통해 당신의 전생에서 중요한 장면 속으로 들어갈 것입니다. 그것이 어떤 장면인지 당신은 아직 모릅니다. 하지만 제가 하나를 세는 순간, 당신은 다른 몸으로 다른 시간, 다른 공간 속에 있게 되고, 이 다른 몸의 존재가 당신 이라는 것도 알게 됩니다.

피술자가 지각력은 있지만 시각적 이미지를 잘 떠올리지 못할 경 우, 나는 어두운 터널을 통과할 때의 감정과 느낌, 촉각에 집중한다. 그리고 피술자의 망설임으로 어려움이 생기면, (계단을 내려오면서 어린 시절과 자궁 속으로 들어갈 때와 마찬가지로) 다시 관념운동적 인 손가락 신호를 요구한다.

지금 저와 함께 시간의 터널을 통과할 준비가 됐으면 오른손의 손가락들 을 들어 올리세요. 하지만 이 황홀한 경험을 시작하기 위해 제가 숫자 세 기를 시작할 때까지 좀 더 기다리기를 원하면, 왼손의 손가락들을 들어 올리세요.

하지만 나는 거의 즉각적으로 숫자 세기를 시작한다. 그래서 이 짧 은 선택 사이에서 피술자가 저항할 수 있는 여지는 사실 거의 없다. 터널을 통과할 때 주는 마지막 지시는 다음과 같다.

열…… 자궁에서 나와 어두운 터널 속으로 들어가세요. 이제 속도를 높 입니다…… 아홉…… 빠르게, 더욱 빠르게…… 여덟…… 벽이 회색빛으 로 바뀌는 모습에 주목하세요.…… 일곱…… 여섯…… 다섯…… 벽이 이 제는 완전히 하얗게 보입니다. 저 앞에 커다랗고 둥글고 밝은 출구가 보 입니다. 이 출구는 당신을 전생의 중요한 한 장면으로 인도합니다……

넷…… 셋…… 둘…… 하나! 이제 터널 바깥에 있습니다!

이 책에서는 전생보다는 윤생 사이의 삶으로 돌아가는 방법에 초점을 맞추고 있다. 그래서 피술자의 의식이 전생으로 들어가고 난 후에 하는 일련의 질문들은 아주 간략하게만 소개하고자 한다.

1. 먼저 낮인지 밤인지 말해주겠어요?
2. 추운가요, 아니면 더운가요?
3. 당신은 실내에 있나요, 아니면 실외에 있나요?
4. 당신이 있는 곳은 도시인가요, 아니면 그보다 작은 읍내 혹은 시골인가요?
5. 당신은 혼자인가요, 아니면 누군가와 함께 있나요?
6. 어떤 차림을 하고 있나요?
7. 당신은 남자인가요, 여자인가요?
8. 당신은 몸집이 작나요, 중간인가요, 아니면 큰가요?
9. 지금 당신은 무엇을 하고 있나요?

지시에 따라 대부분의 피술자는 스스로 혹은 최면요법가가 선택한 삶의 중요한 장면으로 최면요법가를 데려갈 것이다. 보통 이 삶은 그의 가장 가까운 전생일 것이다. 최면요법가는 전생의 장면에서 비롯된 정서적 반응에 대비하고 있어야 한다. 흔히 죽음의 장면이 펼쳐지기 때문이다. 최면요법가는 피술자의 전생에서의 이름과 나이, 가정환경은 물론이고, 날짜와 지리적 위치, 피술자를 죽음으로 이끈 사건도 알게 될 것이다.

이후 나는 이 전생에서 중요한 의미를 갖는 인물들에 대해 물어본다. 피술자가 향상된 심상화 능력과 고도의 집중력으로 대답을 잘하면, 전생의 인물들 가운데서 현생에까지 등장하는 주요 인물이 누구인지도 물어본다. 여기서 피술자의 답변을 성공적으로 이끌어내는 데 중요한 것은 영혼의 진화 정도가 아니라 최면의 몰입도다. 그러므로 어떤 피술자에게는 영계에 진입한 후에 이 질문을 하는 것이 좋다. 나는 이 전생에 15분에서 30분 정도의 시간만 할애한다. 피술자를 가능한 한 빨리 죽음의 장면으로 인도하고 싶기 때문이다.

첫 장면이 죽음의 장면이 아니면, 나는 피술자를 첫 장면에서 5년이나 10년씩 건너뛰어 이동하게 한다. 그러다 적절한 순간이 되면 이렇게 말한다.

좋습니다. 이제 셋을 세면 이 생의 마지막 날로 갑니다. 하나, 둘, 셋! 무슨 일이 일어나고 있는지 설명해 보세요.

피술자가 노환으로 죽어갈 경우에는 누군가 돌봐주는 사람은 있는지, 기분은 어떤지 등의 주변 상황을 물어본다. 만약 죽음의 장면에 상처가 많은 경우에는 되도록 빠르게 벗어난다.

의식의
개입 현상

이 부분은 세션 초기에 피술자를 어린 시절로 유도하는 것에 대해 이야기할 때 이미 언급한 내용이다. 최면요법가는 피술자가 정말로 어린 시절의 자기가 되어 느끼거나 생각하고 있는지, 아니면 여전히 의식을 가진 채로 과거의 시간과 장소를 기억하기 위해 애쓰고 있는지 확인해야 한다. 이 단계에서 문제는 최면의 깊이다.

그러나 전생에 진입한 다음에도 기억과 관련해서 또 다른 문제가 분명하게 드러날 수 있다. 의식의 계속되는 개입으로 인해 잘못된 기억을 만들어내는 경우다. 이 오염된 기억과 관련된 문제는 영혼퇴행을 진행하기 전에 말끔히 해결해야 한다.

전생으로 들어간 후에는 피술자가 현생에서 축적한 세세한 역사적 지식들을 토대로 전생을 기억해 내고 있지는 않은지 주의 깊게 살펴야 한다. 잘 알려진 사건들이나 익숙한 신화들에 매료되어 상상을 펼치고 있을 가능성도 있기 때문이다.

심리적 경향이 기억에 영향을 미칠 수도 있다. 하나의 예로, 나는 다음과 같은 현상을 '아틀란티스 이끌림Atlantis Attraction'이라 부른다. 너무도 많은 사람들이 아틀란티스 이야기에 매료되어 있다. 이 현상은 보통 접수 면접 시간에 피술자가 다음과 같이 말할 때 가장 먼저 확인할 수 있다. "제가 한때 아틀란티스 대륙에 살았다는 걸 깨닫게 될 거예요." 이런 확신의 중심에는 지구상에 존재한 전설적인 초기 문

명의 일원이고 싶은 욕망이 똬리를 틀고 있다.

물론 세계 역사에 대한 사전 지식을 가지는 것 자체에는 문제가 없다. 이런 지식은 때로 과거의 장면을 확인하는 데 도움이 될 수도 있다. 하지만 최면요법가는 피술자가 신화적인 측면들을 포함한 과거의 몇몇 측면들에 지나치게 매료돼서 기억에 영향을 받거나 기억을 왜곡시킬 수도 있다는 점을 의식하고 있어야 한다. 기억의 왜곡이 나타날 때 효과적인 대응책은 관념운동적인 신호로 피술자의 말을 중단시켜 의식의 개입을 차단하는 것이다. 다음은 아틀란티스 이끌림 현상이 일어났던 사례다.

: 당신은 지금 어디에 있나요?

: 저는 아틀란티스 대륙에 있어요.

: 좋습니다. 잠시 멈추도록 하죠. 당신이 방금 말한 내용을 천천히 신중하게 생각해 보세요. 당신의 모든 기억을 돌아보면서 당신이 정말로 아틀란티스에 있는지를 확인할 때까지는 서로 말을 걸지 않을 겁니다. 당신이 정말로 어디에 있는지를 확인하고 나면, 오른 손의 손가락을 들어 올리세요. 당신의 손가락이 움직이는 걸 확인 하기 전에는 말을 하지 않을 겁니다.

: (길게 멈추었다가 손가락을 들어 올린다.) 아! 아틀란티스 기억 은 틀린 것 같습니다. 저는 바다 한가운데 있는 어느 아름다운 섬의 원주민인 것 같아요.

이 아틀란티스 이끌림 현상은 5부의 '전생 돌아보기'에서 혼성 영혼에 대해 이야기할 때 더욱 자세히 설명하겠다.

　나는 잘못된 보고를 설명할 때 '유명인 신드롬Famous Person Syndrome'이라는 말을 사용하기도 한다. 주로 유명한 사람이 되고픈 피술자들에게 이런 경향이 나타난다. 전생퇴행요법가들은 대부분 자신이 유명인이었다고 주장하는 피술자를 몇 번은 만나보았을 것이다. 하지만 자세히 살펴보면 이런 주장은 사실이 아님을 알 수 있다. 나는 자신이 메릴린 먼로였다고 주장하는 피술자를 세 명이나 만났는데, 이 가운데 한 명은 메릴린 먼로의 가정부였다. 그녀를 메릴린 먼로를 포함한 여러 사람들과 함께 있는 장면으로 돌아가게 해서, 주변의 사람들이 누구인지를 각각 한 명씩 확인해 달라고 하자, 그녀가 메릴린 먼로가 아님이 밝혀졌다.

　다행히 영혼퇴행에서는 영계로 진입하고 나면 전생을 뒤돌아볼 때를 빼고는 대부분 의식이 초의식에 개입할 수 없다. 나도 LBL 세션 중에 이런 의식의 개입을 경험한 적이 있다. 주로 영계의 첫 기착지에 가까워졌을 때, 몇몇 피술자가 자신이 파란빛의 고도로 진화한 영혼이라고 자발적으로 보고했다. 하지만 나의 저서들이 출판되기 전에는 이런 식의 보고가 전혀 없었다.

　처음에는 욕망이 만들어낸 환상이나 강한 믿음 체계, 억제된 두려움, 권태로운 현재의 삶에 대한 불행의 감정이 진실을 가릴 수 있다. 의식의 개입으로 인해서 피술자의 기억이 잘못된 것 같을 때는 부드럽게 설명을 부탁하거나 날카롭게 질문하는 식으로 대처한다. 전생과 윤생 사이의 삶으로 돌아가는 퇴행에서는 피술자에게 길고 복잡한 질문을 던지지 않는다. 피술자에게 보고 느끼는 것을 자세히 설명해 달라고 용기를 북돋아주면서, 질문은 간단하고 짧게, 직설적으로 한다.

정확한 정보를 얻어내는 비결은 인내와 대조 검토에 있다. 다양한 시간의 틀 속에서 앞뒤로 왔다 갔다 하면서 동일한 내용을 살펴보는 것이 효과적이다. 피술자의 보고에 일관성이 있는지 검토하고 돌아보는 일은 피술자에게도 상당히 유익한 작업이다. 피술자를 의식이 변형된 상태로 신중하게 인도한 후 전생을 기억하는 동안 피술자의 인식과 설명을 검토하며 작업하다 보면, 영계의 문에 다다를 즈음 피술자도 정확한 보고를 할 준비가 훨씬 잘되어 있을 것이다.

어떤 이들은 잘못된 보고에 대한 나의 견해를 듣고, 최면요법 자체의 유효성에 의문을 제기하기도 한다. 이런 의문은 억측에 지나지 않는다. 내 경험상 진정한 의식의 개입 현상을 보여준 피술자는 극소수에 지나지 않았기 때문이다. 대부분은 최면 상태에 들어갔을 때 의도적으로 거짓말을 하지는 않는다. 하지만 어떤 사람들은 자신이 진실이라고 믿는 것을 잘못 전달할 수도 있다.

대개의 경우 의식은 우리에게 유리하게 작용한다. 지리적인 위치나 날짜를 기억하는 문제를 생각해 보자. 전생퇴행에 대해 비판적 사고를 가진 사람들은 때로 고대의 전생을 다시 경험하는 사람이 어떻게 그가 존재하던 고대의 장소를 현대의 세계지도에서 정확하게 짚어낼 수 있는지를 묻는다. 그 대답은 지리적 위치와 시간의 틀에 대한 현대의 지식이 의식 속에 들어 있기 때문이다. 그렇다고 의식이 이런 정보에 대한 기억을 쉽게 정리해 준다는 말은 아니다. 날짜의 경우, 나는 흔히 피술자에게 숫자를 머릿속에 떠올린 뒤 한 번에 하나씩 그 숫자를 읽어달라고 한다.

다음 사례는 전생의 수치심이나 죄의식과 관련된 의식의 개입 현상으로 인해서 피술자가 날짜를 혼동한 경우다. 1964년에 태어난 서른두 살의 유대인 여성 피술자가 있었다. 가장 가까운 전생으로 가보니 그녀는 제2차 세계대전 때 강제수용소에서 유대인들을 탄압하던 오스트리아 군인이었다. 이 전생에서 그녀는 1920년에 태어났다. 내가 "당신은 몇 살에 죽었나요?" 하고 묻자, 그녀는 (너무도 빨리) "여든여섯 살요" 하고 대답했다. 이 대답이 맞는다면 그녀는 2006년 당시에도 살아 있어야만 했다. 하지만 2006년이 되려면, 우리가 세션을 가진 시점에서도 몇 년은 더 지나야만 했다. 천천히 자세한 설명을 요구해 보니, 전생에서 나치 군이었던 그녀는 사실 전쟁이 끝난 뒤 1962년에 마흔둘의 나이로 자살했다. 유대인들에게 가했던 야만적인 행위에 대한 후회 때문이었다. 2년 뒤 그 영혼이 다시 인간으로 환생했고, 결국에는 나의 피술자로 찾아온 것이다.

이면을 잘 들여다보면 피술자의 기억이 얼마나 신뢰할 만한지를 알려주는 분명한 신호가 있다. 최면요법가는 피술자의 대답을 점검하면서 이 신호들을 찾아봐야 한다. 다음은 세 가지 예다.

1. 피술자가 특이하거나 혼란스러운 성gender 경험을 하고 있나? 남성 피술자는 여성으로서의 전생을 다시 체험할 수 있으며, 이 반대의 경우도 가능하다. 여기서 피술자가 겪는 갈등은 이 모든 경험이 사실임을 말해준다.
2. 피술자가 전생을 기억하기 시작할 때 전개되고 있는 장면에 반신반의하다가 곧 확신을 보여주는가? 이는 (앞에서 인용한 앤디

와 오티스의 사례처럼) 피술자가 그의 불확실성을 신중하고 차분하게 처리하고 있음을 보여준다.

3. 담담하게 보고하던 피술자가 어느 순간에 직접 관여하고 있는 것처럼 훨씬 강렬한 느낌을 드러내는가? 이런 정서적인 변화는 피술자가 초연한 상태에서 실제로 참여하는 상태로 옮겨가고 있음을 의미한다.

세션을 받기 전의 외부 영향에 대해서는 피술자의 선입견을 다룬 부분에서 피술자와 최면요법가의 관점에 따라 이미 이야기했다. 그러나 세션을 진행하면서도 최면의 깊이를 파악해서 의식의 개입이 일어나고 있지는 않은지 자주 점검해야 한다. 한 예로, 우울감이나 종교적인 불안감에 가득 차 있는 피술자, 자신이 무가치한 존재라고 느끼는 피술자는 영계의 문에 이르러서도 여전히 의식의 지배를 받아서 지옥같은 어두운 곳으로 끌려가리라 생각할 수도 있다.

이럴 때는 피술자에게 그의 내면에서 발현되는 진정한 지혜를 근거로 분명하게 설명해 달라고 요구한다. 혹은 영계의 문에서 유대감이 깊은 영혼의 친구나 안내자와 함께 작업한다. 그러면 에고Ego, 자아의 여과 작업이 이루어지고, 심리적인 혼란이 줄어들기 시작한다. 이로써 피술자는 현생의 한시적인 인격에서 더욱 분명하게 분리되어 그의 영원한 영적 정체성에 다가가게 된다.

일반적으로 피술자가 깊은 초의식 상태에 들어가 영계의 경험들을 떠올리기 시작하면, 고차원적인 영혼의 자기가 영적으로 지배하게 되어 의식의 개입은 크게 약화되거나 아예 사라져버린다.

4부

영계로 들어가는
의식의 문

전생의
죽음 장면

전생에서 죽음의 장면에 이르면, 나는 내 손을 피술자의 이마에 대고 이렇게 말한다.

당신은 이제 막 죽었습니다. 당신은 전에도 여러 번 이런 경험을 했습니다. 그러니 어떤 신체적 고통이나 불편함도 느끼지 말고 편안하게 몸에서 벗어나세요.

내 손을 피술자의 이마에 대는 이유는 손을 통해 위안의 에너지를 보내서 피술자가 자신의 죽음을 받아들이고 자신감을 갖도록 하기 위해서다.

나는 피술자의 의식 가운데 가장 초연한 면, 즉 차분한 관찰자와 비슷한 면에 호소한다. 죽음과 더불어 이 삶이 완성되었다는 점을 일깨워주는 것이다.

그러나 하나의 몸에 깃들어 있다가 어느 순간 이 몸을 벗어나는, 죽음이라는 실제의 드라마를 지나치게 약화시키지는 않으려 한다. 피술자가 자유로운 영혼 상태로 떠다니는 자신을 대면하는 첫 장면에서 생생한 느낌을 경험할 수 있게 하기 위해서다.

죽음의 장면에서 자신의 심상이나 느낌, 감정을 표현하는 방식은 피술자마다 다르다. 또 같은 피술자라도 죽음의 장면에서 느끼는 감각은 전생마다 각기 다르다.

피술자의 영혼이 죽음의 장면을 지나 이동하기 전에 그 장면에 정서적으로 감응하는 피술자에게는 탈감각화desensitization 혹은 탈세뇌deprogramming 작업이 필요할 수도 있다. 이런 정서적 감응으로 인해 피술자가 폭력적인 죽음의 고통을 실제로 느끼게 되면 앞으로 나아가는 데 장애를 겪기 때문이다.

상처로부터의
탈감각화

현생이나 전생의 상처를 치료하는 최면요법 강좌에서는 거의 대부분 탈감각화를 익히게 한다. 그러므로 여기서는 윤생 사이의 삶으로 돌아가는 영혼퇴행에서 탈감각화를 적용하는 문제에 더 초점을 맞추겠다. 느닷없이 살해당하는 등 죽음의 장면에서 정서적으로 상처를 입었을 경우, 피술자는 그 몸에서 벗어나지 못할 수도 있다. 그러나 다행스럽게도 대부분의 피술자는 이런 식의 방해는 받지 않을 것이다. 특히 최면요법가의 도움을 받으면, 보통의 피술자는 자신이 영혼 상태에 있으므로 더 이상 상처받지 않으리라는 것을 깨닫는다. 그래서 계속 나아가기를 원한다. 대부분의 피술자가 죽음의 장면에서 빨리 벗어나고 싶어 하기 때문에 최면요법도 피술자를 이 육체에서 신속히 벗어나게 할 수 있을 것이다. 하지만 이렇게 안 될 때는 어떻게 해야 할까?

탈감각화의 목적은 의식이 상처를 준 사건이나 억압해 두었던 것들을 받아들이고 천천히 소화하게 만드는 것이다. 그래야 공포나 두려움, 불안, 불편을 느끼지 않고 살아갈 수 있기 때문이다. 전통적인 최면요법에서는 심리적 문제를 유발하는 현생의 사건들 가운데 가벼운 사건부터 단계적으로 접근한다. 그러면 피술자는 강력한 영향을 미친 사건들까지 점진적으로 소화해 나가다 궁극적으로는 불안함을 주는 근원에 가까이 다가간다. 싸우거나 도망치는 반사작용을 억제해서 감정의 틀을 재구성할 수 있도록 상처를 남긴 사건을 다시 경험하는 것이다. 이를 통해 피술자는 현재에서 안정감을 얻는다.

LBL 시술자는 가끔 전생에 생긴 몸의 부정적인 흔적에서 피술자를 자유롭게 만들어주어야 할 상황에 부딪힌다. 한 예로, 시계나 팔찌를 전혀 착용하지 못하는 피술자를 만난 적이 있다. 그녀가 이렇게 된 이유는 전생에서 사막에 있는 기둥에 가죽 끈으로 손이 묶인 채 죽었기 때문이다. 얼마나 격렬하게 몸부림쳤는지 고통 속에서 죽어갈 때 그녀의 팔목은 살갗이 떨어져 나가 뼈까지 다 드러나 있었다. 나는 이 끔찍한 장면에서 피술자를 탈감각화시켰다. 하지만 이는 몸에서 벗어나 영계로 들어가게 하기 위해서가 아니라, 현생에서 느끼는 신체적인 불편함의 근원을 경감시켜 주기 위해서였다.

최면요법가들 가운데는 피술자를 끔찍한 장면으로 퇴행시켜서 고통을 전부 다시 겪도록 해야 한다고 생각하는 사람들도 있다. 하지만 나는 피술자가 사건의 모든 부정적인 면들을 떠올리면서 초연한 관찰자처럼 자신의 감정을 느끼게 만든다. 이 방법으로 피술자는 이성적으로 사건의 세세한 부분들을 바라보며 분석할 수 있는 차원까지 끌어올려져서 결국에는 상처를 지울 수 있다. LBL 요법에는 특히 이런 방법이 적합하다고 생각한다.

종종 나는 전생의 죽음 장면을 빠르게 통과해서 영혼 상태의 피술자가 자신의 몸 위에 떠 있도록 만든다. 그러면 피술자는 상처를 남긴 장면과 연관된 고통의 요소들을 더욱 효과적으로 통합한다. 피술자가 영혼 상태에서 그의 불멸의 자기를 인식하기 때문이다. 또 영계에서 다른 전생들을 살펴보는 것도 훨씬 쉽고 효과적인 방법이다. 필요하다면 중요한 전생으로 돌아가서 여러 생을 사는 동안 지속적으로 상처를 불러일으키는 카르마의 근원을 밝힐 수도 있다.

영혼 치유의 방법적인 부분들은 5부의 '원로들과의 만남을 통한 치료의 기회'에서 더욱 자세히 다루도록 하겠다. 여기서는 피술자의 의식이 육체에서 벗어났을 때 육체와 마음에 영향을 미친 전생의 사건을 기억하게 하고, 카르마와 연관된 핵심 문제들에 다가가 이들을 분석함으로써 그 의미와 목적을 파악할 수 있다는 점만 밝혀도 충분할 것 같다.

영혼퇴행은 잠재되어 있는 상처들에서 벗어나게 해주는 강력한 도구다. 우리의 많은 부분이 영혼으로서 우리가 내리는 많은 선택뿐만 아니라 이 선택 이면의 이유들과도 연관되어 있기 때문이다.

처음으로 경험하는
영혼의 상태

피술자가 힘든 죽음의 장면을 경험하는 동안에, 혹은 전생에서 방금 죽었다고 보고할 때, 나는 마음속으로 피술자의 주변에 황금빛 에너지장이나 빛의 보호막을 쳐준다. 동시에 영혼의 안내자 역시 피술자가 지금 죽었음을 잘 알고 가까이 존재한다는 점을 알려준다. 그러고 나서 이렇게 말한다.

당신의 몸은 방금 죽음을 맞이했습니다. 육체를 벗어나서도 당신은 제게 말을 걸고 질문에 대답도 할 수 있습니다. 당신은 이제 내면의 진정한 자기와 접촉하게 되었습니다. 스스로의 고차원적인 존재 속으로 의식이 확장되는 것을 느껴보세요. 떠나온 몸을 내려다보는 순간에는 잠시 슬픔이 느껴질 수도 있습니다. 하지만 당신의 영혼은 전에도 이런 경험을 한 적이 있습니다. 이제 당신은 고향으로 돌아갑니다. 준비가 되면 모든 신체적인 고통과 불편을 뒤로하고 고향으로 돌아갈 수 있습니다.

이 시점에서 나는 질문의 속도를 늦추고 목소리의 높이도 낮춘다. 과정을 더욱 천천히 진행하고 질문도 아주 신중하게 한다. 피술자의 영혼이 어릴 때는 특히 신경을 많이 쓴다. 피술자가 마침내 불멸의 자기와 대면하고 몸을 떠난 존재 상태에 적응하는 데는 어느 정도 시간이 필요하기 때문이다.

전생퇴행에서는 피술자가 하나의 몸에서 다른 몸으로, 하나의 생에서 다음 생으로 옮겨가기가 훨씬 쉽지만, 윤생 사이의 삶에서는 아예 몸을 갖고 있지 않다. 이 점을 잊지 말아야 한다. 전생퇴행에서는 피술자가 아직 물리적인 존재다.

피술자가 "몸에서 멀어지고 있는데, 어디 있는지는 모르겠어요!" 하고 보고하면, 모든 것이 정상이라고 안심시킨다. 그러고 나서 이렇게 덧붙인다. "제가 침묵을 지키는 동안, 주변을 둘러보고 가장 먼저 눈에 들어오는 것을 말해주세요." 그러면 대부분의 피술자는 자신의 영혼이 그가 죽은 방 천장에 있다고 보고한다. 실외에서 죽음을 맞이했을 경우에는 보통 몸 위에 떠 있다고 말한다.

죽음의 장면에서는 대개 다음과 같은 개방형 질문들을 한다.

1. 몸에서 분리된 당신의 영혼은 지금 어디에 있나요?
2. 누군가가 방 안에 있나요? (실외라면, 당신의 몸 근처에 누군가가 있나요?)
3. (긍정의 대답이 나오면) 가까이 있는 사람(들)에 대해 이야기해주세요. 그들은 누구인가요?
4. 주변에는 무엇이 보이나요? (무엇을 인식하고 있나요?)
5. 무엇을 느끼고 있나요?
6. 지금 어떤 일이 벌어지고 있나요? 만약 그렇다면, 무슨 일이 일어나고 있죠? 당신이 아직 말하지 않은 일은 무엇이죠?
7. 당신의 죽음을 당신은 어떻게 느끼고 있나요?

앞서 말했듯이, 죽음을 예상하지 못했을 경우에 피술자는 슬픔이나 못다 한 일 때문에 몸을 떠나지 않으려 할 수도 있다. 어린 나이에 죽음을 맞이하거나, 갑작스런 사고에 충격을 받거나, 살해를 당한 피술자들이 그렇다. 그러나 탈감각화가 아예 불필요한 경우도 종종 있다. 이런 경우에는 피술자에게 이번 생이 짧으리라는 것을 그가 미리 알고 있었을 것이며, 곧 안내자에게 상황을 보고할 수 있으리라는 점을 일깨워준다. 경험이 없는 영혼이 아닌 한, 보통의 피술자는 어떤 종류의 죽음이든 빠르게 적응한다.

대개의 경우, 피술자에게 몸 가까이 머물면서 생각을 정리할 시간을 주는 것이 좋다. 또 피술자가 당황하거나 혼란스러워하는 기색이 있으면 안심을 시킨다. 그러나 영혼이 죽음의 장면에 적응하고 나면, 나는 가장 가까운 전생에 대해서 파악한 정보를 빠르게 요약해 준다. 전생과 전생에서 만난 사람들과 관련해서 내게 보고했던 내용들 중에 수정하고 싶은 점이 있을 수도 있기 때문이다.

그리고 나서 이 전생의 궁극적인 목적에 대해 이야기하는 시간을 갖는다. 물론 더 기다렸다가 나중에 방금 마친 전생을 돌아볼 수도 있다. 하지만 미리 계획했던 목적에 비추어 이번 전생이 성공적인지 아닌지를 이야기하기에 가장 좋은 시점은 바로 이때다. 피술자가 의식적으로 전생을 다시 체험해 보는 과정이 이제 막 끝났으므로 전생의 장면들을 아직 생생하게 느낄 수 있고, 이것이 현재의 삶에도 영향을 미칠 수 있기 때문이다.

최면요법가가 원한다면 오리엔테이션이나 보고를 하는 동안 방금 마친 삶을 상세히 다루는 시간을 더 가질 수도 있다. 피술자가 그의 의원들을 만나는 동안에 나는 영계의 다른 장소에서 모든 전생의 전반적인 성과를 철저하게 살펴본다. 그래서 죽음의 장면에서 너무 오래 시간을 끌지는 않는 것이다. 이런 반성의 시간은 피술자에게 몸 가까이 머물면서 영혼 상태의 자신에게 적응하고 영혼이 된 자신의 모습을 떠올려볼 기회를 제공해 준다. 가장 가까운 전생을 돌아봄으로써 얻을 수 있는 부가적인 이득이라 할 수 있다.

피술자의 영혼이 몸에서 벗어났지만 아직은 지구의 영적인 차원에 머물러 있는 동안, 영혼퇴행에서 극히 드문 현상이 일어날 수도 있다. 바로 '영혼의 집착'이라는 현상이다. 다른 LBL 시술자들도 종종 내게 '영혼의 집착과 해방'에 대해 묻곤 한다. 형이상학적인 글들에서 이 문제를 아주 많이 다뤘는데, 이 가운데 일부가 불필요할 정도로 과장되어 있기 때문이다.

극히 드물지만 LBL 피술자들 중에서도 영계의 모습을 떠올릴 때 혼란에 빠진 영혼을 가까이에서 가장 먼저 보는 이들이 있다. 피술자들은 이 존재들을 '어두운 영혼'이라고 부른다. 일반적으로 이 불행한 영혼은 피술자와 혈연관계에 있는 존재나 배우자 혹은 가까운 친구다. 그러나 피술자의 전생과는 아무런 관련이 없다. 피술자가 지금은 영계의 '현재 시간now time'에 들어와 있기 때문이다.

이런 특이한 경험을 하면 피술자는 대개 호기심을 느낀다. 하지만 다른 민감한 사람들(이들은 흔히 어린 시절의 종교적 가르침으로 인해서 주변에 '악마적이고 사악한 세력들'이 있다는 선입견을 갖고 있다)은 이런 존재에 부정적으로 반응할 수 있다. 거기다 안타깝게도 일부 최면요법가들은 두려움에서 비롯된 토속 미신들로 인해 '영혼의 집착'이 갖는 위험성과 영혼 구제의 필요성을 강조하면서 피술자에게 불필요한 괴로움을 안겨주기도 한다.

영계로의 진입을 방해하는 이 '길 잃은 영혼'을 처리하기 위해 조치를 취해야 할 때는 먼저 '다독임 기법calming technique'을 사용한다. 나는 우선 피술자에게 이 영혼이 들러붙지는 않을 것이며, 악마나 사악한 세력이 아니라고 설명해 준다. 이 영혼은 아직 지구를 떠날 준비가 안 된 불행한 영혼, 도움이 필요한 존재일 뿐임을 알게 한다. 이런 영혼은 일반적으로 살해나 자살 같은 죽음 당시의 사건에서 아직 벗어나지 못했거나, 사랑하는 사람이 위험에 처해 있다는 생각에 괴로워하고 있다. 이 문제에 대한 나의 생각은《영혼들의 운명 1》의 '지구 근처의 영혼들'에서 이미 밝혀두었다.

나는 피술자에게 다음과 같이 부드럽게 제안한다.

이 고통 받는 영혼과 접촉해서 이야기를 나눠봅시다. 그래야 이 영혼이 누구이고 무엇을 원하는지, 이 순간 당신 앞에 나타난 이유가 무언인지, 어떻게 도와줘야 빛 속으로 돌아갈 수 있는지 알 수 있을 테니까요.

LBL 시술가 동료 가운데 한 명은 지혜롭게도 이렇게 말했다. "이 고통 받는 영혼은 실체처럼 보고 느끼고 행동할 수도 있어. 하지만 대개의 경우 이 존재는 피술자 자신이 영혼으로서 계속 만들어가고 있는 개인사에서 비롯된 원형archetypes이나 의인화된 존재일 뿐이야."

영계로의
이동을 위한 지시

피술자를 지구에서 멀리 떠날 수 있게 준비시키는 과정에서 최면 요법가마다 각자의 취향과 방법론에 어울리는 지시문을 만들어낼 수 있다. 또 표준적인 방법을 피술자 개개인에게 맞춰 도움이 되도록 변형해서 적용할 수도 있다. 다음의 예는 내가 사용하는 지시인데, 세션 중 이 단계에서는 특히 지시를 내리는 타이밍을 진지하게 고민해야 한다.

보통 나는 아래의 지시를 영계의 문턱에서 피술자에게 한다. 하지만 영계로 건너가는 단계에 더욱 깊이 통합되어 있는 피술자에게는 영혼 상태에서의 지시가 더욱 효과적이다. 이것은 피술자가 그 순간에 얼마나 깊이 몰입해 있느냐에 달려 있다.

영계로의 이동을 위한 지시 내용은 단계에 따라 크게 네 부분으로 이루어져 있다.

1. 이제 완전한 영혼 상태에서 당신의 가장 고차원적인 의식과 직접 연결됩니다. 이 고차원적인 의식은 당신의 온 존재에 대한 정보를 모두 저장하고 있는 거대한 컴퓨터 같습니다. 당신은 시간을 초월한 영원한 존재로서 물리적인 시간 속에서 앞뒤로 이동하면서 이전의 어떤 전생이든 거리를 두고 바라볼 수 있고, 당신이 가진 불멸의 성격을 형성한 사건들을 이해할 능력이 있습니다. 당신은 이 전생들에서 당신과 함께

했다가 이제 영계에서 영혼 상태로 머물고 있는 중요한 존재들을 만날 것입니다.

2. 당신은 곧이어 윤생 사이의 불멸의 삶을 상세히 기억해 내 당신 영혼의 삶에 대한 제 질문들에 답할 것입니다. 또 당신 영혼의 삶의 모든 모습을 객관적으로 분명히 파악할 것입니다. 나아가 당신의 불멸의 영혼이 갖는 특성과 현생은 물론 전생들에서 당신의 영혼이 깃들었던 모든 물리적 몸의 특성과 기질의 차이도 구분하게 될 것입니다.

3. 전지all-knowing의 영적인 힘이 존재하는 사랑의 영역으로 올라가면서 우리는 확장된 의식의 영역으로 들어갑니다. 지금은 비록 이 아름다운 영역의 문턱에 있지만, 당신의 영혼은 해방의 기쁨을 느낄 것입니다. 더욱 깊이 들어가면 이 평화로운 영역이 전지의 수용성을 구체적으로 보여주기 때문에 당신은 모든 것에 친근감을 느낍니다.

4. 당신은 이제 완전히 편안한 상태로 몸에서 멀리 벗어납니다. 곧 신성의 도움divine help으로 물리적인 삶에서 생긴 모든 부정적인 에너지를 떨쳐버립니다. 영원한 고향eternal home으로 들어갈 때 이곳이 계획과 조화의 영적인 성소임을 잊지 마십시오. 이곳은 지혜롭고 친절한 존재들이 사는 곳입니다. 이 존재들은 당신에게 크나큰 사랑을 품고 있으며, 모든 면에서 당신을 도와주고 싶어 합니다.

피술자는 영계의 문을 넘는 것과 동시에 단선적인 시간에서 현재 시간now time 속으로 이동한다. 이런 관점의 변화 때문에 영계로의 진입은 아주 중요하다. 처음에는 혼란스러울 수도 있고, 반대로 명료할 수도 있다. 또 같은 피술자가 두 번의 영혼퇴행 세션을 진행할 때, 각기 영계의 다른 장소로 진입할 수 있다. 한 번은 영혼 그룹이 있는 장소가 진입점이었다면, 다음에는 영혼의 도서관이 진입점이 될 수도 있는 것이다.

영계의 문턱에서
하는 질문

자신의 전생과 죽음을 둘러싼 상황을 어느 정도 인지하고 처리한 피술자는 이제 영계로의 출발을 위한 지시에 귀를 기울인다. 피술자는 자신의 몸이 죽었음을 빠르게 인식할 것이다. 하지만 피술자가 영혼으로 존재하는 데 완전히 적응해서 최면요법가의 지시에 따라 영계의 문턱을 통과하는 속도는 훨씬 느리다. 그 원인 가운데 하나는 피술자가 의식적으로는 이미 영혼 상태이지만 여전히 현생의 물리적인 몸을 통해서 최면요법가에게 보고를 하고 있기 때문이다.

보통의 피술자에게는 영혼의 의식을 통해 처음으로 보고하기까지 어느 정도 정리할 시간이 필요하다. 앞에서 이야기했듯이, 지각력이 높은 피술자들 가운데 15퍼센트는 심상을 잘 떠올리지 못한다. 이들은 오감을 통해서 인식하기 때문이다. 대부분의 최면요법가는 운동지각적이거나 청각적인 유형의 피술자에게 다음과 같은 질문으로 더욱 좋은 결과를 얻어냈을 것이다. "당신은 무엇을 지각하고 느끼고 듣고 있나요? 무엇을 경험하고 있죠?" 하지만 같은 피술자라 할지라도 완전한 영혼의 상태에 들어가 그의 몸을 통해 보고하기 시작하면, 대부분 "당신은 지금 무엇을 보고 있나요?"(시각적)처럼 대표적인 감각에 초점을 맞춘 질문에 훨씬 쉽게 반응한다.

영혼퇴행에서는 순간순간에 맞는 창조적인 기술을 활용할 줄 알아야 한다. 어떤 순간에는 최면요법가가 지시를 내려도 피술자가 움직일 준비가 안 돼 있기도 한다. 반대로 피술자의 영혼이 이미 최면요법가를 앞서 가는 때도 있다. 그래서 피술자가 몸의 죽음을 경험하고 전생을 신속하게 돌아보고 나면, 나는 다음과 같이 선택해서 답할 수 있는 질문들을 던진다.

1. 몸에서 벗어나 영원한 고향으로 돌아갈 여정에 오를 준비가 되면, 당신은 지금 당장 떠나고 싶은가요? 아니면 잠시 더 머물러 있으면서 누군가에게 작별 인사를 하거나 지구에서 마치지 못한 일을 처리하고 싶은가요?

이 질문은 아주 중요하다. 피술자가 아직 이곳을 떠날 준비가 안 되었을 수도 있기 때문이다. 즉시 떠날 것인지 아니면 잠시 더 머물 것인지를 일단 선택하고 나면, 피술자는 그가 해야 할 일에 집중할 수 있다. 몇몇 피술자는 뒤에 남은 사랑하는 사람들에게 마음으로 작별 인사를 하고 싶어 한다. 하지만 대부분은 "그냥 떠나고 싶어요"라고 대답한다. 나이와 경험이 많은 영혼이라면 "아! 다시 자유로워졌어! 좋아. 이제 고향으로 가는 거야" 하고 말할 수도 있다.

몸을 벗어난 초기 단계에서도 언제든 사랑하는 사람과 접촉할 수 있음을 영혼은 잘 알고 있다. 피술자가 누군가에게 작별 인사를 하기 위해 잠시 머물고 싶어 하면, 최면요법가도 함께 가서 그가 의식을 통해서 사랑하는 대상과 어떻게 접촉하는지를 알아본다. 이때 영혼이 쓸 수 있는 기법은 많은데, 이에 대해서는 《영혼들의 운명 1》 2장에서 몇 가지를 소개해 두었다.

본질적으로 이런 접촉의 목적은 사랑하는 대상에게 망자의 영혼의 에고가 아직 살아 있음을 확인시켜 주는 데 있다. 영혼은 육체의 죽음을 뒤에 남은 사람들만큼 크게 슬퍼하지 않는다. 하지만 대부분이 남은 사람들을 위로해야 한다는 의무감을 갖고 있다.

피술자가 떠날 준비가 되었다고 하면 나는 후속 질문을 던진다.

2. (건물 안에서 지붕을 통해 나가든, 실외에 있어서 곧장 하늘로 가든) 몸을 떠날 때 일어나는 모든 일을 제게 말해주세요. 그래야 제가 함께할 수 있습니다. (잠시 멈춤) 몸에서 벗어나기 시작했나요?

대답을 아예 하지 않거나, 모호하게 대충 대답하는 피술자도 있다. 대답을 독려하려면 선택해서 답할 수 있는 질문을 해야 한다.

3. 지구에서 벗어날 때 저 아래 시골이나 도시(혹은 바다)가 길게 펼쳐져 있는 모습이 보이나요, 아니면 모든 것이 흐릿한가요?

4. 당신 밑으로 둥근 모양의 지구가 보이나요, 아니면 주변의 모든 것이 뿌옇게 보이나요?

5. 떠날 때 무언가가 끌어당기는 것 같은 느낌이 드나요? 그런 느낌이 든다면 그 힘은 부드러운가요, 아니면 강한가요?

6. 당신은 위를 보면서 올라가고 있나요, 아니면 밑을 내려다보면서 비탈을 뒤로 올라가는 것 같은 느낌인가요? (처음에는 후자와 같은 상황이어도, 결국 피술자는 돌아서서 정상적으로 위를 보며 올라갈 것이다.)

지구의 영적인 차원에서 멀리 떠나는 동안 피술자가 계속 집중하며 움직이게 만들어야 한다. 그렇지 않으면 종종 정보의 흐름이 막혀버릴 수 있다. 어떤 식으로든 직접적인 안내는 안 된다고 비판하는 사람들은 피술자를 이끌 때 특히 주의해야 한다고 경고한다. 타당한 경고라고 생각한다. 하지만 이 시기에 일부 피술자는 정신적으로 게으름을 피우는 경향이 있다.

피술자가 최면요법가에게 보고하고 싶어 하지 않는 데는 여러 가지 이유가 있다. 가끔은 영혼 상태에서 보고하는 것에 자신감이 부족하기 때문이다. 때로는 영혼으로서의 경험이 어리둥절하거나 살짝 혼란스럽기 때문일 수도 있다. 또 불멸의 신성한 세계를 보고 있어서 대답을 잘 못하는 것일 수도 있다. 경이로운 광경에 압도된 나머지 그것을 조리 있게 전달하지 못하는 것이다. 한편 영적이면서 정서적인 느낌을 방해받고 싶지 않아서 대화를 거부하는 피술자도 있다. 요컨대 피술자는 지금 새로운 인식의 차원에 눈뜨고 있는 것이다. 이는 피술자가 느끼는 경이로움을 가장 잘 설명하는 말일 것이다.

이 단계에서 대부분의 피술자는 소극적인 것처럼 보인다. 그러나 실제로는 대부분의 피술자가 영계로 넘어가는 일에 깊이 몰두해 있다. 그래도 최면요법가는 항상 진행 상황을 알고 있어야 한다. 만약 이 경험이 녹음되지 않는다면, 최면에서 깨어난 피술자가 실망할 수도 있다.

영계의 문턱을 넘을 때 피술자는 최면요법가의 목소리를 듣고 확신을 얻기도 한다. 최면요법가가 자신에게 일어나는 일을 잘 알고 있다는 사실에 안심하고 모든 상황이 아주 정상적임을 깨닫기 때문이다. 이것도 최면요법가가 목소리를 잘 사용할 때 얻을 수 있는 이점이다. 최면요법가는 영계의 상황을 잘 알고 있으며, 피술자가 겪는 일도 전부 파악하고 있다는 점을 세션 초기에 꼭 알려주어야 한다.

피술자와 영적으로 친밀한 관계를 확립하고 나면, 최면요법가는 피술자가 사생활을 침해할 수 있는 내용을 제외한, 가능한 많은 것을 보고해 주기를 바랄 것이다. 그러나 초기 단계의 정보 보고를 신성한 비밀 엄수 규칙에 위배되는 일로 느끼는 피술자도 종종 있다. 이전의 다른 많은 피술자들도 자신과 같은 길을 걸었음을 알았을 때 피술자들이 안심하는 이유도 여기에 있다. 최면요법가는 영계의 신성함을 존중하면서 공손하면서도 자신감 있게 질문을 해야 한다.

솔직히 몇몇 피술자는 영계로 넘어가는 단계에서 영혼의 기억을 떠올리기 위해 열심히 애쓰지 않는 경향이 있다. 노력하지 않아도 기억이 쉽게 떠오르리라고 기대하거나, 스스로 기억을 잘 못해도 최면요법가가 영계의 장면들을 어떻게든 보여주리라 믿기 때문이다. 그러므로 "지금은 아무것도 안 보여요" 하고 말하는 피술자가 있으면, 최면요법가는 피술자의 노력이 부족해서인지, 아니면 정말로 심상화를 잘 못하기 때문인지 판단해야 한다. 끈질기면서도 부드럽고 수용적인 질문을 계속하며 피술자의 반응을 살펴야 한다.

전생퇴행과 달리 영혼의 기억을 떠올릴 때 참여자와 관찰자 사이의 경계가 종종 불명확하다는 점은 이미 이야기했다. 영혼 상태에서는 끝없는 시간선들timelines이 뒤섞여 있다. 그러므로 피술자가 연상한 것들을 쉽게 드러낼 수 있는 질문을 해야 한다. 다음은 이때 유용한 세 가지 유형의 질문이다.

1. 개방형 질문 : 주변 환경과 관련해서, 당신이 있는 곳의 첫인상이 어떤지 이야기해주세요.
2. 자세한 보고를 위한 질문 : 이 모든 것이 어떻게 느껴지나요? 행복한가요, 아니면 슬픈가요? 흥분해 있나요? 기분이 어떤지 잘 모르겠나요? 이것은 당신에게 어떤 의미인가요? 당신이 내게 말하려는 것은 무엇인가요? 당신이 보고 느끼는 것을 제가 이해할 수 있도록 도와주세요.
3. 정리와 확인을 위한 질문 : 지금 이런저런 보고를 했는데, 당신이 말한 내용을 다시 정리해 볼게요. 제가 이해한 게 맞나요? 덧붙이고 싶은 말은 없나요?

심상화에 어려움을 겪는 피술자에게 도움이 되는 방법의 하나는 다음과 같은 방법으로 피술자의 무의식에 말을 거는 것이다. "당신 자신의 내적인 인식에 집중하고, 영혼 여행의 이 단계에서 가장 필요한 것을 끄집어내세요." 또는 이렇게 말할 수도 있다. "지금 당신이 있어야 할 곳으로 옮겨갈 수 있도록, 당신에게 필요하다고 여겨지는 의식 상태로 이동해 가기를 바랍니다." 일반적이고 모호하게 느껴질 수도 있는 이런 지시를 내리면, 피술자는 이것을 자신의 방식대로 해석하고, 가장 효과적으로 움직이기도 한다.

마지막으로, 아무리 강조해도 부족한 사실이 있다. 용기를 불어넣어주면서 피술자를 계속 움직이게 만들되, 대답할 시간을 충분히 주어야 한다는 점이다. 균형을 맞추는 이 섬세한 능력은 최면요법가의 경험이 쌓임에 따라 더불어 향상될 수 있다.

나는 학생들에게 경험에 치여 지루해하거나 시큰둥하게 반응해서는 안 된다고 가르친다. 언제나 열정을 잃지 않고, 피술자를 대할 때는 그의 사연에 몰입하는 태도를 보여주어야 한다. "아, 정말 멋진 이야기네요. 좀 더 이야기해주세요." 이런 식으로 피술자의 기억에 매료되었음을 전달하는 것이다. 똑같은 설명을 아무리 여러 번 들어도 영계의 보고는 언제나 나를 사로잡는다. 모든 피술자의 경험이 흥미롭게 다가온다. 영혼퇴행에 관여하는 모든 전문가가 마땅히 이런 태도를 지향해야 한다.

반응을
하지 않는 피술자

전생을 모두 경험하고 난 다음 영계의 문 앞에서 갑자기 멈춰버리는 피술자들이 있다. 그러나 영계의 문턱보다는 피술자가 어린 시절의 기억을 회복하려고 할 때나, 피술자를 전생으로 안내하려고 할 때 이런 차단이 일어날 가능성이 더 크다. 세션 중에 피술자가 더욱 깊은 최면 상태로의 진입을 스스로 차단하면, 결국에는 피술자를 완전히 깨어 있는 상태로 인도할 수밖에 없다. 이런 피술자는 언제나 신중하게 다루어야 하며, 최면이 도중에 실패로 끝나더라도 최면요법가는 친절과 이해심을 잃지 말아야 한다.

이런 경우 나는 피술자가 내 사무실을 떠나기 전에, 더욱 깊이 들어가지 못했을 때 생겨나는 부차적 결과들을 모두 이야기해준다. 그리고 이들이 결코 실패자가 아님을 확인시켜 준다. 삶의 모든 일에는 다 이유가 있기 때문이다. 언젠가는 이들도 성공적으로 최면 상태에 들어갈 수 있을 것이다.

전생퇴행요법에서는 피술자가 다른 몸으로 다른 시간 속에서 등장하는 첫 장면을 잘 떠올리지 못할 때 사용하는 기법이 잘 확립되어 있다. 최면요법가는 다음과 같은 말로 피술자의 압박감을 덜어주면 된다.

무엇도 분석하려 들지 말고 그냥 저를 위해 이야기를 지어내보세요. 먼저 머릿속에 가장 먼저 떠오르는 것을 말해보세요. 시간과 공간을 고른 다음, 나아가면서 이야기를 만들어보는 겁니다.

피술자가 이 지시에 잘 따르면 언제나 실제의 전생이 천천히 그리고 자연스럽게 펼쳐지기 시작한다. 원하는 대로 어떤 환상이든 만들어내도 된다는 말에 피술자의 마음이 편안해지면서 의식이 해방되기 때문이다. 그러나 피술자가 초의식 상태로 들어가 영혼의 기억을 떠올릴 때는 이런 기법이 전혀 효과가 없다. LBL 세션의 이 단계에서는 더욱 고차원적인 영적 자기가 어떤 전생의 육체보다도 우세하기 때문이다.

전생을 기억할 때는 잠재의식을 가진 상태로 작업한다. 그러나 영혼의 상태에서는 초의식이 의식의 차원에서 훨씬 멀리 떨어져 있다. 영혼퇴행과 관련된 피술자의 저항과 차단의 핵심적인 문제는 의식과 잠재의식을 모두 뚫고 들어가야 피술자의 초의식적인 불멸의 영혼에 다가갈 수 있다는 점이다. 의식의 다양한 차원들이 방해가 될 때 이들을 서로 분리하고 차단시킬 수 있다면, 영혼퇴행요법가는 훨씬 쉽게 작업할 수 있을 것이다. 그러나 물론 이런 일은 불가능하다.

그렇다면 무엇이 피술자의 저항을 불러일으키는 것일까? 죽음과 영계로의 진입 사이에서 영혼의 불멸의 성격이 드러나지 못하게 가로막는 것은 피술자의 현재 몸이 지닌 정서적 기질과 지적인 두뇌일 것이다. 피술자가 일시적인 인간적 성격을 영속적인 영혼의 성격 혹은 에고와 잘 분리하지 못해서 무의식적인 저항이 생기는 경우도 있다.

피술자의 현재 인격이 영적 자기를 대신해서 대답을 하려 들거나 죽음 직후에 자신을 표현하는 데 어려움을 겪을 때, 이 간극을 메우는 데 도움이 되는 방법들이 있다. 가장 먼저 생각할 수 있는 방법은 최면의 깊이를 심화시키는 것이다. 피술자에게 다음과 같은 지시를 하는 것도 좋다.

당신은 현생의 인격을 초월한 곳으로 옮겨갑니다. 이곳에서 당신은 더욱 영속적인 성격을 갖고 있습니다. 하지만 당신 본래의 모습은 그대로입니다. 심호흡을 하다가, 세 번째 심호흡에 당신의 불멸의 정체성과 관련된 모든 정보를 기억하고, 영혼으로서 당신의 진정한 모습을 떠올리기 위해 당신이 가야 하는 차원으로 이동합니다.

이 문제는 5부 '육체와 영혼의 결합' 부분에서 더 다룰 것이다. 세션의 이 단계에서 영혼의 에고와 육체의 에고 사이의 간극을 메우는 다른 방법도 있다. 전생에서 죽음을 맞이한 직후, 피술자에게 전생과 현생의 기질과 인격을 비교해 보게 하는 것이다. 이 차이를 인식하면 피술자는 과거의 정체성과 관련된 모든 장애물을 극복해서 더 이상은 현생의 몸과 영혼 사이에서 혼란스러워하지 않게 된다.

가장 크게 실망하는 피술자는 역시 영계의 문턱에 이르러 더 이상 나아가지 못하는 이들이다. 도중에 최면이 끊기면 화를 내는 피술자도 있고, 체념해 버리는 피술자도 있다. 감정이 격해져서 울음을 터뜨리는 이들도 있다. 차단으로 인해 세션을 조기에 끝내고 나면 이들은 흔히 이렇게 말한다. "내내 장애에 부딪혀서 제 자신에 대한 정보를 얻어내지 못할 것 같은 느낌이 들었어요."

2부 '피술자의 선입견을 다루는 법'에서 이미 말한 것처럼, 실망을 자초하는 사람들도 있다. 이들은 흔히 세션에 대해서 해결되지 않은 두려움을 안고 있다. 자신에 대해 속속들이 알고 싶지도 않고, 달갑지 않은 정보들을 발견하게 될까 봐 두려운 것이다. 이들은 자신은 물론이고 최면요법가에 대해서도 신뢰가 부족하다. 어떤 최면요법가도 LBL 세션이 성공적일 것이라고 확실히 장담할 수 없다. 그저 피술자의 적극적인 참여 속에서 그가 찾는 영혼의 정보를 이끌어낼 수 있게 노력하겠다는 말을 할 수 있을 뿐이다.

LBL 요법을 배우는 학생들에게 나는 피술자의 차단으로 인해 세션이 실패로 끝나는 경우도 있다고 말해준다. 한편 개인적으로 마음이 전혀 통하지 않는 피술자도 있다. 신뢰가 구축되지 않는 데는 이처럼 여러 가지 이유가 있지만, 이로 인해 최면요법가와 피술자가 서로에 대해 부정적인 에너지를 품어서는 안 된다.

뿌리 깊은 심리적 이유로 특정한 지점에서 최면을 멈춰버리는 피술자가 있으면 다음과 같이 대처한다. 우선 최면요법가가 암시하는 심상화를 피술자가 거부할 때, 최면요법가는 자신의 절차를 너무 고집하지 말아야 한다. 그냥 모든 것을 보류해 둔다. 피술자가 개인적인 좌절감이나 불만을 느끼는 게 아니라 영계나 전생으로 들어가기 위한 모든 움직임을 차단하거나 저항할 때는 시간이 아무리 걸려도 치료를 위해 알아야 할 이면의 문제를 파악할 기회로 받아들인다.

피술자는 자신의 영혼의 움직임을 따라가는 순례자와 같다. 그러므로 차단 현상은 최면의 깊이나 최면요법가의 기술, LBL 세션 자체와는 아무런 상관이 없을 수도 있다. 이 점을 잊지 말아야 한다.

차단은 오히려 피술자의 몸속에 숨어 있던 고통스러운 느낌들이 지금 최면요법가의 사무실 안에서 드러난 것일 뿐이다. 이런 상황에서 나는 피술자에게 다음과 같은 질문을 한다. "지금 당신이 느끼는 기분을 설명할 수 있나요?", "지금 당신의 몸이 우리에게 알려주려는 것은 무엇이죠?", "전에도 지금 같은 경험을 한 적이 있나요?"

이런 상황에 처하면 더 이상 LBL 세션을 계획대로 진행하지 못할 수도 있다. 하지만 차단이 일어나는 동안 피술자와 최면요법가 사이에 일어난 일들이 생산적인 작용을 할 수도 있다. 심리적으로 유익한 환기구가 만들어져서 피술자의 치유가 촉진되는 것이다.

피술자의 의식이 완전히 깨어났을 때 사후 작업을 해주는 것은 피술자의 안정에 아주 중요하다. 윤생 사이의 삶에 가보지 못했다는 사실에 낙담할 수도 있기 때문이다. 이는 자연스러운 일이지만 이런 일이 일어난 이유를 자세히 설명하고 분석하면, 피술자는 자기 인식과 통찰, 이해에 이를 수 있다. 그러면 슬픔에 젖어 있던 피술자도 실패로 끝난 세션을 부분적으로 혹은 완전하게 성공한 것으로 인식할 것이다. 이런 경우 피술자는 자신이 알아야 할 것이 무엇인지를 깨닫고, 나중에 다시 LBL 세션을 시도해서 성공적으로 마칠 수도 있다.

특정한 유형의
차단을 이겨내는 법

최면요법가는 차단으로 인해 세션을 망치지 않기 위해서 모든 노력을 기울일 것이다. 원인이 피술자의 자기 방해에 있을 때는 특히 그렇다. 내게 LBL 요법을 배우는 학생들은 다양한 배경과 경험을 가진 최면 전문가들이다. 그래서 대부분의 학생이 나와 마찬가지로, 주술적인 기법shamanic이나 기 치료reiki 같은 다양한 방법으로 피술자의 에너지장을 정화시켜 줄 수 있다. 나는 종종 피술자에게 손을 갖다 대거나 목소리의 특정한 진동을 이용해서 피술자의 차단된 에너지와 소통한다. 앞서 설명한 것처럼 벗어나라는 지시를 하면서 긍정적인 에너지를 전달하기 위해 피술자의 이마에 손을 가져다 대는 것이 그 예다.

다음은 영계의 문턱에서 피술자가 하는 저항적인 말들이다. 최면요법가가 할 수 있는 은유적이거나 상징적인 답변들도 함께 소개해 두었다. 이 답변들은 적용되고 있지만 아직 미지로 남아 있는 하나의 이미지를 묘사하고 있음을 유념해야 한다. 이 이미지는 피술자가 영계로 건너가면서 어둡게 만들어버린 영혼의 공간을 나타낸다. 상징적인 비교도 때로는 차단으로부터 피술자를 편안하고 자유롭게 만들어 주는 역할을 한다.

1. **피술자** : 제가 보는 것을 믿을 수가 없어요.

   최면요법가 : 당신의 상상력이 발휘되게 가만히 두고, 지금은 무

엇을 이해하려고 너무 애쓰지 마세요. 당신의 영혼에 다가가는 열쇠는 상상력이니까요. 당신의 영혼은 상상력을 통해 당신과 대화를 나눕니다.

2. **피술자** : 어둠 말고는 아무것도 안 보여요.

   최면요법가 : 당신은 에너지로 이루어진 형체예요. 당신의 손을 통해 에너지에서 빛이 뿜어져 나옵니다. 의식적으로 힘을 끌어올리고 손을 앞으로 뻗으세요. 그러면 길이 보일 겁니다. 저는 그냥 당신을 따라갈 거예요(아니면 제 손을 잡고 인도해 주세요). 당신은 전에도 이 길을 간 적이 있으니까요.

3. **피술자** : 어떻게 해야 할지 모르겠어요.

   최면요법가 : 근처에 있는 당신의 안내자와 무언의 대화를 나누세요. 이 현명한 존재에게 조언을 구하고, 그에게 무슨 말을 들었는지, 다음은 어디로 가게 될지 이야기해주세요.

4. **피술자** : 어떤 곳은 밝고 어떤 곳은 어두운 허공 속을 떠다니는 것 같아요. 중간 지대에 묶여 있는 것 같아요.

   최면요법가 : 그 허공을 다시 떠올려보세요. 체스 말을 가지고 커다란 체스판 위를 떠다닌다고 생각하는 겁니다. 당신도 이 말들 가운데 하나이고, 어디로든 움직일 수 있습니다. 지금은 보이지 않는 손이 당신을 특정한 장소로 인도하고 있어요. 그곳으로 가는 당신의 모습을 보세요. (잠시 멈춤) 이제 당신이 가는 곳을

저에게 묘사해 주세요.

5. 피술자 : 당신에게 꼭 말해야 하는지 확신이 서지 않아요.
   최면요법가 : 원하는 것은 무엇이든 말할 수 있어요. 이 기억은
   당신의 것이에요. 당신의 영혼의 의식 속에 들어 있는 기억이니
   까요. 어떤 식이든 당신이 적합하다고 생각하는 방식으로 제 질
   문에 답할 수 있어요. 제가 당신과 함께하는 이유는 당신에게 저
   의 도움이 필요하기 때문입니다. 당신이 영사기사라고 생각해
   보세요. 영사기사처럼 제게 당신의 영화를 보여주세요. 당신의
   의식 속에서 벌어지는 행위에 따라 필름을 빠르게 돌릴 수도, 느
   리게 돌릴 수도 있어요.

위의 마지막 질문에 답할 때 지극히 사적인 부분에 대해서 나는 피
술자에게 이 탐색을 멈추자고 제안하지 않았다. 대신 느리게 혹은 더
욱 빠르게 탐색을 진행할 수 있다고 했다. 이 점에 주목해야 한다. 사
생활 보장에 대한 피술자의 걱정이 줄어들면, 나는 부드럽게 달래면
서 우회적으로 다시 탐색을 시도한다. 중요한 점은 직접적인 충돌을
피하는 일이고, 그러려면 피술자가 그의 영혼의 기억을 해방시켜서
잠재된 것들을 최대한 드러내게 만들어야 한다.

안내자에 의한
차단

이 부분은 영혼퇴행요법가에게 아주 미묘한 문제다. "누군가가 저를 더 멀리 나가지 못하게 가로막고 있어요." 피술자가 확신에 찬 말투로 이런 말을 하면 나는 안내자가 영향력을 행사한 것이 아닐까 의심한다. 영혼의 안내자가 어떤 식으로든 정보를 차단한다는 것은 일반적으로 피술자가 삶에서 특정한 정보를 얻을 수 있는 단계에 이르지 못했다는 의미다. 안내자가 피술자의 때 이른 자기 발견을 원치 않기 때문일 수도 있다.

피술자가 아직 삶의 주요한 갈림길에 이르지 않았기 때문에, 안내자는 미리 지도를 받기보다는, 피술자 스스로가 삶의 방향을 먼저 선택해야 한다고 생각할 것이다. 내가 서른 살 미만의 피술자를 받지 않기로 결심한 이유 가운데 하나도 여기에 있다. 또 진정 자신이 누구이고 삶의 목적은 무엇인지와 관련해서, 우리가 태어나면서부터 갖게 된 망각의 영역이 평생 유지되기를 바라는 안내자들도 존재한다. 그편이 우리에게 더 이익이라고 생각하기 때문이다.

하지만 나도 고집스러운 사람이다. 안내자가 정보를 차단하거나 정보 제공을 차단하고 있다는 생각이 들어도 쉽게 포기하지는 않는다. 대신에 안내자가 정보를 거부하는 영역이 구체적으로 무엇인지, 어느 부분인지를 먼저 파악한다. 그리고 안내자가 원하지 않는다고 체념해 버리는 대신에 이 영역을 우회해 간다. 또 스스로 가벼운 최면 상태에 들어가 두 눈을 감고 내 영혼의 안내자를 불러낸 다음에 도와 달라고 부탁한다. 이 경우, 내 안내자에게 피술자의 안내자를 설득해 서 특정한 영역에 있는 방해물을 부분적으로나마 제거하게 해달라고 부탁하는 것이다.

물론 피술자의 정신건강에 그 정보가 절실하다고 믿을 때만 이 방 법을 쓴다. 나의 안내자가 도와주는 게 느껴질 때도 있고 그렇지 않을 때도 있다. 그래서 되도록이면 언제나 정보를 차단하고 있는 안내자 에게 직접 호소하고, 나의 피술자에게도 그렇게 하라고 말한다. 안내 자의 허락을 얻어내는 효과적인 방법은 피술자에게 다음의 호소문을 한 줄 한 줄 따라 읽게 하는 것이다.

이 정보로 제 삶을 더욱 잘 책임질 수 있게 제 의식의 장애물을 거둬주세 요. 저는 제 자신에 관한 진실을 직시할 준비가 되어 있습니다. 마이클 (최면요법가의 이름)을 믿어주세요. 그는 제 잠재력을 실현할 수 있게 돕 고, 영계에서의 제 삶에 대해 당신이 주는 정보들을 존중하며 지켜줄 것 입니다.

다행히 안내자가 정보를 완전히 차단하는 일은 그리 흔하게 일어 나지 않는다. 그리고 가장 좋은 대응책은 어떤 경우든 초기에 차단의 실제적인 근원을 파악하는 것이다. 피술자 자신이 차단하고 있는가? 아니면 안내자가 피술자를 통해 차단하고 있는가? 차단은 세션 중 언 제든 일어날 수 있다. 하지만 피술자의 의식이 일단 영계로 건너갔다 면 차단에 대한 최면요법가의 고민은 없어진 셈이다.

내가 발견한 바에 따르면, 차단을 일으키는 안내자는 피술자가 전생에서 죽음을 맞이한 직후나 영계로 진입하기 전에 영계의 문에서 자신을 강력하게 드러낸다.

내게 LBL 훈련을 받는 학생들은 이런 차단을 잘 해결해 낸 사례들을 듣고 싶어 했다. 차단을 일으키는 안내자와 관련된 상황을 구체적으로 보여주기 위해서 나는 다음의 사례를 이야기해주었다. 내가 '아파치 정찰병Apache Scout'이라고 이름 붙인 이 사례는 카일이라는 피술자와 그의 안내자 아디아와 관련된 것이다.

삶에서 가장 혼란스러운 상황 가운데 하나는 애정 관계에서 선택의 기로에 서 있을 때다. 이런 선택은 대개 직업이나 돈과 관련된 결정보다도 훨씬 복잡하다. 나는 중요한 결정에서 비롯된 실연의 아픔이야말로 가장 큰 마음의 상처라고 생각한다.

죽음의 장면이 지난 후 자신의 영혼과 완전하게 통합된 피술자는 종종 그 또는 그녀가 알거나 사랑했던 사람들에 대해서 마음에 남아 있던 생각들을 토해낸다. 이루지 못한 중요한 개인적 소명을 알게 해주거나 부정적인 자아상을 갖게 해주는 이런 정보들을 피술자가 처리하는 동안, 뜻하지 않게 최면 세션이 중지될 수도 있다. 카일의 경우가 그랬다.

카일은 래프팅 강사로 일하는 서른일곱 살의 남자였다. 그의 이력에서는 자유와 모험, 실외에서 일하는 것에 대한 갈망이 읽혀졌다. 접수 면접 중에도 그는 좀이 쑤신 듯 차분히 앉아 있지 못했다. 또 말로는 세션을 통해 "마음속에서 부정적인 것들을 씻어내고" 싶다고 했지만, 세션을 일종의 지구력을 강화할 기회로 생각하는 것 같았다. 곧

다가올 이혼 문제를 이야기할 때는 주먹을 불끈 쥐기도 했다.

그의 아내 다이앤과 그는 고등학교 때부터 연인 사이였다. 그런데 다이앤은 카일이 고객들을 데리고 장기 래프팅 여행을 다니느라 항상 집을 비우는 것이 싫다고 했다. 다이앤은 그에게 "어른스러워지고, 정착하고, 지역에서 일자리를 얻고, 부재중인 아버지, 부재중인 남편 노릇은 그만두기"를 바랐다. 여기에다 점점 심해지는 카일의 음주벽도 부부간의 불화를 심화시켰다.

결별은 둘 모두에게 아주 힘든 일이었다. 재산, 삶의 방식, 자식들로 인해 극심한 분노와 비난을 서로 주고받았다. 그러다 카일은 얼마 전부터 린다라는 여성과 데이트를 시작했다. 린다는 알코올 중독자 갱생회에서 만난 여성이었다. 그런데 둘의 관계가 발전할수록 카일은 그의 삶에서 일어난 변화들로 인해 점점 혼란과 좌절에 빠졌다. 아직도 다이앤을 사랑하고 있었기 때문이다. 다이앤은 카일에게 그를 여전히 사랑하지만, 그가 집에 머물지 않을 것이므로 재결합하는 일은 없을 거라고 말했다.

카일의 세션은 예정대로 진행되었다. 하지만 그의 산만함과 선입견 때문에 순조롭게 이루어지지는 않았다. 카일의 전생으로 들어가보니, 그는 애리조나 주 사막에 주둔 중인 미국 기병대의 정찰병이었다. 그의 이름은 핼이었으며, 1873년 아파치족 인디언들의 기습으로 서른아홉 살에 죽음을 맞이했다. 그런데 핼의 죽음 장면을 떠올리는 순간, 카일이 통제할 수 없을 정도로 몸을 떨기 시작했다. 진정시키려 해도 소용이 없었다.

뉴턴 박사 : 지금 당신을 가장 힘들게 하는 것을 말해보세요. 죽음의 고통인가요? 아니면 불과 서른아홉 살에 죽어야 한다는 사실인가요? 아니면 또 다른 문제가 있나요?

카일 : (울다가 빠르게 짧은 숨을 들이쉬고) 아뇨, 아니에요. 제인 때문이에요……. 이런, 그녀 말이 맞았어요! 제가 아파치족 손에 죽으리라는 걸 그녀는 알고 있었어요.

뉴턴 박사 : 제인은 누구죠?

카일 : 제 아내예요……. 그녀는 제가 이번 원정에 가는 걸 원치 않았어요……. 하지만…… 보세요……. 제가 그녀를 버렸어요. 세 명의 자식들까지 함께요.

뉴턴 박사 : 하지만 인디언들을 정찰하는 것이 당신의 일 아닌가요? 이 일로 생계를 유지하는 거 아니에요? 이번 임무에 뭔가 다른 점이라도 있었나요?

카일 : 아뇨. 언제나처럼 이번 일도 위험하기는 마찬가지였어요. 최근에 저는 작은 목장의 주인이 되었어요. 이유는 오로지 제인을 기쁘게 해주기 위해서였지요. 저는 제인에게 이제 정착하고, 군대 일은 더 이상 하지 않겠다고 약속했어요. 하지만 과거의 삶이 너무 그리웠어요. 구속 없는 삶, 매일 새로운 일을 경험하는 모험적인 삶, 사나이들만의 우정…….

뉴턴 박사 : 그런데 왜 이번 원정에서 다시 군대를 위해 일하기로 결심한 거죠?

카일 : 헨더슨 소령이 저를 찾아와 도움을 청했거든요. 추가 수당도 제안했고요. 그런데 제인은 만류했어요. 뭔가 안 좋은 일이 일

어날 것 같은 예감이 든다고요. 제가 했던 약속을 일깨워주면서
요……. 하지만 저는 떠났습니다.

뉴턴 박사 : 헨더슨 소령이 당신 말고 다른 사람을 구할 수는 없었
나요?

카일 : (길게 멈추었다가) 구할 수 있었을 거예요. 하지만 제가 적격
이었고, 헨더슨 소령은 시간에 쫓기고 있었어요. 아, 제인…… 미
안해…….

뉴턴 박사 : 제인은 당신의 현생에서 누구로 환생했나요?

카일 : (울면서) 다이앤이에요.

핼에게 애리조나 사막에 있는 그의 몸에서 벗어나 영계의 문을 향
해 가라고 지시하자 그가 소리쳤다. "꼼짝도 못하겠어요. 뭔가 저를
방해하고 제지하는 것 같아요……."

나는 핼을 죽음의 장면에서 이동시키는 것이 불가능함을 깨달았
다. 핼이 제인과의 이별을 망설이는 사이, 카일의 잠재의식은 다이앤
을 포기하고 싶지 않은 현생의 의식적인 저항과 결합하고 있는 것 같
았다. 그리고 이런 의식과 잠재의식의 기억들이 그가 초의식 상태로
옮겨가는 것을 방해하고 있었다. 강한 죄의식과 후회 때문이었다. 결
국 우리는 애리조나 사막과 영계로 가는 문 사이의 어딘가에서 한 치
도 움직일 수 없었다. 나는 피술자의 안내자에게 도움을 요청하기로
결심하고, 잠시 명상에 잠겼다가 세션을 재개했다.

뉴턴 박사 : 지금처럼 어려운 때에 우리는 당신의 안내자를 불러낼

겁니다. 아래로 애리조나 사막이 보이고, 위에서는 보호의 빛이 당신을 기다린다고 상상하세요. 우리 모두가 관여할 수 있게 이 방 위로 전체 풍경이 겹쳐지는 동안, 당신이 떠 있는 모습을 그려보세요. 이제 저는 당신 위쪽에 있는 보호의 빛을 향해 내려와서 도와달라고 부탁할 겁니다. 이 존재는 당신 영혼의 안내자입니다. 사랑과 용서의 힘을 지니고 있지요. 제가 이렇게 할 수 있도록 도와주겠습니까?

카일 : (망설이며) 네, 하지만 저는 모르는데…….

뉴턴 박사 : (계속 용기를 북돋아준 다음) 좋아요. 이제 셋을 셀 때 당신의 안내자가 내려오면, 당신은 제게 그 안내자를 아주 분명하게 묘사해 줄 수 있을 겁니다. 준비! (내 손을 카일의 이마에 얹는다.) 하나, 둘, 셋! 뭐가 보이나요?

카일 : (길게 멈추었다가) 아…… 그가 여기 왔어요……. 나이가 많고…… 호리호리하고…… 긴 은발이에요…….

뉴턴 박사 : 그의 얼굴은 어떻게 생겼나요?

카일 : 지혜롭고…… 엄격해 보여요. 아니, 도전적으로 보여요.

뉴턴 박사 : 그의 이름은 뭐죠?

카일 : 아…… 아디아. 그가 여기 왔어요.

뉴턴 박사 : 제게도 그의 존재가 느껴집니다. 좋은 일이에요. 지금 당장 그의 도움을 받을 수 있으니까요. 더 집중해 보세요. 아디아가 텔레파시로 당신의 의식에 어떤 메시지를 전해주나요?

카일 : 잠깐만 말을 멈춰주세요.

뉴턴 박사 : (적당히 기다렸다가) 됐나요?

카일 : 전…… 말할 수 없어요. (고개를 흔들기 시작한다.)

뉴턴 박사 : (피술자에게 도망칠 틈을 주지 않고 명령적인 어조로 크고 단호하게) 당신 자신의 목소리로 아디아의 말을 전하세요, 지금 당장!

카일 : (이상하고 낮은, 상당히 절제된 목소리로) 당신이 지금 이곳에 온 이유는 이 사람(뉴턴 박사)과의 작업을 통해 당신이 (핼과 카일로서) 했던 선택들을 이해하기 위해서입니다. (이 시점에서) 나는 당신에게 어떤 것은 알려주겠지만, 다른 것들은 알려주지 않을 것입니다. (제인과 다이앤의 영혼에 대한) 당신의 선택이 아직 열려 있기 때문이죠.

이 대목은 간결하게 많이 압축한 것이다. 우리는 다이앤이 카일의 일차적인 영혼의 친구라는 점을 발견했다. 카일의 영혼의 삶에 대해서는 이 사실 외에는 별로 발견한 것이 없다. 그래도 카일의 세션은 매우 의미 있었다. 그를 떠나기로 한 다이앤의 결정이 전생에서 제인으로 살 때 그(핼)에게 버림받은 경험과 연관되어 있음을 이제는 그(현생의 카일)가 이해하게 되었기 때문이다.

여기서 얻을 수 있는 카르마의 교훈은 징벌에 대한 것이 아니다. 그보다는 우리의 선택이 여러 생에 걸쳐 타인에게 영향을 미칠 수 있으므로 선택의 중요성을 명심해야 한다는 것이다. 카일은 현생에서 앞으로 추구해야 할 장기적인 목표나 그의 영혼의 삶, 다이앤과의 미래에 대한 정보는 모두 차단당했다. 카일이 시험 기간의 중심 지점, 즉 현생의 교차로에 놓여 있었기 때문이다.

안내자의 차단에는 언제나 이유가 있다. 만약 카일이 그의 영혼 그룹과 평의회의 원로들을 만나고 삶을 선택하는 방에서 현생의 몸을 고르게 된 과정을 돌아보았다면, 카일로 사는 이 시점에서 중요한 결정 요인들을 피해갈 수도 있었을 것이다. 여기서 카일이 전생과 현생에서 각각 결별과 관련된 중요한 결정을 내린 나이(서른일곱 살과 서른아홉 살)가 아주 비슷하다는 점에 주목하기 바란다. 이처럼 시간선은 여러 가지 인과관계를 드러내준다.

시간선의 잔물결 속에서 우리는 기회를 발견할 수도 있다. 어느 길을 가든 삶의 주요한 약속과 관련된 가르침을 얻을 수 있다. 카일은 세션을 통해 그의 문제를 확인하기는 했지만 그에 대한 해결책을 얻지는 못했다. 하지만 삶의 모든 경험에 의미가 있음을 제대로 인식하게 되었다. 또 안내자가 정보를 차단하기는 했지만 현재의 삶에서 최선이 무엇인지 그가 깨닫기를 진심으로 바란다고 믿었다.

영혼의 안내자와 작업할 때 LBL 시술자들이 고려해야 할 점이 몇 가지 더 있다. 최면요법가는 영계의 문에서 피술자가 안내자에게 받았다고 보고하는 메시지를 신중하게 받아들여야 한다. 안내자의 메시지에 자신의 믿음 체계나 사고방식을 덧씌워서 보고하는 피술자도 있기 때문이다. 물론 이 단계에서 흔히 일어나는 일은 아니다. 하지만 의식 차원의 기대나 오해, 이전의 두려움에 너무 강하게 영향을 받아서 안내자가 준 실제의 메시지를 제대로 받아들이지 못하는 피술자도 생겨난다.

영계로 더욱 깊이 들어갈수록 이런 현상은 사라진다. 그러나 영계로 진입한 다음의 초기 단계에서는 최면요법가가 피술자의 진술에서 피술자와 안내자의 생각을 가려내야 한다. 좋은 방법은 질문을 해서 안내자의 반응에 대한 피술자의 이해에 이의를 제기하는 것이다. 피술자가 안내자에게서 얻은 정보를 자신의 편리를 위해 방어적으로 숨기거나 왜곡하지는 않는지 알아야 하기 때문이다.

한편 무슨 이유에선지 피술자가 보이지 않는 안내자와 연결되는 데 어려움을 겪으면, 안내자를 피해가거나 영계의 다른 존재와 작업하는 대안적인 방법을 사용할 수도 있다. 영계의 도서관에 있는 기록 보관 담당자나 평의회의 원로와 작업할 수도 있다. 그러나 영계의 스승은 다양한 차원에 존재하며, 피술자의 의문에 직접적으로 답을 주기보다는 소크라테스식 문답법Socratic method으로 자기발견에 이르도록 유도해야 한다는 점을 언제나 잊지 말아야 한다. 때로는 외부의 어떤 힘이 피술자를 인도하는 듯한 느낌이 들 수도 있다.

영계로 진입할 때 만나는
빛과 어둠의 모습

이제 지구의 영적인 차원에서 벗어나 영계의 문을 넘는 데 성공한 피술자들의 이야기로 돌아가 보자. 이 단계에서는 피술자의 주변 환경을 지속적으로 점검해야 한다. 영계의 문을 통과하는 동안, 나는 다음을 시작으로 일련의 질문들을 던진다.

1. 지구에서 멀리, 높게 떠오르는 동안, 당신 주변의 공간은 더욱 밝아지나요, 아니면 더욱 어두워지나요?

이 질문은 아주 간단해 보일 것이다. 하지만 최면요법가는 이 질문을 통해 많은 것을 확인할 수 있다. 예를 들어, 피술자가 영혼 상태에서 하는 경험에 따라 "즉각 밝은 빛 속으로 들어갔어요" 하고 보고하면, 이 피술자가 신속하게 이동하는 성숙한 영혼이며, 얼른 고향으로 돌아가고 싶어 한다는 점을 알 수 있다. 동시에 육체의 죽음에 따른 급격한 변화에 적응하는 영혼의 능력에 어느 정도의 이동 속도가 가장 적절한지에 대해 이 영혼을 끌어당기는 지성적인 힘이 정확하게 알고 있다는 점도 확인할 수 있다. 자신의 위치에 확신이 부족한 영혼은 상대적으로 느린 속도로 움직이기 때문이다. 한편 진화 수준과 관계없이 영계로 서서히 들어가고 싶어 하는 영혼도 있다.

어떤 영혼들은 영계로 들어갈 때 문이나 터널을 통과하는 반면, 어떤 영혼들은 곧장 빛 속으로 들어간다. 그 이유가 무엇인지 밝힐 수 있을 만한 일정한 법칙은 아직 찾아내지 못했다. 그러나 영혼의 이동 속도가 죽음의 환경이나 영계와의 친밀도와 관련되어 있다는 점은 분명하다. 일부 임사 체험자NDEs, Near Death Experiences들은 별로 긍정적이지 않은 경험을 보고하곤 하는데, 이는 그들이 일시적으로 죽음을 맞이한 후에 오직 어둠만을 보았기 때문이다. 그들은 터널 속에서 옴짝달싹 못하고 있다가 다시 살아났다고 한다. 그들을 향해 다가오는 사랑의 빛은 아예 구경도 못하고 말이다. 영계의 문턱에서만 잠시 머물다 다시 살아났을 경우에는 특히 그렇다. 하지만 대부분의 임사 체험자들은 사랑을 느끼고 밝은 빛을 보았다고 기억한다.

여기서 중요한 점은, 피술자가 어둠을 뚫고 나아가고 있다고 말하든, 잿빛의 뿌연 베일 속에 떠 있다고 말하든, 아니면 양털이나 구름 같은 것에 휩싸여 아무것도 볼 수 없다고 말하든 피술자에게 모든 것이 정상이라는 점을 차분히 확신시켜 주고 계속 움직이게 만드는 것이다. 빛이나 어둠에 대한 피술자의 대답과 관계없이 나는 다음과 같이 말해준다.

2. 당신은 전에도 이 길을 온 적이 있습니다. 그냥 계속 움직이면서, 사랑의 힘이 당신을 안전한 장소로 인도하고 있다는 사실을 받아들이세요.

나는 피술자에게 그가 역할의 일부를 담당하는 장면들을 곧 보게 되리라고 설명해 준다. 전생을 기억할 때와 마찬가지다. 차이가 있다면, 지금은 순수 에너지로 이루어진 영적인 몸을 갖고 있다는 점이다.

하지만 스스로의 기억을 현생의 몸을 통해 계속 보고하는 상황은 똑같다.

더욱 자세한 내용을 알고 싶으면, 《영혼들의 여행》 2장을 다시 살펴보기 바란다. 그 책에 영계로 진입하는 영혼들의 사례 세 편이 소개되어 있다. 이 사례들 속에서 피술자들은 놀라워하면서 보고하거나 아주 사실적으로 보고한다. 영계로의 진입에 대한 이런 다양한 보고는 우리의 사고를 균형 있게 잡아준다. 이 중요한 시점에서 나는 피술자에게 다음과 같이 부탁한다.

3. 아주 가까운 곳을 넘어 멀리까지 보게 되면 제게 알려주세요.

이때 시술자가 잠시 침묵을 지키는 것이 피술자에게는 도움이 된다. 나는 피술자에게 다음과 같은 관념운동적 신호를 요구한다.

4. 서두르지 마세요. 먼 곳까지 보이는 곳으로 이동하면 오른손의 손가락들을 움직여주세요.

이 신호는 의식의 비판적인 분석 없이 초의식 상태에서 저절로 즉각 나오는 것이어야 한다. 최면요법가는 피술자가 보고할 준비가 될 때까지 기다려야 한다. 그렇지 않으면 피술자가 최면요법가를 만족시키기 위해 억지로 심상을 만들어낼 가능성도 있다.

피술자가 먼 곳까지 보이는 곳으로 이동했다고 하면, 피술자가 사방에서 빛을 보든, 어둡고 흐릿한 빛을 보든 중요하지 않다. 이 빛에 대해서는 모든 피술자에게 똑같은 유형의 질문을 던진다.

5. 주변에 커다란 공 모양의 빛이 있나요? 아니면 빛들이 멀리 있어서 점
   처럼 보이나요?

이렇게 대답을 선택할 수 있는 질문을 하면 피술자의 저항이 줄어든
다. 또 어떤 피술자는 길을 잃을지도 모른다는, 남아 있는 약간의 불안
을 털어버린다. 최면요법가가 이렇게 제한된 질문을 해도, 무언가 다른
것이 보이면 피술자는 보이는 대로 대답할 것이다. 중요한 점은, 피술
자가 계속 보고를 하면서 길을 잃어버리지 않게 만드는 것이다.

대부분의 피술자는 곧 빛이 보인다고 보고한다. 그러면 나는 피술
자의 상태에 따라 이 빛이 지성적인 존재들이라는 점을 설명해 주기
도 하고 설명하지 않기도 한다. 이 시점에서는 의심이 아주 많은 피술
자에게만 지시를 준다.

피술자의 영혼 근처에 공 모양의 커다란 빛이 하나 있다면 이것은
대개 영혼의 안내자다. 반면에 빛들이 멀리서 점처럼 보인다면 대부
분 피술자의 영혼 그룹을 의미한다. 또 피술자는 생이 끝날 때마다 약
간씩 다른 광경을 본다. 이번 생이 끝난 다음 영혼의 안내자가 영계의
문 근처에서 기다리는 모습을 본다면, 다음 생에서는 영혼의 안내자
가 영계의 더 깊은 곳에서 그를 맞아준다. 또 이번 생이 끝난 후에는
영계의 문을 넘을 때 영혼의 친구들을 분명하게 볼 수 있다고 해도 다
음 생에서는 그렇지 않을 수도 있다.

영혼들과의
첫 만남

처음으로 멀리서 빛들이 보이면 피술자는 흔히 이렇게 소리친다. "별들이 보여요!" 피술자가 보는 광경이 지구의 밤하늘과 비슷하기 때문이다. 피술자가 이렇게 소리치면 나는 빛과 관련된 질문들을 연이어 던진다.

6. 빛들이 몇 개나 보이나요? 빛들을 세어보세요.
7. 빛들이 다발처럼 모여 있나요, 아니면 흩어져 있나요?
8. 다른 것들보다 더 커보이는 빛이 있나요?

그러면 피술자는 이렇게 대답한다. "멀리에 공 모양의 커다란 빛이 하나 보여요." 이는 대개 영혼의 안내자를 가리킨다. 피술자가 어떤 식으로 대답하든 나의 다음 질문은 언제나 똑같다.

9. 이 빛(혹은 빛들)을 지나가려면 오른쪽으로 움직여야 하나요? 아니면 곧장 앞으로 가야 하나요? 아니면 왼쪽으로 움직여야 하나요?

질문을 이렇게 하면 피술자는 대답을 선택할 수 있다. 뿐만 아니라 놀라운 결과도 얻게 된다. 방향 감각이 살아나면서 자신에게 영계에서의 진로를 조정하는 능력이 있음을 인식하는 것이다. 이 빛들이 어느 특정한 방향에 있다고 대답하면 나는 피술자에게 이렇게 말한다.

10. 이 빛이 당신을 향해 있는 동안, 당신도 이 빛을 향해 (오른쪽이나 왼쪽 혹은 앞으로 곧장) 나아가세요.

이 시점에서 피술자가 상황을 파악할 수 있게 잠시 멈춰야 할지도 모른다. 하지만 너무 오래 멈추는 바람에 피술자가 빛의 점들과 연결되지 못하게 만들어서는 안 된다. 그렇게 되면 피술자가 수렁에 빠져버릴 수도 있다. 이것은 중요하다. 나의 다음 질문은 다음과 같다.

11. 빛들이 당신을 향해 가까이 다가오면, 당신도 이 빛들을 향해 움직이세요. 이 빛이 밝은지 흐린지, 어떤 색으로 보이는지 말해주세요.

피술자가 즉시 대답을 하면 빛의 중심과 후광의 색깔을 묻는다. 이 색깔이 그 영혼의 진화 수준은 물론이고 각각의 특성과도 상관이 있기 때문이다. 이에 대해서는 《영혼들의 운명 1》 5장에 상세히 설명해 두었다. 우리는 5부 '영혼의 색깔 확인하기'에서 이에 대해 다시 살펴볼 것이다.

피술자가 앞에 공이나 기둥 모양의 밝은 빛이 하나밖에 없다고 대답하면, 그 빛이 밝은 흰색인지, 아니면 노란색이나 파란색, 밝은 자주색인지를 파악한다. 그래야 이 빛이 시니어 안내자인지 아니면 주니어 안내자인지를 알 수 있기 때문이다. 서로 다른 색깔들로 이루어진 빛이 둘 이상 모여 있는 경우, 이 빛들은 대체로 영혼의 친구들을 나타낸다.

LBL 요법을 가르칠 때 나는 학생들에게 서로 영혼퇴행을 해주게 한다. 이때 몇몇 학생은 흰빛으로 인해 혼란에 빠지기도 한다. 안내자와 영혼의 동반자 모두 흰빛을 띠기 때문이다. "흰빛은 왜 안내자와 어린 영혼들 모두에게서 나타나나요?" 학생들은 이렇게 질문한다. LBL 요법을 하던 초기에는 나도 이 문제를 푸는 데 시간이 좀 걸렸다. 빛깔은 에너지 진동을 나타내는데, 흰빛은 컬러 스펙트럼에 있는 나머지 빛깔들의 기본선이 된다.

빛들이 멀리서 자신을 향해 움직인다고 보고하는 피술자는 대개 이렇게 말한다. "흰빛들이 어둑어둑한 곳에서 나오는 게 보여요." 처음으로 이 빛을 본 피술자가 빛을 가리켜 별과 같다고 말하는 것은 이 때문이다. 하지만 가까이 다가가면 이 빛들은 다르게 보인다. 이때 나는 피술자들에게 다음과 같은 질문을 한다.

12. 당신을 만나러 온 빛의 형태와 모습을 묘사해 주세요.

이 빛이 안내자이면 피술자는 흔히 커다란 공 모양의 흰빛이나 가늘고 긴 형체, 혹은 사람 같은 모습이 보인다고 말한다. 그러다 이내 흰빛이 노란빛이나 파르스름한 빛으로 변했다고 보고한다. 하지만 밝은 흰빛이 다른 색으로 변했다는 식의 보고는 피술자가 오리엔테이션을 경험하거나 영혼 그룹을 만나기 전까지는 나오지 않는다.

피술자가 밝고 온전한 흰빛이 보인다고 한다면, 이것은 이 빛의 존재가 순수한 진동 에너지를 갖고 있다는 뜻이다. 순수한 진동 에너지는 생각과 의도가 분명함을 나타낸다. 이것은 파란빛과 자줏빛에서 발산되는 지혜나 앎과 더불어 진화된 영혼의 또 다른 특징이다. 붉은빛과 노란빛, 초록빛, 파란빛에서도 흰빛이 얼룩처럼 나올 수 있지만, 나이가 더 어린 영혼은 일반적으로 순전히 흰빛만 드러낸다. 하지만 어린 영혼들의 흰빛은 어두침침해지거나 밝기가 높았다 낮았다 할 수도 있다. 밝았다 어두워졌다 하는 빛은 흔히 불안과 들뜬 열정, 조화를 향한 갈망을 나타내는데, 이는 덜 진화된 영혼의 특징이다.

피술자의 영혼이 마중 나온 빛을 만나는 시점에 이르면 나는 이렇게 묻는다.

13. 이 빛이 당신에게 가까이 다가오고 있나요? 당신의 손을 잡으려는 것처럼 보이나요? 아니면 이 빛이 사랑의 에너지로 당신을 감싸는 것처럼 보이나요?

《영혼들의 운명 1》 4장에서 안내자들이 영계의 문 근처에서 귀환하는 영혼들을 치료하는 방법을 다룬 내용을 참고하기 바란다.

안내자가 치유의 에너지로 영혼을 감쌀 때 쓰는 기법과 가볍게 손을 잡듯 영혼의 몸 가장자리에 초점을 맞추기만 할 때 쓰는 기법도 다르다. 또 일차적인 영혼의 동반자나 영혼의 친구보다는 안내자가 영혼을 에너지로 감싼다. 이때 피술자의 영혼은 비눗방울 속에 있는 것 같은 느낌을 받는다.

다음으로 나는 안내자의 에너지가 피술자에게 어떤 느낌을 주는지 묻는다. 내가 말하는 스밈permeation 과정을 통해 안내자가 돌아온 영혼에게 활기를 북돋아주는 치유의 에너지를 보내주는 것이 바로 이때이기 때문이다. 《영혼들의 운명 1》 4장에 영혼의 에너지를 회복시켜주는 다양한 방법들이 설명되어 있다.

이 단계에 이르면 대부분의 피술자가 이완되기 시작한다. 그리고 완전한 외경심에서 평화에 이르기까지 다양한 반응을 보인다. 어떤 피술자는 자신의 에너지가 갑자기 더 투명해진 것 같다고 느낀다. 이는 피술자가 그의 육체와 의식적으로 분리되었다는 신호다.

최면요법가는 피술자가 안내자를 처음으로 만날 때 보이는 정서적인 반응에 대비하고 있어야 한다. 많은 피술자가 자신을 담당하는 이 사랑의 존재를 보고 눈물을 글썽이거나 압도당하거나 소리내며 운다. 그런가 하면 안내자를 알아본 후 기쁨에 겨워 웃는 피술자도 있다. 세션에서 가장 의미 있는 순간들 가운데 하나가 바로 이때다. 그러므로 피술자가 이 순간을 충분히 만끽하도록 말을 많이 시키지 않는 편이 좋다. 가까이에 고급 화장지도 한 통 준비해 둔다. 나는 피술자가 안내자의 모습을 평생 기억할 수 있도록 피술자에게 최면 후 암시를 준다.

마중 나온 영혼과의
상호작용

피술자가 영계의 문 가까이까지 와서 귀환하는 영혼을 맞아주는 안내자를 알아보고 이들과 관계를 맺는 과정은 아주 중요하다. 이 단계에서는 먼저 다음과 같은 개방형 질문을 한다.

1. 당신을 만나러 온 실체, 우리가 아직 이야기해보지 않은 이 실체에 대해 어떤 생각이 드나요?

대부분의 피술자는 안내자와 영혼의 친구들을 알아보고 최면요법가의 질문에 대답하기까지 얼마간의 시간을 필요로 한다. 적절한 순간에 다음과 같은 질문을 한다.

2. 당신 앞의 존재가 남성인지 여성인지 알 수 있나요?

경험이 많아서 인간과 비슷한 형상의 존재가 보이지 않아도 마음이 편한 피술자에게는 그냥 무성無性의 빛 덩어리만 보인다. 이때 피술자는 대부분의 영혼이 양성처럼 보인다고 보고한다.

이 빛의 덩어리는 영혼의 친구일 수도 있다. 그럴 경우 이들은 즉시 알아볼 수 있게 피술자가 전생이나 현생의 삶을 통해 기억하고 있는 모습을 드러낸다. 이 빛의 덩어리가 안내자든 영혼의 친구든, 피술자가 인간과 비슷한 형상을 봤다고 진술하면 나는 다음과 같은 질문들을 한다.

3. 얼굴 생김새가 보이나요?
4. 머리카락 색깔과 길이는 어떤가요? 눈은 무슨 색이지요?
5. 이 존재는 전체적으로 당신이 알고 있는 누군가와 비슷한 모습을 하고 있나요?
6. 이곳에는 물질계의 어떤 말소리도 존재하지 않아요. 어떤 말이나 영상이 텔레파시로 당신의 마음에 전달되고 있나요?

《영혼들의 여행》 3장 '귀향'을 보면, 피술자가 영계의 문 근처에서 영혼 그룹을 만나는 모습을 보여주는 사례들이 실려 있다. 일반적으로 이때는 일차적인 영혼의 동반자만 만날 가능성이 높다. 그리고 만남이 이루어져도 오래 지속되지는 않는다. 보통은 돌아온 영혼을 다음 기착지로 안내하기 위해 안내자가 대기하고 있기 때문이다.

많은 영혼의 친구들이 돌아온 영혼을 정성스럽게 축하해 주는 경우도 있다. 이런 축하 의식은 대개 영혼이 그의 영혼 그룹과 처음으로 대면할 때 이루어진다. 영혼 그룹이 피술자를 영계의 문에서 맞아주는 것이든 영혼 그룹 안에서 반겨주는 것이든, 모든 귀향 의식은 지상에서 돌아온 영혼을 따뜻하게 반겨주기 위한 것이다.

귀향한 영혼을 위한 환영 의식은 재미나 게임 이외에도 다른 중요한 의미가 있다. 한 예로, 가장 가까운 전생에서 친구 네 명과 같은 영국군 부대에서 지냈던 피술자가 있었다. 제1차 세계대전이 시작되면서 이들은 전부 프랑스로 배치되었다. 1914년 8월 말 이 다섯 명의 친구는 센 강 왼쪽 강둑에 있는 근사한 카페에서 마지막 식사를 함께 했다. 그들은 음악을 들으며 포도주를 마시고, 노래를 부르고, 앞으로 닥칠 일을 잊으려 했다. 그리고 그다음 날 모두 최전선으로 배치되었다. 그 후 9월 초 같은 날 같은 시각에 한 명만 빼고 나머지 네 명은 전부 제1차 마른 전투에서 전사했다.

유일하게 살아남은 병사는 심각한 부상을 입고, 불구의 몸이 되어 고향으로 돌아갔다. 고통으로 점철된 남은 생애 동안 그는 친구들의 죽음을 슬퍼하면서 홀로 살아남았다는 죄책감에 시달리다 1936년에 생을 마감했다. 이 병사가 바로 나의 피술자였다.

이 피술자가 영혼 그룹으로 돌아가자, 먼저 죽은 네 명의 친구들이 군복 차림으로 그를 맞이해주었다. 그리고 파리의 카페를 그대로 본뜬 곳에서 재회를 축하했다. 이 특별한 귀향 의식은 치유 과정을 촉진 시키는 하나의 수단으로서 영혼을 전생의 비극에서 해방시키기 위한 것이었다.

영혼들은 보통 영계의 문 근처에서 에너지 회복 과정을 거친다. 그러나 내가 지켜본 바, 특별히 상처나 큰 사건을 경험하고 돌아오는 영혼에게는 그 이상의 무언가가 제공되는 것 같다. 연인이나 가까운 친구를 잃은 영혼의 경우에 특히 그렇다.

이처럼 귀향 장면에서는 단순히 기쁨만 얻을 수 있는 게 아니다. 귀향 장면은 피술자에게 특별한 의미를 지니는 비극적인 카르마의 사건들을 상징적으로 보여주기도 한다. 그리고 전생의 비극적 사건들은 현생의 삶에도 영향을 미치고 있을 가능성이 크다.

여기서 최면요법가가 기억해야 할 점이 있다. 피술자와 함께 방금 돌아본 전생의 연인이 현재 지구상에서 같은 시간 틀 속에 살고 있어도 문제가 되지는 않는다는 점이다. 우리가 갖고 있는 에너지의 일부가 언제나 영계에 남아 있기 때문이다. 30년 전에 어머니가 돌아가셨다고 치자. 새로 환생을 했어도 어머니의 영혼의 일부는 여전히 영계에 남아서 언제든 우리의 귀향을 반겨준다. 《영혼들의 운명 1》 4장에 나오는 '영혼의 분리와 재합일' 부분을 보면 이 과정이 여러 쪽에 걸쳐 설명되어 있다.

피술자가 영혼들을 만나고 알아보는 동안에는 언제나 세션을 천천히 진행해야 한다. 그래야 피술자가 충분한 시간을 갖고 영혼들을 알아볼 수 있기 때문이다. 또한 안내자와 소통할 때는 처음부터 피술자의 불충분한 반응에 대비해야 한다. 피술자와 안내자의 관계가 너무 긴밀해서 "서로 할 말이 없어요" 하는 식으로 최면요법가의 질문을 피해갈 수 있기 때문이다. 그러나 이 말의 진짜 의미는 '최면요법가에게' 할 말이 없다는 것이다. 피술자가 대화가 너무 사적인 것이라고 여기거나, 일어나는 일을 설명하는 데 어떤 말도 필요치 않다고 여기기 때문이다.

그러나 나는 이 경우에도 피술자의 침묵을 수동적으로 받아들이지 않는다. 피술자가 현생의 삶에 적용할 수 있게 가능한 한 많은 정보를 알아내는 것이 나의 일이기 때문이다. 그래서 나도 안내자와의 대화가 특별하다는 것을 잘 알고 그 특권도 존중한다는 점을 부드럽게 주지시키면서 이렇게 덧붙인다.

당신이 받아들이는 메시지를 제게도 반드시 보고해 주셔야 합니다. 그래야 모든 일이 잘 진행되고 있는지 확인할 수 있어요.

상황에 따라서는 아래와 같이 더욱 강한 접근법을 취한다.

당신은 현생의 행복에 중요한 영혼의 정보를 얻으려고 저를 찾아왔습니다. 당신의 지지와 협조가 있어야 제가 그 정보를 얻어서 (오디오테이프에) 기록할 수 있어요.

피술자가 여전히 안내자에 대한 정보를 주지 않으려 해도 나는 계속 질문을 던진다. 이때는 다음과 같은 질문이 좋다.

7. 당신의 영혼의 안내자는 이름이 무엇인가요?

앞에서 설명했듯이 나는 접수 면접 때 에너지를 전달해서 피술자의 기억을 돕기 위한 방법으로 이따금씩 손가락을 피술자의 이마에 댄다. 이 방법이 다른 영혼의 이름을 기억할 때도 아주 효과적이라는 점을 최면 시작 전에 미리 일러둔다.

그래서 이 시점에서 피술자의 이마에 손가락을 대고, 피술자의 기억을 돕기 위해 안내자의 이름을 소리 내서 발음하거나 철자를 대보라고 주문한다.

영계의 문 근처에서 안내자의 이름을 알아내는 일은 아주 유용한 준비과정이기도 하다. 이 과정을 거치면, 피술자의 영혼 그룹에 속한 영혼들의 이름을 물어보는 작업이 훨씬 수월해진다. 피술자들 중에는 영혼들의 이름을 발음하는 것보다 철자를 대는 편이 더 수월하다고 여기는 이들도 있다.

피술자가 안내자의 이름을 기억해 내지 못하면 이렇게 말해준다.

"걱정하지 마세요. 나중에 이름이 생각나면 그때 가서 말해줘도 됩니다."

피술자가 안내자에게 전달받은 내용을 묻는 나의 질문에 대답할 수 있으면, 나는 다음과 같이 탐색을 계속한다.

8. 안내자가 무슨 말을 하고 있나요?

혹은 더욱 구체적으로 강하게 물어보기도 한다.

9. 당신의 안내자는 당신이 지난 삶에서 이뤄낸 성과들을 어떻게 느끼고 있나요?

이 시점에서 주고받는 질문과 대답은 피술자마다 다르다. 하지만 일반적으로 영계의 문턱에서는 많은 정보를 얻어낼 수 없다. 피술자의 반응은 보통 다음과 같다.

"안내자가 제가 해야 할 일을 했다고 말했어요."

"귀향을 환영한대요. 곧 대화를 나누자고 합니다."

그래도 최면요법가는 질문을 통해 영계를 더욱 깊고 상세하게 파악하기 위해서 안내자를 불러내리라는 점을 피술자의 의식이 받아들일 수 있게 준비를 시켜두어야 한다.

나는 영계의 문턱에서 시간을 너무 오래 지체하지는 않는다. 피술자를 안내자와 함께 얼른 다음 기착지로 이동시켜서 더욱 많은 정보를 얻어내고 싶기 때문이다. 첫 번째 기착지는 영혼들의 에너지를 회복시켜 주는 공간이 될 것이다. 하지만 피술자가 수렁에 빠지지 않는한 어디로 가게 될지 미리 알려주거나 암시해 주지는 않는다. 이 시점에서 하는 질문은 다음과 같다.

10. 지금 무슨 일이 벌어지고 있나요?

피술자는 흔히 "다시 이동하고 있어요" 하고 대답한다. 그러나 아무것도 전개되지 않는 것 같으면 다시 이렇게 질문한다.

11. 어딘가로 이동할 준비가 된 것 같나요?

전체 세션을 진행하는 동안에 가장 흔하게 하는 질문 가운데 하나는 다음과 같다.

12. 이제 어디로 인도되고 있나요?

모든 암시가 실패로 돌아갈 경우에 할 수 있는 다음과 같이 더욱 구체적인 질문도 있다.

안내자와 함께 모종의 오리엔테이션을 받으러 가야 할 때가 되었다고 생각하나요?

피술자가 보고하는 영혼의 움직임과 관련해서 한 가지 알아두어야 할 점이 있다. 영계에서 다른 곳으로 이동할 때는 그냥 생각을 그리기만 하면 된다는 것이다. 그러면 피술자는 어느 순간 이동하고자 하는 장소에 도착해 있다. 이 부분은 영혼 여행의 본질적 특성이라고 할 수 있다. 그래서 피술자들 가운데는 이동하라는 지시를 내리기도 전에 앞서서 움직이는 이들도 있다.

영계로 귀환한
영혼들의 기착지

영계로 귀환한 영혼들이 들르는 주요 기착지는 기본적으로 세 곳이다.

1. 영계의 문. 이곳에서 처음으로 다른 영혼과 접촉한다.
2. 오리엔테이션 장소. 영혼은 안내자의 인도로 이곳에 도착해서 보고를 한다.
3. 마지막 기착지에서 영혼은 그의 영혼 그룹으로 돌아간다.

물론 이런 양상에서 벗어나는 피술자도 더러 있다. 이 부분은 영혼의 진화 수준과 이생 life just lived에서 경험한 상처나 고난의 양과 관련이 있다. 이들 영혼은 오리엔테이션을 건너뛰고 곧장 영혼 그룹이나 원로들로 구성된 의원들을 만나러 가기도 한다. 혹은 다른 영혼들과 접촉하는 대신 고요한 장소에서 일정 기간 고독과 사색의 시간을 갖기도 한다. 또 진화된 영혼 중에 전문적 학습 그룹과 관련 있는 영혼은 지상의 삶을 마치고 돌아오는 순간 곧바로 이들과 합류하기도 한다. 마찬가지로 이생을 마치고 돌아오자마자 교실이나 도서관 같은 곳으로 가서 학습을 시작하는 영혼도 있다. 그러나 귀환한 영혼이 다음 생으로 즉시 환생하는 경우는 없다.

육체에서 벗어나 새로이 영계로 귀환한 영혼들이 이런 표준적인 세 기착지에서 벗어나 가장 흔하게 가는 곳은 에너지를 회복하는 장소다. 손상된 에너지를 회복하기 위해 긴급 치료를 받아야 하는 영혼들이 있다. 영혼들은 대개 안내자를 처음 만나거나 오리엔테이션을 가질 때 즉석에서 에너지 치료를 받는다. 그러나 영계에서의 치유는 그 외의 여러 가지 다양한 방식으로 진행될 수 있다.

이제 막 영계의 문을 넘은 피술자 가운데 간혹 그의 쇠약해진 영혼 에너지가 이상한 장소에 들어가 있다고 보고하는 이들이 있다. 이를 테면 기하학적이거나 투명한 막 안에 들어가 있는데, 그곳에서 에너지를 치유하거나 균형을 회복하는 중이라고 말한다. 그 환경에서 그의 에너지 진동 수준을 조정하고, 영혼 그룹과 재회하기 전에 고독의 시간을 가질 필요가 있기 때문이다.

이런 영혼은 얼마간 의식적으로 누구와도 접촉하지 않으려 한다. 몇 번의 생을 마친 다음에는 다른 활동에 참여하기 전에 신성한 공간에서 고요히 사색의 시간을 가져야만 하는 것 같다. 그동안 안내자들이 이들의 발전 상태를 점검한다고 한다.

피술자들은 흔히 수정crystal을 재생의 상징처럼 이야기한다. 그러므로 에너지를 치유해 주는 공간이 유리 모양의 프리즘이나 다면적인 벽처럼 보이며, 여기서 반사되는 다채로운 빛이 자신을 에워싸고 있다는 보고를 들어도 놀랄 필요가 없다. 이런 공간은 우주적인 치유 에너지를 통해 영혼의 에너지를 재충전해 주는 역할을 한다.

가끔 나는 피술자가 진행 중인 일을 말로 표현하려고 애쓸 때 피술자의 손에 수정을 놓아준다. 수정이 우리 사이에서 생각의 전도체와 같은 역할을 한다고 믿기 때문이다.

지상의 삶에서는 물론 윤생 사이의 삶에서도 고독은 자신을 뒤돌아볼 여유를 선사한다. 또 에너지를 회복해서 영감을 얻게 해주기도 한다. 살아가는 동안 우리가 맡은 역할들에 정신이 흐트러지면 본래의 진정한 자기에 대해서는 결코 알 수 없다. 그러다 유난히 힘들었던 삶이 끝나는 순간, 모든 버거운 상황에 묶여 있던 몸이 돌연 사라져버리는 것이다. 일부 영혼들이 다른 영혼들과 관계를 맺기 전에 영계로 더욱 깊숙이 들어가서 고요의 시간을 갖는 것은 충분히 이해할 만한 일이다.

《영혼들의 운명 1》 4장 '영적 에너지의 복원' 부분을 보면, 귀환한 영혼의 상태에 따른 다양한 에너지 치료법이 설명되어 있다. 일반적으로는 다음의 세 종류로 나눌 수 있다.

1. 오리엔테이션을 받기 전에 받는 표준적인 치료. 대다수의 영혼이 이 치료를 받는다.
2. 폭력적인 죽음으로 인해 에너지가 손상당한 영혼들을 위한 긴급 치료.
3. 회복을 위한 공간에서 이루어지는 특별 치료. 지상의 삶을 사는 동안 영혼이 심각하게 오염된 경우 이 치료를 받는다.

여기서 분명하게 알려주고 싶은 사실이 하나 있다. 고통스런 삶을 마감한 다음에 들어가는 회복 공간에 대해서 대개의 피술자들이 상세하게 보고하지 않는 경향이 있다는 점이다. 그래서 현재의 삶과 직접적인 연관성이 없는 한 나도 이 부분에 대한 보고를 억지로 강요하지 않는다. 이 경험을 다시 체험하거나 곱씹지 않아도 세션이 성공적으로 이루어질 수 있기 때문이다. 이 경우에도 나는 4부의 '상처로부터의 탈감각화' 부분에서 밝힌 것과 같은 철학적 치료를 적용한다.

에너지 복구와 회복에 대한 기억의 차단은 피술자를 보호하기 위한 안내자의 기억 차단과도 관련이 있을 것이다. 드물지만 심각하게 손상당한 영혼에 대한 이야기를 들을 때가 있다. 이야기를 들려주는 존재는 흔히 그 영혼을 아는 제3자 혹은 갱생 훈련을 전문으로 하는 영혼이다. 영혼이 끔찍할 정도로 오염돼서 과감한 에너지 개선이나 재구축을 경험한 영혼은 다시 지상으로 돌아오지 못하기도 한다. 또 이런 엄격한 개조를 경험했을 경우 그 기억이 차단될 수도 있다. 이 경우에는 최면요법가가 개입하지 않는 것이 최선이라고 생각한다.

안내자와의
오리엔테이션

거의 모든 피술자가 어떤 식으로든 안내자와 함께 오리엔테이션에 참가한다. 그러므로 최면요법가는 이 주요한 기착지의 다양한 모습들을 알 필요가 있다. 최면 상태에서 안내자의 모습을 처음으로 보는 순간 피술자가 깊은 존경심을 느낀다는 것은 이미 이야기했다. 안내자와 함께 영계의 문을 지나서 적응의 시간과 지난 생을 돌아보는 작업이 이루어지는 공간으로 이동하면서 피술자는 이런 느낌을 더욱 분명하게 표현한다.

LBL 시술자들은 《영혼들의 여행》 5장과 8장에서 오리엔테이션과 안내자에 대해 내가 설명한 내용들을 다시 살펴보며 참고하면 좋을 것이다. 이 부분에는 영계의 환경이나 주니어 안내자, 시니어 안내자의 역할 등에 대해서도 자세히 설명되어 있다. 이 정보들은 대부분의 사례에 들어맞을 것이다. 각각의 사례들마다 미묘한 차이가 있어도 여러 가지 유사점을 발견할 수 있다. 예를 들어, 처음으로 안내자를 만날 때, 독실한 기독교 신자라면 "아, 예수님이 보여요!" 하고 소리칠 수도 있다. 약간 다르지만 "천사가 저를 만나러 왔어요!" 하고 말하는 경우도 있다.

종교적인 신념이 너무 강해서 세션을 영적인 경험이 아니라 종교적인 체험으로 받아들이는 피술자도 있다. 이들은 종교 교리에 대한 평소의 의식적인 선입관을 세션 중에 확연히 드러내기도 한다. 이런 경우 나는 피술자의 지각에 신중한 태도를 취하면서 보통 이렇게 말한다. "좋아요. 그래도 이 존재를 더욱 분명하게 볼 수 있게 조금 더 자세히 들여다보세요." 그러면 피술자는 이 눈에 띄는 존재가 세계의 주요한 종교들에 등장하는 위대한 예언자가 아니라 처음부터 그를 담당해 온 영혼의 안내자임을 곧 알아차린다.

몇몇 피술자는 안내자를 '수호천사'라고 부르기도 한다. 이것은 놀라운 일이 아니다. 이 날개는 없지만 떠다니는 존재들을 흰빛이 후광처럼 감싸고 있기 때문이다. 또 오리엔테이션을 받으러 가는 도중에는 많은 피술자들이 안내자가 헐렁한 옷차림에 한 번도 본 적 없는 성적 특성, 독특한 얼굴 모양을 하고 있다고 보고한다.

오리엔테이션 장소는 보통 편안하고 친숙하며, 지상의 환경과 비슷하게 만들어져 있다. 피술자들은 종종 정원의 하얀 대리석 벤치 위에 앉아 안내자와 대화를 나눈다고 보고한다. 가끔은 탁자와 의자가 있는 친숙한 방이나 탁 트인 벌판, 구름들로 이루어진 비현실적인 공간에서 오리엔테이션을 받기도 한다.

최면요법가는 가장 가까운 전생을 이미 돌아보았기 때문에 피술자가 이루었거나 그렇지 못한 목표들을 둘러싼 상황이 어땠는지는 알고 있다. 그러므로 오리엔테이션은 다시 영계에 동화되는 과정에 대한 기억을 돕는 역할을 한다. 오리엔테이션 장소는 정신적인 치유의 공간이다. 그러므로 최면요법가는 피술자의 영혼과 안내자의 대화에서 부드럽게 제3자의 역할을 수행하면서 피술자의 현재 태도와 현생의 갈등에 대해서 많은 것을 알아낼 수 있다. 영계의 현재 시간의 실제now time reality를 현재의 치료에 이용하는 방법은 이 책의 뒷부분에서 살펴볼 것이다.

오리엔테이션이 진행될 동안에 내가 일반적으로 하는 유용한 질문들은 다음과 같다.

1. 안내자와 대화를 나누는 동안 지난 전생 이전에 달성한 목표들도 살펴보고 있나요? 그렇다면 당신은 얼마나 많은 목표를 이뤘나요?
2. 이 목표들과 비교해 볼 때, 당신이 지난 삶에서 이룬 가장 큰 업적과 가장 큰 좌절은 무엇인가요?
3. 지속적인 진화의 관점에서 볼 때 지난 몇 번의 전생들은 당신의 모든 전생들과 비교해서 어땠나요?
4. 이 전생들을 사는 동안과 그 전후에 당신의 안내자는 어떻게 도와주었나요?
5. 안내자가 오리엔테이션 중에 당신의 전반적인 진화에 대한 견해를 밝히고 있나요?
6. 귀향의 이 단계에서 당신은 어떤 조언을 받았나요?
7. 이 회의에서 당신에게 어떤 중요한 일들이 일어나고 있는지 설명해 줄 수 있나요?

오리엔테이션 중에 피술자는 스스로를 더욱 깊이 통찰하기 시작한다. 그러므로 피술자의 현생 속에서 일어나고 있는 일들과 관련된 질문을 하는 것이 좋다. 이런 영적인 환경에서는 영혼이 자신의 단점에 훨씬 정직하기 때문이다. 삶을 마감한 후에 맞이하는 오리엔테이션 중에는 자기비판의 성향이 강해진다. 안내자마다 방식이 다르긴 하지만, 대부분은 "자신을 너무 가혹하게 평가하지 마세요. 당신은 아주 훌륭하게 살아냈습니다"라는 전제 위에서 움직인다.

나는 안내자가 지휘하는 오리엔테이션에 대한 보고를 수없이 들었다. 그 덕분에 안내자가 엄격하거나 억압적이지 않다는 점을 자신 있게 말할 수 있다. 안내자는 전반적으로 잘 공감하면서 들어주는 존재라는 느낌이 든다. 자신이 맡은 영혼에 대해서 이미 모든 것을 파악하고 있기 때문이다. 그래서 안내자에게는 무엇도 숨길 수 없으며, 영혼도 이 점을 분명하게 알고 있다. 내 생각에 어떤 안내자가 특정한 영혼을 배정받는 이유는 불멸의 영혼이 지닌 장단점이 서로 비슷하기 때문인 듯하다. 예를 들어, 스승과 제자의 성격이 비슷하거나 둘이 같은 시기에 같은 과제를 안고 씨름하는 것과 비슷하다.

자신이 맡은 영혼을 향한 안내자의 사랑은 대단히 크다. 살면서 우리가 느끼는 직관이나 직감은 사실 우리를 향한 안내자의 속삭임이다. 그래서 LBL 세션이 끝나면 피술자는 중요한 상징적 메시지를 과거에 이미 받았음을 깨닫기도 한다. 이런 메시지는 더욱 분명한 인식을 가져다주고, 피술자를 더욱 중심 잡힌 존재로 만들어준다.

안내자들의 성향은 사실 제각각 다르다. 어떤 안내자는 살면서 깊은 수렁에 빠졌을 때 거기서 벗어나도록 정신적으로 도움을 주는 가까운 스승처럼 보인다. 반면에 인도 방식이 다소 차가워서, 우리가 위기에 빠져 필사적으로 불러내기 전에는 절대 우리의 삶에 먼저 개입하지 않는 안내자도 있다.

피술자는 가장 가까운 전생에서 계획했던 일을 성취하지 못한 좌절감을 토로하기도 한다. 이럴 때 피술자가 현생에서 겪고 있는 어려

152

움과 전생에 성취하지 못한 일 사이의 연관성을 파악할 수 있다. 이 단계에서 나는 구체적인 사항들에 초점을 맞추기보다는 피술자에 대해서 폭넓은 정보를 얻어내는 데 집중한다.

내가 깨달은 바에 의하면, 오리엔테이션은 안내자가 피술자에게 강도 높은 질문들을 하는 시간이라기보다 부드러운 상담과 보고의 시간이다. 방금 마친 삶에서 영혼이 보여준 행동이나 인식을 영계에서 더욱 깊고 분명하게 분석하는 작업은 보통 나중에 이루어진다. 긴 LBL 세션에서 피술자에게 집요하게 질문을 하는 것이 유익한 시기도 분명히 있다. 하지만 오리엔테이션은 그런 시기가 아니다.

정보를 더욱 많이 알아내기 위해 여러 방법으로 자극을 줘도 별 효과가 없는 피술자는 평의회 앞으로 데려갔을 때 심리치료 측면의 효과가 발생한다. 물론 지극히 사적인 문제에 대한 껄끄러움은 언제나 존재하고, 일부 피술자는 영적 경험의 신성한 측면들을 드러내지 말아야 한다고 생각하기도 한다. 이상하게도 이들은 오리엔테이션 중에 이런 방어적인 태도를 강하게 드러낸다. 오랜 시술 경험을 통해 나는 이 현상에 대해서도 나름의 결론을 내렸다.

오리엔테이션은 영혼이 지난 생에 대한 인상들을 안내자와의 직접적인 만남 속에서 털어버릴 수 있는 첫 번째 기회다. 그러나 아직 준비가 안 된 영혼도 있다. 긴장을 풀지 못했기 때문이다. 물론 이 단계에서 피술자가 편안하게 이야기하지 못하고 침묵을 지키는 데는 다른 요인들도 있다. 사생활 보호와는 별개로 충분한 이해가 부족한 것으로 해석할 수 있다.

오리엔테이션은 죽은 후에 영계로 들어가는 과정의 초기에 경험한다. 그래서 영혼은 방금 벗어난 유기체적인 몸에 여전히 강하게 얽매여 있다. 그 몸의 특징이나 생물학적인 기질의 흔적들은 죽은 후에도 얼마간 그대로 남아 있다. 새로 영계에 도착하면서 영혼이 불멸의 성격을 갖게 되어도 이런 현상은 변함이 없다. 이로 인해 오리엔테이션에 대한 영혼의 기억은 생물학적으로 완전히 새로운 상태에서, 즉 현생의 몸을 갖고 있는 상태에서 보고하는 피술자에게 처음에는 굉장한 혼란을 불러올 수 있다.

피술자가 변화를 이겨내고 더욱 순수하고 깊은 영혼의 상태로 들어가는 데는 얼마간 시간이 걸린다. 세션이 진행될수록 피술자는 자기 영혼의 전체적인 심리적 실상을 더욱 분명하게 직접적으로 느낀다. 그리하여 나중에 피술자가 자신을 영적인 존재로 충분히 이해하게 되면, 오리엔테이션 중에도 자신의 치료 방식을 끈기 있게 고수한 최면요법가는 나름의 보람을 느끼게 된다.

오리엔테이션은 귀환한 영혼이 지난 생을 전체적으로 되돌아보는 시간이다. 그래서 영계의 시간이 너무 부족한 것처럼 느껴지기도 한다. 피술자는 흔히 지난 오리엔테이션에서 일어난 일들을 상세하게 기억하기는 힘들다고 말한다. 또 현생의 몸으로 돌아와서는 이 오리엔테이션에서 경험한 것을 많이 기억하지 못할 수도 있다. 이런 여러 가지 이유로 인해 보통의 피술자는 오리엔테이션에 대해 더 이상 보고할 정보가 없을 때 최면요법가가 영계의 다음 기착지로 이동하라고 재촉해도 크게 거부하지 않는다. 나의 경우에는 적절한 순간에 이렇게 묻는다.

다음 기착지로 이동할 때가 됐나요?

피술자의 반응이 불충분할 때는 더욱 구체적으로 질문한다.

영혼의 친구들과 재회할 때가 되었다고 생각하나요?

대개는 그렇다고 대답한다. 최면요법가는 세션의 속도와 방식에 강한 통제력을 발휘할 수 있다. 사실 피술자도 무의식적으로 최면요법가의 인도를 바랄 수 있다. 그러나 피술자에게도 더 선호하는 영계의 모습이 있다는 점을 알아두어야 한다. 그래서 나는 치료 차원에서 특정한 시점에 피술자에게 다음과 같은 질문을 한다.

당신의 정신적 건강을 위해 지금 당장 영계에서 특별히 가보고 싶은 곳이 있나요? 그 장소가 당신에게 정말로 도움이 될까요?

피술자가 최면요법가의 암시를 따를 수도 있고, 그렇지 않을 수도 있다. 최면요법가가 그 순간 특정한 영계의 장소를 방문하는 것이 적절하다고 생각해도 피술자의 생각은 다를 수 있다. 피술자는 최면요법가가 제안한 장소에 가보기 전에 영계의 다른 장소를 먼저 방문하고 싶어 할 수도 있다. 또 대다수의 피술자가 일반적으로 떠올리는 곳과는 다른 장소에 가고 싶어 하는 피술자도 있다. 피술자의 나침반이 온전하다면 언제나 피술자의 생각에 따르는 것이 좋다. 피술자는 최면요법가의 인도에 따르기보다, 그의 현생에 필요한 것과 직접적인 연관성이 있는 장소를 다시 방문하고 싶어 할 수도 있다. 그러므로 어느 단계에서든 피술자가 이동을 거부할 경우, 최면요법가는 그냥 다음과 같이 물어본다.

지금 계속 살펴보고 싶은 것이 더 있나요? 아니면 저와 함께 다른 영역을 방문할 준비가 되어 있나요?

최면요법가는 세션을 진행할 때 언제나 유연하고 열린 태도를 유지하면서 끊임없이 피드백을 유도해야 한다. 또 피술자가 경험을 정신적으로 받아들이면서 오랜 시간 침묵하는 것에도 대비해야 한다. 피술자가 최면요법가에게 보고하지 않는 영계의 정보는 상당히 많다. 최면요법가는 나름대로 최선을 다하되 이 차이를 받아들여야 한다. 녹음된 테이프를 재생해 보면 이 차이를 분명하게 확인할 수 있다. LBL 세션에서는 피술자와 최면요법가의 협력 관계가 무엇보다도 중요하다. 세션 기간이 길어질수록 피술자는 최선의 방책을 향해 영적으로 인도되는 느낌이 들 것이다.

이미 말했듯 어떤 영혼들에게는 오리엔테이션 직후의 시기가 사색과 고독, 혹은 영혼의 도서관을 찾아 학습에 전념하기 좋은 때다. 고된 삶을 마감한 후 영혼들은 흔히 영혼 그룹의 친구들이나 영혼의 스승들과 떨어져 고요한 장소에서 치유의 시간을 갖는다. 《영혼들의 운명》에 삶의 책들이 소장된 도서관에 대해 상당히 자세하게 설명되어 있다. 고독이나 학습과 관련된 질문을 했을 때 피술자가 영혼의 도서관을 향하고 있다고 하면, 나는 다음과 같은 질문을 한다.

1. 안내자가 당신을 도서관으로 인도하고 있나요, 아니면 당신 혼자서 가는 중인가요?

2. 가까이 다가가 보니 이 학습 장소가 어떻게 보이나요?

3. 학습 장소로 들어가는 과정을 설명해 주세요. 근처에 다른 영혼도 보이나요?

4. (기록 보관 담당자처럼) 이 공간을 책임지는 진화된 존재가 있나요?

5. 지금 주변에 무엇이 보이는지 말해주세요.

6. 여기서 삶을 돌아보는 시간을 가질 건가요?

7. 여기서 책을 읽을 건가요? 아니면 스틸 사진이나 영화 화면을 보게 되나요?

8. 이제 할 일을 시작하세요. 그리고 책을 읽는지, 아니면 관찰자처럼 사진들을 보는지 알려주세요. 아니면 화면 속으로 들어가서 과거의 사건들에 실제로 참여하고 있나요?

9. 현재의 삶과 관련해서 무엇을 배우거나 경험하고 있나요?

피술자와 함께 영계의 이곳저곳으로 이동할 때는 언제나 안내자를 불러내 방향과 이동 속도를 물어보는 것이 좋다. 최면요법가는 피술자가 우유부단할 경우에도, 다음 기착지를 정해서 신속하게 이동시키기보다는 피술자에게 "이 순간에 당신이 하고 싶은 일은 무엇인가요?" 하고 물어보는 편이 더 좋다.

5부

윤생 사이의
삶

영혼 그룹과의
만남

평범한 영혼들이 영계로 귀환해서 마지막으로 들르는 장소는 더욱 커다란 기쁨을 선사한다. 최면을 통해 가까운 영혼의 친구들을 방문할 기회를 얻기 때문이다. LBL 요법에서는 언제나 우연의 일치가 작용한다. 피술자는 세션 도중에 특정한 영혼과의 접촉을 원할 수도 있다. 피술자의 영혼이 귀환하여 덩어리 모양으로 모여 있는 영혼 그룹의 친구들과 처음으로 상봉하고 나면, 안내자는 모습을 잘 드러내지 않는다. 이 단계에서 안내자는 피술자의 근처를 맴돌고 있는 듯하다. 그래서 대부분의 피술자는 이 여정의 마지막 단계에서도 혼자 움직이고 있다고 보고한다. 하지만 불안감을 드러내거나 안내자에게 버려졌다고 느끼지는 않는다.

귀향의 마지막 단계에서는 피술자들의 보고가 저마다 다를 수 있다. 최면요법가는 이 점에 미리 대비하고 있어야 한다. 어떤 피술자는 친구들이 탁 트인 아름다운 들판이나 시골길에서 그를 기다린다고 보고한다. 한편, 사원이나 도서관, 학교 건물 같은 구조물이 보인다는 피술자도 있다. 이런 장소로의 이동은 피술자와 그가 살아온 삶에 따라 달라진다. 《영혼들의 여행》 6장 '가는 도중'을 보면, 더욱 조용한 곳으로 이동하기 전에 거대한 활동의 중심지로 다가가는 영혼들의 기억이 설명되어 있다. 여기서 영혼들은 영혼 그룹이 저 멀리 투명한 비눗방울과 같은 보호막 안에서 기다리고 있는 모습을 본다.

《영혼들의 운명 1》5장 '영혼 그룹의 시스템' 부분에 피술자들의 일반적인 시각적 경험이 소개되어 있다. 피술자들은 흔히 거대한 레크리에이션 홀 안에 영혼 그룹들이 가득 들어차 있는 모습을 본다. 이 중에는 피술자 자신의 영혼 그룹도 포함되어 있다. 5장에서는 약 1천 명의 영혼으로 구성된 이차적인 영혼 그룹들이 들어찬 미팅 홀을 사례별로 설명해 두었다. 이 홀에 있는 일차적인 영혼 그룹은 평균 열 명에서 스무 명의 영혼들로 이루어져 있다(부록의 그림 1 참조).

어떤 영혼은 시골 같은 탁 트인 곳에서 영혼의 동반자들을 만나는데, 왜 어떤 영혼들은 모종의 구조물 속에 있는 이들을 보는 것일까? 왜 어떤 영혼은 다수의 영혼 그룹이 마을 회관 같은 곳에 모여 함께 대화하는 모습을 보는 반면, 어떤 영혼들은 친구 몇 명만 마중 나와 있다고 보고하는 것일까?

그 이유를 확실하게 알기는 어렵다. 그러나 몇 년의 시술 경험으로 나름의 결론을 얻어낼 수 있었다. 논리적인 추론의 출발점은 영혼이 죽은 후에 지상을 떠나는 시점에 따라 영계에서 하는 일련의 활동이 달라진다는 것이다. 또 같은 영혼이라 할지라도 삶을 마치고 영계로 재진입했을 때마다 다른 경험을 한다.

피술자가 영계로 재진입할 때 보는 다양한 모습들의 미묘한 의미는 피술자가 방금 마친 삶과 상징적인 관계가 있다. 방금 마친 삶에서 얻은 한시적인 성격은 물론, 영혼의 특질과도 직접적으로 연관되어 있다. 그러므로 최면요법가가 생각해 봐야 할 문제는 "이 영혼이 영계로 통합되는 데 가장 필요한 것은 무엇일까?"이다. 최면요법가는 피술자가 살아온 내력과 정체성을 모두 고려해야 한다. 또 피술자가 현재 갖고 있는 믿음이 피술자가 그리는 영계의 모습에 영향을 미칠 수 있다는 사실도 알아야 한다. 더불어 피술자의 영적인 진화 수준도 고려해야 한다.

몇몇 장면들의 상징적인 의미를 살펴본 결과, 영계의 문턱을 넘은 영혼은 방금 마친 삶의 경험들을 영계에서 만나는 친숙한 것들과 연결 짓는 것 같다. 어떤 생각이나 그림을 통해 특정한 의미를 전달하는 은유적인 비교를 조화롭게 만드는 존재는 안내자다. 영계의 이미지들이 지닌 의미를 해석할 때 우리의 의식은 정보를 물리적인 실제에 더욱 부합되게 하기 위해서 상징을 만들어낸다. 그러므로 영계에 도착했을 때 주변 환경이 어떻든지 언제나 그 장면이 영혼에게 주는 의미를 생각해야 한다. 몇 가지 예를 들어보겠다.

1. 정원은 안내자의 부드러운 상담과 결합되어 안도감과 평화의 공간을 나타낸다.
2. (마을 회관 같은 곳을 포함한) 사원은 타인들과 영적인 교감을 나누는 공간을 나타낸다.
3. 학교 건물이나 교실은 영혼 그룹의 학습, 그리고 스승과 관련된 공간이다.
4. 도서관은 개인적인 학습과 사색을 위한 고요의 공간이다.
5. 일차적인 영혼 그룹의 구역은 가정의 사적인 일이나 가족 간의 상호작용이 이루어지는 공간과 연관이 있다.

세션의 초기나 후기에도 가능하기는 하지만, 일반적으로 영혼의 친구를 모두 만날 수 있는 공간으로 피술자를 인도하기에 가장 적절한 시기는 오리엔테이션 직후다. 피술자는 굳이 재촉하지 않아도 이 공간으로 이동한다. 이때 이렇게 질문해도 좋다.

당신의 친구들을 만날 때가 되었나요?

피술자는 보통 공간 안에 있는 또 다른 공간에 영혼의 친구들이 모여 있다고 보고한다. (레크리에이션 홀은 아닌) 이 구역은 영혼의 안식처로 여겨진다. 특히 어린 영혼들에게 투명한 막은 다른 영혼 그룹과 구분 지어주는 경계가 되기도 한다.

영혼 그룹의 다른 구성원들과 연결되는 이 단계 내내 피술자는 영혼의 일정한 진동 수치에 대한 느낌을 묻는 질문에 잘 대답한다. 영혼 친구들의 개인적인 진동수와 집단적인 진동수는 피술자가 즐거운 기대감을 안고 영혼 그룹에 가까이 다가갈수록 증가한다.

영혼의 동반자
알아보기

영혼 그룹 덩어리 안에서 영혼의 동반자를 알아보는 과정을 설명하기 전에, 불멸의 삶 속에 존재하는 영혼들의 세 가지 주요한 범주를 알아보는 것이 좋을 것 같다.

1. **일차적인 영혼의 동반자** : 언제나 그런 것은 아니지만, 일차적인 영혼의 동반자는 흔히 배우자처럼 유대감이 깊은 영혼을 가리킨다. 형제자매나 막역한 친구, 드문 경우지만 부모도 일차적인 영혼의 동반자 속에 들어갈 수 있다.

2. **친구 같은 영혼의 동반자** : 영혼 그룹 덩어리 안에서 영혼의 가족과 같은 유대관계를 가진 영혼을 말한다. 이런 영혼은 보통 형제자매나 자식, 또는 좋은 친구의 모습으로 우리의 물리적인 삶에 관여하고 있다.

3. **동맹자 영혼** : 이차적인 영혼 그룹을 구성하는 모든 영혼들로서, 일차적인 영혼 그룹 덩어리의 주변에 있다. 이들은 부모나 주요한 인물로 환생해서 카르마와 관련해 분명한 교훈을 준다. 일반적으로는 단순한 지인의 모습으로 삶 속에 등장해서 분명한 이유를 갖고 우리와 관계를 맺는다. 그러나 지상의 삶에서든 영계에서든 우리는 가까운 그룹 속에 있는 이 영혼들을 대부분 알아보지 못한다.

이 일반적인 세 가지 범주에서도 다양한 변화가 나타날 수 있다. 예를 들어, 동맹자 영혼이 아니라 영혼 그룹 내의 영혼의 친구에 속하는데도 어떤 삶에서는 이 영혼과 아주 잠깐밖에 관계를 맺지 않을 수도 있다. 카르마의 중요성을 놓고 볼 때 그 이유는 아마도 전생과 관련이 있을 것이다.

영혼들이 빛 에너지 형태로 모여 있는 곳으로 피술자를 가까이 인도할수록 피술자는 약간 머뭇거리는 반응을 보인다. 속도를 다룬 부분에서 세션의 특정한 시기에는 느리게 진행하는 것이 중요하다는 점을 이미 설명했다. 영혼들을 알아보는 시기도 이런 때에 속한다. 이때는 피술자에게 대답할 시간을 충분히 주어야 한다. 피술자가 "멀리서 다가가고 있는데 뭔지 잘 모르겠어요" 하고 대답하면 나는 다음과 같이 말해준다.

아주 잘하고 있습니다. 천천히 더욱 가까이 다가가 보세요. 마음을 느긋하게 먹으면 곧 모든 것이 분명하게 보일 겁니다.

더욱 가까이 다가가면 피술자는 대개 이렇게 대답한다. "빛들이 모여 있는 게 보여요." 이런 광경은 영계의 문턱을 넘을 때 보는 빛에 대한 보고와 비슷하다. 이때 나는 일반적으로 세 가지 기본적인 질문을 한다.

1. 그들이 무엇을 하는지 말해보세요.

그러면 피술자는 보통 이렇게 대답한다. "저를 기다리는 것 같아요." 그러면 더욱 자세히 살펴볼 수 있도록 다음처럼 질문한다.

2. 그들이 당신 앞에 어떤 모양으로 모여 있나요?

피술자가 대답을 하지 않거나 확신을 하지 못할 때는 몇 가지 선택 사항을 덧붙인다.

3. 이 빛들이 혼자서 움직이나요? 아니면 짝을 이뤄서 이동하나요? 하나의 커다랗고 밝은 덩어리를 이뤄서 움직이나요?

피술자를 영혼 그룹에 가까워지도록 인도하는 과정은 《영혼들의 운명 1》의 5장에서도 설명했다. 여기에는 영혼 그룹 덩어리의 가장 일반적인 배치 형태(부록의 그림 2와 그림 3 참고)인 밀집 다이아몬드 형태와 반원 형태도 자세하게 묘사되어 있다. 이 그림들 속에서 귀환한 영혼과 안내자의 위치를 눈여겨본다. 안내자는 흔히 귀환한 영혼의 뒤편에 존재한다. 이미 설명한 것처럼 대개의 경우 안내자는 귀환한 영혼의 바로 옆에는 서 있지 않는다. 귀환한 영혼이 그의 영혼 그룹을 찾아가는 내내 대부분의 안내자는 눈에 띄지 않는 곳에 자리 잡고 있다.

실제로 영혼도 이 단계에서는 안내자와 대화를 나눌 필요를 전혀 느끼지 않는 것 같다. 자신의 영혼 그룹에 가까이 다가가고 나면, 대부분의 피술자는 안내자가 주변 어딘가에 존재함을 희미하게 감지한다. 혹은 영혼 그룹의 구성원들을 확인하는 동안, 줄지어 서 있는 영혼들의 옆이나 뒤에 안내자가 서 있음을 알고 있는 피술자도 있다. 이런 상황은 다음과 같은 피술자의 대답을 통해 확인할 수 있다. "빛 하나는 다른 빛들보다 더 밝고 색깔도 달라요."

여기서 내가 고안한 시계 기법의 활용 사례를 이야기해주는 것도 좋을 것 같다. 이 기법은 영혼 그룹의 구성원들을 확인할 때 쓸모가 있다. 이 사례의 주인공은 수전이다. 그녀는 반원 형태로 모여 있는 빛들을 만났다. 이 빛은 그녀의 영혼의 친구들이었다.

> 뉴턴 박사 : 당신 영혼의 친구들인 이 빛에 가까이 다가가면, 이 빛들이 당신 앞에 어떤 모양으로 서 있는지 말해주세요. 일렬로 서 있나요? 아니면 완전한 원이나 반원 모양으로 서 있나요? 아니면 덩어리처럼 모여 있나요?
>
> 수전 : 어…… 반원 모양으로요.
>
> 뉴턴 박사 : 좋아요. 이제는 빛이 몇 개나 되는지 세어보세요. 서두르지 말고 몇 개의 빛이 존재하는지 알려주세요.
>
> 수전 : (잠시 멈추었다가) 아…… 보여요……. 아홉 개예요.
>
> 뉴턴 박사 : 그럼 당신은 그들에게 다가가서, 그들 한가운데에 있나요? 아니면 이 아홉 개의 빛 왼편이나 오른편에 있나요?
>
> 수전 : (한결 자신 있게) 가운데요.
>
> 뉴턴 박사 : 알았어요. 그럼 이제 저를 도와주세요. 이 모든 영혼들이 시계판의 숫자들처럼 당신을 둘러싸고 있다고 상상하기만 하면 됩니다. 당신은 시계 침이 있는 중앙에 서 있습니다. 당신 바로 앞

에 있는 빛은 12시 지점에 있고, 왼편에 떨어져 있는 빛은 9시 위치에, 오른편에 떨어져 있는 빛은 3시 위치에 있습니다. 당신이 가까이 다가갈수록 빛이 당신 뒤에서 움직인다면, 그 빛은 6시 지점에 있을 겁니다. 나머지 빛들은 그 사이에 위치하고요. 이해하겠죠?

수전 : 네.

뉴턴 박사 : 좋습니다. 이제 첫 번째 영혼이 시계의 어느 지점에서 당신에게 다가오는지 말해주세요.

수전 : 어…… 앞…… 12시 지점에서요.

뉴턴 박사 : 당신이 볼 때 이 빛은 남자처럼 보이나요, 아니면 여자처럼 보이나요?

수전 : 남자요.

뉴턴 박사 : 이 사람은 당신이 방금 떠나온 삶에서 누구로 등장했었나요?

수전 : 남편 짐이요.

둘의 재회가 감정적인 성격을 띠고 있으면, 나는 피술자에게 이 존재와 포옹을 나눌 시간을 준다. 그리고 둘의 소통과 관련해서 무언가 바라는 점이 있으면 알려달라고 한다.

뉴턴 박사 : 그럼 현생의 삶에서 그는 누구로 등장하고 있나요?

수전 : 이럴 수가! 제 남편 빌이에요.

뉴턴 박사 : 빌의 불멸의 영혼은 이름을 가지고 있나요?

수전 : 샤…… 아…… 샤모.

뉴턴 박사 : 당신의 불멸의 이름은 무엇이죠? 샤모는 당신을 뭐라고 부르고 있나요?

피술자의 영혼의 이름은 세션의 초기에 이미 물어보았을 것이다. 하지만 물어보지 않았거나 물어보고도 알아내지 못했다면, 지금이 이름을 알아낼 적기다.

수전 : 릴라…… 저를 릴라라고 불러요.
뉴턴 박사 : 좋아요, 릴라. 샤모는 어떤 색깔의 빛을 발산하고 있는지 말해주세요.
수전 : 음…… 노란색과 흰색이요.
뉴턴 박사 : 지금 샤모가 있는 자리에 제가 서서 당신을 향해 전신 거울을 비춘다고 상상해 보세요. 당신은 어떤 색깔의 빛을 발산하고 있을까요?
수전 : 똑같은 색이요.

세션을 시작하고 가능한 한 일찍부터 영혼의 이름을 사용하면, 피술자와 그의 영혼의 친구들은 서로를 더욱 잘 확인할 수 있다. 또 영계와 관련해 그들의 의식 속에서 전개되는 사건들과도 잘 연결할 수 있다.

영혼의 색깔
확인하기

"당신은 어떤 색깔의 빛을 발산하고 있나요?" 수전에게 그냥 이렇게 물어볼 수도 있다. 하지만 피술자가 지닌 영혼의 색깔을 알아낼 때, 시각적인 방법을 활용해서 피술자의 영혼이 거울 속에 비친 자신을 보게 하면 더욱 객관적인 답변을 얻어낼 수 있다. 최면요법가는 피술자가 다양한 색깔을 지닌 영혼 그룹의 배치를 떠올릴 때도 이 방법을 활용해서 그 결과를 그림으로 그려 기록해 둔다.

피술자는 보통 영혼들이 반원 형태로 그를 둘러싸고 있는 모습을 볼 것이다. 이 원 주위를 돌면서 이름과 빛의 색깔, 개인적인 성격을 통해 영혼 그룹의 구성원들을 확인하면, 그의 영혼의 친구를 더욱 쉽게 보고 느낄 수 있다. 영혼들이 무리 지어 있거나 다이아몬드 형태로 서 있으면, 맨 앞에 있는 영혼을 먼저 확인하고 뒤로 이동하면 된다.

부록의 그림 4를 보면, 식별 가능한 영혼의 수준과 관련 있는 영혼의 오라aura 색깔들을 확인할 수 있다. 이 오라 색깔 목록은 수많은 피술자들의 보고를 토대로 만든 것이다. 이 색깔들의 일반적인 의미는 《영혼들의 운명 1》의 5장 '영혼 그룹의 시스템' 부분에 설명되어 있다. 부록의 그림 5에서는 열한 명의 영혼들로 이루어진 일반적인 영혼 그룹의 에너지 색깔을 확인할 수 있다. 이 영혼 그룹에서 친구나 친지로 피술자의 현생에 등장하는 영혼이 누구인지도 표시되어 있다.

이 책 4부의 '영혼들과의 첫 만남'에서 개개의 영혼이 지닌 특정한 에너지 진동수에서 이런 색깔들이 나타난다는 점을 이야기했다. 영혼들에게서는 후광과 핵심 색깔이 발산된다. 영혼들의 중심에서 발산되는 일차적인 핵심 색깔은 영혼의 진화 수준을 나타내는 반면, 빛의 가장자리에서 나타나는 이차적인 색깔, 즉 후광은 일반적으로 영혼의 성격적 특질과 관련이 있다.

핵심 색깔과 후광의 색깔은 다를 수도 있고, 같을 수도 있다. 붉은빛이 감도는 오렌지 빛깔을 발산하는 레벨 2의 영혼이 있다고 했을 때, 이 영혼의 성격은 열정적이고 강렬하다. 이 영혼은 한 가지 색깔을 드러낼 것이다. 성격을 드러내는 다른 예들을 들어보면, 노란빛은 보통 힘과 용기와 끈기를 나타내고, 파란빛은 치유를, 초록빛은 지식을, 자줏빛은 지혜를 나타낸다.

영혼의 에너지와 관련해서 피술자가 보고하는 밝은 황금빛을 기본적인 노란빛과 혼동하지 말아야 한다. 레벨 3의 영혼은 대부분 원색적인 노란빛을 띠는데, 이 빛은 밝은 황금빛보다는 덜 선명하다. 고도로 진화한 영혼은 환하게 반짝이는 황금빛을 띠는데, 종종 초록빛과 자줏빛이 반점처럼 뒤섞여 있다. 황금빛은 에너지가 고도로 정제된 양식을 띠는데, 덜 진화된 다른 영혼들에 대한 영향력과 보호력 면에서는 노란빛과 비슷한 특성을 드러낸다. 황금빛은 매우 강력하고 역동적인 빛깔이다.

밝든 어둡든 파란빛과 자줏빛은 더욱 진화된 영혼을 나타낸다. 최면요법가는 이런 질문을 종종 받는다. "지식과 지혜의 차이는 무엇인가요?" 파란빛은 카르마와 관련해서 원인과 결과의 세세한 면들에 전념하는, 분석적인 영혼을 나타낸다. 파란빛을 띠는 영혼들 가운데는 영계에서 다소 초연하게 지내면서 차원 사이의 여행에 전념하는 영혼도 있다. 이런 경우 파란빛은 진화의 수준을 나타내며, 여기에 영혼의 개인적인 성격과 더욱 연관되어 있는 영적인 색인 은빛이 섞여 있을 수도 있다.

시니어 안내자와 평의회 의원은 아주 밝고 짙은 자줏빛을 발산한다. 이 자줏빛은 폭넓은 지혜로 승화된 지식이 경험은 물론이고 재능과도 결합되어 있음을 나타낸다. 이 모든 표시들은 우리의 의원들에게 다음 우리 몸에 대한 책임이 있음을 말해준다. 그러므로 평의회의 구성원들은 문제를 해결할 때 지혜와 독창성을 발휘해야만 한다.

인간의 두뇌에 어울리는 영혼의 성격을 찾아서 둘을 결합하는 것은 독창적이면서도 신성한 작업이다. 짙은 파란빛과 자줏빛을 띠는 존재들은 모두 원칙적이고 단호하며 체계적이다. 게다가 엄청난 창조력과 무한한 인내, 용서, 사랑의 마음도 갖고 있다.

LBL 시술자는 영혼의 색깔이 지닌 의미와 관련된 불변의 법칙을 신중하게 받아들여야 한다. 물론 특정한 영혼의 색깔이 영혼의 성격이나 진화 수준과 연관되어 있다고 보고한 피술자는 상당히 많았다. 그래도 언제나 예외는 있다. 에너지 진동이 미묘해서 예외가 생겨날 수 있기 때문이다. 또 모든 피술자가 세션의 처음부터 끝까지 세세한 부분을 언제나 일관성 있게 보고하는 것도 아니다. 그러므로 최면요법가는 피술자의 모든 보고를 대조 검토하지 않고 영혼의 색깔에 대한 성급한 결론을 내려서는 안 된다.

피술자가 영혼 그룹의 주변에서 움직이는 동안 나는 각 영혼의 위치를 확인하면서 이렇게 묻는다.

이 영혼은 어떤 색의 빛을 발산하고 있나요?

영혼이 하나 이상의 색깔을 지닌 빛을 발산해도 피술자는 진지하게 생각하지 않고 그냥 뭉뚱그려서 하나의 핵심적인 색깔만 보고할 때가 많다. 멀리서도 하나의 중심적인 색깔만 보인다면, 그것은 보통 이 영혼의 진화 수준을 나타낸다.

나는 각 빛의 밝기도 기록한다. 영혼이 에너지가 높은 영혼답게 안정적으로 밝은 빛을 발산하는지, 아니면 소극적이거나 어린 영혼처럼 흐릿하게 빛을 깜빡이는지 본다. 이런 특징들도 각 영혼의 특성을 파악하는 실마리가 되어준다.

영혼 그룹에 대한
정보 얻기

영혼 그룹의 각 구성원에 대한 정보를 알아내는 데는 시간이 걸린다. 많은 피술자가 아주 느린 속도로 영혼의 친구들을 알아보기 때문이다. 최면요법가는 피술자에게 필요한 만큼 시간을 주겠다고 말해주어야 한다. 그래야 영혼 그룹의 모든 구성원들을 확인할 수 있다. 정보를 상세하게 기록하는 것이 중요한 이유도 여기에 있다.

나는 피술자의 전생으로 들어가는 순간부터 기록을 시작한다. 그래야 피술자의 이전 보고들을 언제든 찾아보고 확인할 수 있기 때문이다. 예를 들면 이렇다.

처음에 영혼 그룹에 다가갔을 때 열 명의 영혼이 있다고 보고했습니다. 그런데 지금은 아홉 명의 영혼에 대해서만 이야기했어요. 한 명은 빠뜨린 건가요?

또 필요하면 다음과 같이 더욱 자세하게 물어볼 수도 있다.

2시와 4시 위치에 영혼들이 있다고 말했어요. 그럼 3시 위치에도 누군가가 있나요?

이 단계에서는 피술자의 현생에 등장하는 인물들을 적은 목록을 앞에 두고 작업하는 것이 좋다. 또 접수 면접 동안 피술자의 가족 관계에 대해 적어놓은 정보들도 도움이 될 수 있다. 영혼의 친구들을 일일이 확인하면서, 피술자는 보통은 지상에서 쓰는 이름과 불멸의 이름 두 가지를 모두 사용한다.

그런데 안내자의 이름이 그렇듯, 영혼의 이름도 때로 발음이 어렵다. 피술자가 영혼의 이름을 소리 내어 발음하면, 나는 세션 초기에 안내자의 이름을 확인할 때처럼 피술자에게 각 영혼의 이름 철자를 알려달라고 부탁한다. 그리고 피술자가 불러준 이름이 불완전하면 이렇게 말한다.

이제 이 이름을 쓸 거예요. 작업을 해나가다 필요하면 틀린 부분을 고쳐주세요.

내가 영혼의 이름을 몇 차례 잘못 발음하면 피술자는 얼마 후 틀린 부분을 고쳐준다. 내가 피술자의 불멸의 이름을 잘못 발음할 경우에는 이런 수정 작업이 더욱 잘 이루어진다.

일차적인
영혼의 동반자

피술자가 영혼 그룹의 구성원들을 확인하다가 그의 일차적인 영혼의 동반자를 알아보는 순간, 최면요법가는 언제나 가슴 찡한 장면을 목격한다. 피술자는 흔히 이 일차적인 영혼의 동반자를 가장 먼저 알아본다. 일반적으로 일차적인 영혼의 동반자가 영혼 그룹의 구성원들 가운데서 맨 앞줄에 나와 있기 때문이다.

영혼의 동반자들에 대한 정보는 나의 전작들에서 이미 충분히 소개했다. 그러므로 여기서는 이 책의 목적에 맞게 영혼의 동반자와 관련된 치유의 문제만 가볍게 언급하도록 하겠다. 세션의 이 시점에서 피술자를 가장 혼란스럽게 만드는 것이 치유의 문제이기 때문이다.

삶에서 위대한 사랑을 경험해 본 사람은 누구나 몸과 정신의 재결합이 불러일으키는 화학작용이 영혼을 변화시킬 수도 있음을 알 것이다. 이런 결합 에너지의 본질은 갑자기 나의 일부가 타인 속에 존재하는 듯한 느낌에 있다. 영혼의 동반자들은 상호 확인을 통해 서로를 더욱 완전하게 만들어준다. 이 과정이 올바르게 이루어질 경우, 진정한 사랑의 재회로 인해 과거의 자기old self는 전보다 더욱 강한 힘을 지닌 존재로 변화한다.

사람들이 인간의 몸으로 다시 태어나는 기본적인 동기 가운데 하나는 지상으로 와서 영혼의 동반자를 만나기 위해서다. 사람들은 삶에서 '잘못된' 상대를 만나면 스스로의 진정한 별을 놓쳐버릴지도 모른다고 두려워한다. 하지만 그렇더라도 이 역시 우연은 아니다.

세션 과정 가운데 가장 즐거운 순간 중 하나는 피술자가 영계에서 일차적인 영혼의 동반자와 어울리는 모습을 떠올리는 순간이다. 그래도 최면요법가는 언제나 준비를 하고 있어야 한다. 우울한 목소리로 "이번 생에서는 제 영혼의 동반자와 함께하지 않아요"라고 말하는 피술자도 있기 때문이다. 애초에 이번 생에서는 영혼의 동반자와 함께하지 않게 되어 있거나, 과거에 이미 잃어버린 사랑이 영혼의 동반자였을 수도 있다. 이런 경우 피술자가 처음으로 보이는 반응은 기껏해야 이해하거나 받아들이는 것뿐이다.

그러나 피술자는 흔히 속았다는 느낌을 가장 먼저 받게 된다. 그 원인은 의식의 부정적인 피드백에 있다. 초의식 상태에서도 이런 의식의 틀 안에 있는 피술자는 갑자기 버팀목을 잃어버렸다는 느낌에 사로잡힌다. 그리고 일차적인 영혼의 동반자가 없기 때문에 삶이 만족스럽지 못하다고 생각한다. 당연한 일이지만, 그와 여러 번의 전생을 함께했다는 사실을 발견하면 이런 생각은 더욱 커진다. 피술자가 세션 초기에 전생을 이미 떠올려보고 전생에서는 일차적인 영혼의 동반자와 짝을 이뤄 살았다는 점을 발견했을 때는 더욱 강력한 영향을 받는다.

모든 영혼에게는 선택할 수 있는 힘이 있다. 자유의지가 없다면 우리가 얻는 가르침은 아무런 의미가 없을 것이다. LBL 세션 동안 피술자는 현생에 등장하지 않는 일차적인 영혼의 동반자와 정서적으로 재결합할 수도 있다. 이 경우 나는 이런 부재의 이면에 무언가 배워야 할 가르침이 있으며, 그 가르침은 피술자 본인이 태어나기 전에 선택한 것임을 일깨워준다. 최고의 학습 도구는 자기 발견이므로 나는 피술자 스스로 이 정보를 소화하기를 바란다.

피술자가 사건의 이면에서 의미를 발견하는 동안, 최면요법가는 자신의 해석을 먼저 제시하지 않고 피술자의 말을 잘 들어주어야 한다. 이것은 아주 중요하다. 나는 자유의지에는 대가가 따르며 실수는 우리의 권리이기도 하다는 점을 부드럽게 일깨워준다. 실제로 우리는 이런 방식으로 배움을 얻는다.

공개 토론회를 하다 보면 영혼의 동반자를 찾지 못한 이유를 모르겠다고 불평하는 사람들이 있다. 나는 영혼의 동반자를 만났지만, 여러 가지 이유로 그 기회를 놓쳐버렸기 때문일 것이라고 설명해 준다. 또 이생에서는 애초에 일차적인 영혼의 동반자와 함께하지 않기로 했을 수도 있다고 덧붙인다. 그리고 이것을 입증하기 위해 캐서린의 사례를 들려준다.

캐서린은 나를 찾아와 이렇게 물었다. "왜 저는 진정한 사랑을 찾을 수 없는 걸까요?" 정서적으로 냉담한 부모에서부터 소통이 잘 안 됐던 두 명의 전남편, 이런저런 이유로 잘 맞지 않았던 여러 명의 남자들에 이르기까지, 캐서린은 성공적이지 못한 관계로 힘든 삶을 살아왔다. 현재는 방어적인 성격의 남자와 동거하고 있는데, 그는 그녀의 사업 파트너이기도 했다. 둘은 서로를 챙겨주기는 하지만 사랑하지는 않았다. 세션을 통해 우리는 이 남자가 캐서린의 영혼 그룹에서 영향력이 큰 존재이기는 하지만 그녀의 일차적인 영혼의 동반자는 아님을 발견했다. 두 영혼은 둘의 삶이 중반기에 이르렀을 때 함께 살면서 일도 같이하기로 합의했었다.

캐서린의 전생을 살펴보니 1874년부터 1927년까지 서배너에서 일차적인 영혼의 동반자와 오래도록 행복한 결혼생활을 누렸다. 둘은 50년 넘게 꼭 붙어 지내다 일 년도 안 되는 간격으로 세상을 떴다. 외부적인 난관도 별로 없는 고요하고 아름답고 평화로운 삶이었다. 함께하지 못한 두 번의 힘겨운 전생을 겪어낸 덕에 그 생에서는 '함께' 삶을 만끽한 것이다. 둘 다 함께할 수 있는 편안한 삶을 원했고, 실제로 이런 삶이 주어졌다.

수천 년 동안 (항상 배우자로 함께 살지는 않았어도) 캐서린과 일차적인 영혼의 동반자는 간간이 삶을 함께하면서 둘이 서로에게만 지나치게 의존하고, 타인들을 차단시켰다. 이 모습을 알게 되자 현재의 삶도 이해할 수 있었다. 삶의 도전들에 직면하고 더욱 발전하려면 둘은 떨어져 지낼 필요가 있었다.

일차적인 영혼의 동반자와 함께할 수 없어서 슬퍼하는 피술자들도 있다. 이런 피술자와 작업할 때는 영혼의 동반자가 아닌 사람과도 생산적이고 풍요로운 관계를 일구어갈 수 있다는 점을 분명히 일깨워주어야 한다. 같은 영혼 그룹 덩어리에 속해 있는 친구 영혼은 물론이고 동맹자 그룹의 영혼들과도 충분히 따스하고 친밀한 협력 관계를 유지할 수 있다. 이들은 카르마의 측면에서 서로에게 도움이 되는 목적을 위해 협력한다. 더욱이 이 모든 일은 피술자 자신이 사전에 의도한 것일 수도 있다. 이런 점을 깨달으면 딱 맞는 사람을 계속 찾아야 한다는 부담감에서 벗어날 수 있다.

그래도 자신과 맞지 않는 사람과 함께하고 있다거나, 삶의 초기에 자신을 학대한 사람과 살았다고 고백하는 피술자가 있다. 이런 피술자에게는 일반적으로 다음과 같은 질문을 한다.

그 사람으로 인해 배운 점은 무엇인가요? 그 사람을 만나지 않았다면 결코 깨닫지 못했을 점은 무엇인가요?

내가 알고 싶은 점은 피술자가 이런 경험을 더욱 강하고 지혜롭게 받아들일 수 있게 되었는가 하는 것이다. 삶 속에는 우리에게 무언가를 가르쳐주려는 사람들이 존재한다. 이들의 가르침은 무수하며, 질투, 탐욕, 오만, 성급함, 연민의 부족 같은 것들과 연관되어 있다. 또한 카르마는 한 번이 아니라 여러 생에 걸친 우리의 행위에 따라 달라진다. 이 가르침들을 위해 일차적인 영혼의 동반자는 피를 나눈 친족이나 가장 친한 친구의 역할을 할 수도 있다. 때로는 짧은 사랑의 관계를 통해 구체적인 한 가지 가르침을 준 뒤 떠나버리기도 한다.

피술자들은 LBL 세션을 통해 이런 측면을 발견하고, 그들의 경험 이면에 있는 이유들을 더욱 잘 이해하게 된다. 그리고 세션이 끝날 즈음에는 삶에서 뒤죽박죽 변덕스럽게 벌어지는 것 같은 사건들에 모두 연관성이 있음을 깨닫는다.

핵심층과
잃어버린 영혼의 친구들

최면요법가는 피술자와 주변 사람들 간의 관계에 주의를 기울여야 한다. 이렇게 하면 영혼의 친구가 긍정적으로든 부정적으로든 삶에 영향을 미친다는 것이 어떤 의미인지를 피술자가 더욱 분명하게 인식하도록 도울 수 있기 때문이다.

피술자가 영혼 그룹에 속한 영혼의 친구들을 확인하는 동안, 최면요법가는 이 그룹의 핵심층inner circle이 누구인지를 파악한다. 핵심층은 작은 그룹의 친밀한 영혼의 친구를 말하며, 이들은 흔히 배우자나 형제자매, 가장 가까운 친구로 환생한다. 고모나 삼촌, 사촌으로 등장할 수도 있다. 핵심층이 부모로 환생하는 것도 가능하지만 흔한 일은 아니다. 부모는 가까운 동맹자 그룹에서 나오는 경우가 많다. 핵심층은 세 명에서 다섯 명의 영혼으로 이루어져 있으며, 평생 동안 언제나 가깝게 지낸다.

이따금 피술자들 가운데 본인의 세션을 마친 다음에 연이어 배우자나 형제자매, 가장 가까운 친구들의 세션 일정을 잡아달라고 부탁하는 이들이 있다. 이럴 때는 세션 내용을 상세하게 기록해 두는 것이 중요하다. 피술자들이 서로의 LBL 세션 기록을 비교해 보고 싶어 하기 때문이다.

물론 세션 내용을 테이프에 녹음해 모든 피술자에게 주고 있지만 최면요법가는 이 녹음테이프에 들어 있지 않은 내용도 별도로 기록해 두어야 한다. 그리고 피술자의 배우자나 형제자매, 친구와 세션을 진행하는 동안, 처음의 피술자와 작업하면서 기록해 둔 노트를 가까이 비치해 둔다. 그러면 관련된 질문들을 할 때 유용하게 활용할 수 있다. 이 노트는 나중에 시술을 받는 피술자에게는 비밀에 부치고 최면 요법가 본인만 봐야 한다.

두 세션 사이의 기간에 상관없이, 두 피술자 가운데 한 명은 핵심층의 구성원을 보는 반면 다른 피술자는 그러지 못하는 상황이 발생할 수도 있다. 이런 상황은 행복한 결혼 생활을 영위하고 있는 부부에게 특히 고통을 불러올 수 있다. 한 예로, 제인은 그녀의 영혼 그룹 안에서 남편 존을 만났는데, 존은 제인을 보지 못했다. 이런 경우 제인의 기억이 틀린 것일까? 그렇지 않다. 존의 영혼이 제인의 삶에서 더욱 중요한 의미를 지니기 때문일지도 모른다고 주장하는 이들도 있다. 하지만 대개의 경우 이 또한 억측에 불과하다.

똑같은 영혼 그룹의 구성원이고 현생에서도 서로 연결되어 있는데, 두 영혼이 최면 상태에서 떠올린 내용이 이처럼 다른 데는 세 가지 주요한 이유가 있다.

1. 두 영혼이 전생의 삶을 마치고 영혼 그룹에 도착한 시기가 다르기 때문이다.

제인과 존의 사례를 예로 들어보자. 존에게 더 캐물으면 아마 이렇게 대답할 것이다. "지금 당장은 제인을 만날 수 없어요. 지금은 제인이 멀리서 활동하고 있거든요. 하지만 그녀의 존재를 느낄 수는 있어요."

2. 지금은 어느 한쪽이 다른 영혼에게 자신을 드러내고 싶지 않을
   수도 있다. 둘이 함께했던 지난 생에서 둘 사이에 힘든 카르마의
   문제가 있었기 때문이다.

피술자가 영혼 그룹을 확인할 때, 한 영혼이 다른 영혼 뒤에 숨어서 적절한 순간이 올 때까지 모습을 드러내지 않는 현상을 나는 은신 증후군hunkering-down Syndrome이라고 부른다. 《영혼들의 운명 2》 7장의 케이스 47은 서로에게 상처를 주었던 영혼들의 재회를 다루고 있다. 이 재회의 특징은 두 사람의 관계가 아버지와 아들이었다는 점이다.

여기서 기억해 두어야 할 점은 자식이 영계에 도착하기 몇 년 전에 부모의 영혼이 다시 환생을 해도 문제가 되지 않는다는 것이다. 영혼 에너지의 일부는 결코 영계를 떠나지 않기 때문이다. 영혼 에너지의 이런 분할 능력 덕분에 세대의 차이도 영혼의 재회에는 영향을 미치지 않는다.

3. 두 피술자가 떠올린 장면이 다른 이유는 영혼 에너지의 분할로
   인하여 영계에 남아 있는 에너지의 성질이 다르기 때문일 수도
   있다.

영혼
에너지

지상에서 친밀한 관계를 맺고 있는 사람들은 영계에서도 서로를 만나고 싶어 한다. 이런 상황에서는 환생 에너지와 관련된 영혼의 분할 문제도 생각해 봐야 한다.

방금 이야기한 존과 제인의 사례에서 존은 제인을 만나지 못할 수도 있다. 제인이 영계에 남겨둔 에너지가 희미한 빛밖에 발산하지 못할 수 있기 때문이다.

처음으로 영혼 그룹을 확인할 때, 영혼의 친구가 선명하지 않거나 아예 안 보인다면 '비활동 상태의 침침한 빛dim light dormancy' 때문일 수도 있다. 이 말은 피술자들이 활기 없는 적은 양의 에너지를 설명할 때 쓰는 표현이다.

이처럼 영계에 적은 양의 에너지만 남겨두고 환생할 수밖에 없는 이유는 영혼이 특별히 힘겨운 삶을 위해 많은 양(예를 들어 80퍼센트)의 에너지를 지상으로 가져와야 했기 때문이다. 이 경우 영계에 남아 있는 빛은 희미할 수밖에 없다.

침침한 빛(어린 영혼이 발산하는 빛과 혼동해서는 안 된다)은 특히 똑같은 시간선 속에서 두 개의 몸으로 동시에 두 개의 삶을 병행하기로 한 영혼들에게서 분명하게 나타난다. 그러나 안내자들은 배움의 속도를 높이기 위한 이 방법을 평범한 영혼들에게는 권장하지 않는다. 심각한 에너지 고갈을 야기할 수도 있기 때문이다.

반면에 두 개의 삶을 병행하지도 않으면서 (30퍼센트도 안 되는) 적은 에너지만 가지고 환생한 피술자들도 있다. 그 정도의 에너지로도 지상의 삶을 충분히 감당할 수 있다고 과신했기 때문이다. 이런 피술자들은 대부분 지상의 삶에서 이유 없이 에너지 부족에 시달린다. 이들이 영계에 더욱 많은 에너지를 두고 환생한 또 다른 이유는 이 에너지로 영계에서 해야 할 일을 더욱 활기차게 수행하기 위해서다. 그래서 영계에 남아 있는 이들의 에너지는 더욱 밝은 빛을 발산한다.

보통의 영혼은 약 50~70퍼센트의 에너지를 지니고 태어난다. 이는 영혼이 선택하는 몸과 진화 수준에 따라 생마다 다르다. 영혼이 너무 많은 에너지를 갖고 태어나면 어떤 일이 벌어질까? 한 피술자는 다음과 같이 대답했다.

90퍼센트 이상의 지나치게 많은 에너지를 갖고 환생하면 두뇌가 과부하에 걸려 제 기능을 하지 못하고, 100퍼센트를 갖고 태어나면 회로가 터져 버릴 겁니다.

영혼 에너지의 분할과 관련해서 덧붙일 말이 있다. 일단 지상으로 가져올 에너지의 양을 결정해서 육체를 가지게 되면, 에너지가 아무리 더 필요해도 살아가는 동안에는 에너지를 보충할 수 없다는 점이다. 영혼 에너지가 갑자기, 새롭게 상승하면 두뇌가 혼란에 빠질 뿐만 아니라, 물리적으로 인간의 두뇌가 새로운 에너지의 지속적인 유입을 감당해 낼 수 없기 때문이다.

스트레스를 받을 때 기도나 명상을 하면 완전한 영혼 에너지와 연결될 수 있다고 한다. 최면요법가의 도움으로 초의식 상태에서 자신의 전체 에너지와 연결되면, 새로운 에너지가 유입되는 것처럼 느껴지기도 한다. 온전한 자기를 자각하는 피술자들의 경우에는 에너지 통합 반응을 보여주기도 한다. 그러나 보통 물리적인 몸에 깃들어 있는 동안에는 영혼의 의식이 영계에 남아 있는 에너지를 끌어와 유지할 수는 없다.

지상에서의 삶처럼 우리는 윤생 사이에서도 자신의 선택에 따라 살아간다. 그것은 하나의 계약을 이행하는 것과 마찬가지다. 영계에 남아 있는 영혼 에너지와 연결되는 문제에 대해 레벨 5의 영혼 에번이 내게 다음과 같이 말했다.

저의 두뇌와 영혼 에너지는 직접적인 비례 관계에 놓여 있어요. 이런 관계는 자궁 속에서부터 성립되었습니다. 위기를 맞아 에너지가 고갈되면 저는 영계에 남겨둔 에너지에 일시적으로 의지할 수 있어요. 이 반대도 가능하죠. 제 에너지의 일부를 영계에서 지상의 몸속으로 보내주는 겁니다. 이런 보충은 잠을 자는 동안이나 몸이 마취 상태 혹은 혼수상태에 있을 때 가능해요. 하지만 에너지 보충을 지속적으로 하면 안 돼요. 그럴 경우, 제 두뇌 파장이 이상한 상태로 변할 수 있거든요. 두뇌 파장이 변하면 최소한 인격 장애가 생기고, 최악의 경우 미쳐버리지요.

나는 영혼 에너지와 두뇌 사이의 미묘한 균형에 대해 알고 싶어서 종종 피술자들에게 그들의 환생 에너지에 대해 물어본다.

1. 전체 에너지 가운데서 몇 퍼센트를 현재의 몸으로 가지고 왔나요?
2. 목적을 성취하기에 충분한 에너지를 갖고 왔다고 생각하나요?
3. 지상에서도 영계에 남아 있는 영혼의 에너지에 일시적으로 다가갈 수 있나요?

LBL 시술자는 정서적으로 혼란을 겪고 있는 피술자에게 그의 내면에 저장되어 있는 영혼 에너지를 더욱 잘 자각할 수 있도록 힘을 북돋아준다.

영혼 그룹 구성원의
성격 유형 파악하기

영혼 그룹을 살펴볼 때 모든 피술자에게 대표적으로 하는 질문들이 있다. 몇 가지 예를 들어보면 다음과 같다.

1. 지금 보이는 영혼들 가운데서 현재의 삶에 등장하고 있는 영혼은 누구인가요?
2. 당신이 알아본 영혼들 가운데 전생을 가장 많이 함께 환생했던 영혼은 누구인가요? 그리고 그 이유는 무엇이죠?
3. 일차적인 영혼의 동반자를 포함해서 영혼 그룹의 특정한 영혼들이 가장 즐겁게 맡아온 중요한 역할들이 무엇인지 이야기해주세요.
4. 핵심층을 이루는 가장 가까운 친구들의 성격 유형이 각자 어떻게 다른지 확인해 주세요.
5. 당신 영혼 그룹의 전체적인 진화 수준은 어느 정도라고 생각하나요? 모두가 같은 속도로 진화하고 있나요?

일차적인 영혼 그룹의 영혼들을 모두 확인하고 나면, 몇 개의 개방형 질문을 던진다.

6. 영혼 그룹이 당신에게 어떤 생각들을 보내고 있나요?
7. 당신과 영혼 그룹 사이에 지금 무언가 의미 있는 일이 벌어지고 있나

요? 제게 그 일에 대해 이야기해줄 수 있나요?

피술자에게 이 장면을 충분히 떠올리게 허용하지 않으면, 예정되어 있던 귀환 축하 의식 등의 다른 활동을 놓칠 수도 있다. 피술자가 "이제 다른 장소로 가야 할 것 같아요" 하면서 새로운 영역을 열어 보이려고 할 수도 있다. 평의회를 찾아가 지나온 삶을 돌아보거나, 도서관으로 가서 공부를 하거나, 교실에서의 훈련에 참여하거나, 레크리에이션 활동에 몰두하는 것이다. 그때는 피술자가 원하는 대로 따라준다. 만약 피술자의 영혼 그룹을 충분히 살펴보지 못했으면 나중에 다시 영혼 그룹으로 돌아올 수도 있다.

영혼 그룹과 급하게 헤어지지 않아도 되는 경우, 다음과 같은 새로운 질문들을 한다.

8. 제가 당신의 영혼 그룹을 만난다면, 저는 그들에게서 어떤 인상을 받을까요?

9. 처음에 모두가 이렇게 모여서 하나의 그룹을 이루게 된 이유가 무엇이라고 생각하나요?

10. 영혼 그룹의 구성원들 사이에 재능과 관심, 목적 같은 공통분모가 있나요? 모두가 같은 영역을 전문적으로 공부하고 싶어 하나요? (물론 그렇지 않을 수도 있다. 하지만 이런 질문은 흥미로운 대답을 이끌어 낸다.)

피술자는 어떻게든 대답할 수 있다. "많은 그룹원들이 치유자healer

예요. 우리 대부분은 교사가 되고 싶어 해요. 우리는 공부보다는 노는 걸 더 좋아해요." 최면요법가는 이런 보고들을 계기로 추가 질문을 통해 피술자의 불멸의 영혼이 지닌 성격과 피술자가 그룹 안에서 다른 구성원들과 통합되는 방식에 대해 더욱 많은 것을 알아낼 수 있다.

대부분의 그룹은 그룹원들을 하나로 묶어주는 분명한 공통 성향을 지니고 있다. 이 특정한 영혼들이 일차적인 영혼 그룹을 형성한 데는 분명한 이유가 있는 것이다. 《영혼들의 여행》 7장에서 나는 상호 이익과 인지적 자각 같은 동질적 면모들을 이야기했다. 또 영혼 그룹의 구성원들은 대부분 같은 속도로 성장한다고도 했다. 하지만 성장 속도가 다른 구성원들보다 느린 구성원도 있다. 이런 영혼은 가장 늦게 그룹을 떠난다.

그러나 대부분의 친구 영혼 그룹은 사실 성격이 서로 다른 영혼들로 이루어져 있다. 《영혼들의 여행》 9장에 이런 불일치가 개략적으로 설명되어 있다. 예를 들어, 하나의 그룹 안에도 용감하고 끈기 있게 살아남는 영혼, 조용하고 비교적 소극적인 영혼, 계산적인 영혼, 재미를 추구하는 영혼, 유머 감각이 풍부한 영혼이 함께 있다.

하나의 그룹이 이런 체계로 만들어진 이유는 살아가는 동안 서로를 지지해 주기 위해서다. 같은 그룹의 구성원들이 균형을 유지하도록 서로의 부족한 부분에 힘을 보태주는 것이다. 한 예로, 지상에서 두 영혼의 동반자가 함께 살아간다고 하자. 이때 남편은 지나치게 분석적이고 조심성이 많은 반면, 아내는 감성적이며 모험을 즐긴다. 두 영혼이 서로를 보완해 줄 수 있는 이유는 이들이 깃들어 있는 몸과 이 몸이 지니고 있는 영혼 에너지 덕분이다.

피술자의 영혼이 지닌 특질들을 같은 그룹에 속한 다른 영혼들의 성격과 비교하면, 현재의 삶에서 중요한 역할을 하는 사람들을 대하는 태도와 관계의 역학 이면에 무엇이 있는지에 대한 피술자의 이해를 도울 수 있다. 또 더욱 분명한 대조를 위해 이 정보를 영혼 그룹의 구성원들이 지닌 진동 에너지 색깔과 비교해 보는 것도 좋다. 빛의 선명도에 대한 보고를 포함해서 빛의 색깔에 대한 모든 정보를 수집하면, 성격이나 현생의 관계, 개개의 성장 속도 등 그룹에 대해서 더욱 깊이 이해할 수 있다. 이런 이해는 피술자의 치료에 중요한 의미를 지닌다.

영혼 그룹을 살펴보는 동안, 시니어 수석 스승을 만날 수도 있다. 또 주니어 안내자나 교생 영혼도 자주 발견하게 된다. 피술자는 이들을 즉시 알아볼 것이다. 혹은 다음과 같은 질문을 통해 이들의 존재를 알아낼 수도 있다.

당신의 영혼 그룹을 안내하는 존재가 근처에 있나요?

시니어 안내자가 멀리 떠나 있는 동안에는 흔히 주니어 안내자가 책임을 대신한다. 이 존재는 이따금씩 환생하지만 여전히 스승으로 존재한다.

앞서 설명한 것처럼, 어떤 피술자는 전생을 돌아본 후 영계로 들어가 곧장 교실과 비슷한 환경에서 영혼의 친구들과 합류한다. 나는 에너지 생성 훈련처럼 교실에서 하는 그룹 과제에 언제나 흥미가 많다. 이 과제의 수준도 그룹의 능력과 목적을 파악하는 실마리가 된다. 또 그룹의 구성원들이 특정한 전생의 활동들을 재연하는 사이코드라마를 펼쳐 보일 수도 있다. 이런 활동은 그룹의 역량을 잘 알려준다. 영혼 그룹이 하는 사이코드라마는 뒤에서 영계의 다른 활동들과 관련해 다시 살펴볼 것이다.

나의 다른 저서들에서 설명했듯 개별의 영혼들은 서로 많은 차이점을 지니고 있다. 하지만 어떤 영혼이 그룹의 다른 구성원들만큼 빨리 발전하지 못한다고 해서 가치가 떨어지는 존재로 여기거나 무시하면 안 된다. 모든 영혼이 그룹에 기여하며, 모든 영혼이 변화의 과정에 있기 때문이다.

어떤 영혼들은 모든 생이 고단하기를 바란다. 그런가 하면 편안하게 살 수 있는 여러 번의 생과 더욱 노력해야만 하는 힘든 생이 섞여 있기를 바라는 영혼들도 있다. 선택은 우리의 몫이다. 영계에도 질서와 지침이 있고 성취를 높게 평가한다. 그렇다고 영계가 엄격한 관료주의적 규칙을 지닌 위계 사회라는 의미는 아니다. 이런 것들은 우리가 사는 세속적인 사회의 틀일 뿐이다.

영혼들에게는 일정한 간격을 두고 정기적으로 환생해야 할 의무나 고달픈 삶을 살아야 할 의무가 없다. 각각의 생을 시작하기 전에 선택할 수 있으며, 지상의 일정한 시간적인 틀 안에서 꼭 성공해야만 한다는 압박감에 시달리지도 않는다. 생을 거듭하면서 성장과 발전을 경험하고픈 바람은 우리의 내면에서부터 비롯되는 것이다.

일차적인 영혼 그룹에 대해서 구체적인 질문들을 모두 던진 뒤에는 주변의 그룹들로 질문의 폭을 넓힌다. 물론 이 단계에 이르기까지 피술자가 보여준 반응에 따라 차이를 둔다. 피술자의 반응이 좋을 경우에, 나는 다음과 같은 질문으로 탐색을 계속한다.

영혼의 친구들이 지닌 여러 가지 성격적 차이들을 알아보았습니다. 그럼
이제 다른 그룹에 속하지만 당신과 성격도 비슷하고 진화 수준도 비슷한
영혼이 근처에 있는지 말해줄 수 있나요?

이 질문에 대부분의 피술자는 확실한 대답을 하지 않을 것이다. 하
지만 간혹 중요한 정보를 얻기도 한다. 로라라는 피술자가 그 예다.
로라는 현생에서 둘째 아들 제이슨(18세)을 익사 사고로 잃을 수도
있게 정해져 있었다. 제이슨의 영혼은 로라의 일차적인 영혼 그룹의
구성원으로, 로라와 아주 친한 영혼의 친구였다. 현생에서 제이슨의
영혼은 (그 가능성이 실현된다면) 18년만 살기로 자원했다. 제이슨이
몇몇 과제를 완수하고 로라에게 카르마의 교훈을 주는 데는 18년이
면 충분했기 때문이다.
　로라의 영혼은 삶을 선택하는 과정에서 그녀와 비슷한 성격을 지
닌 강한 영혼에게 정서적으로 지지받는 삶을 살아볼 필요가 있다고
생각했다. 그녀는 일차적인 영혼 그룹과 약간 떨어져 있는 이차적인
그룹에서 자신과 비슷한 영혼을 선택했다. 이 동맹자 영혼은 로라의
맏아들 스티브의 역할을 맡았다. 그러나 스티브가 십대였을 때 스티
브와 로라는 많이 다투었다. 둘의 성격이 너무 비슷했기 때문이다. 그
러나 제이슨이 죽고 나서 그 모든 상처와 슬픔을 이기지 못한 남편이
집을 나가버렸을 때 로라의 곁을 지켜준 것은 바로 스티브였다. 영혼
퇴행을 통한 발견들 덕분에 로라는 스티브의 역할과 삶이 돌아가는

상황을 더욱 분명히 이해하게 되었다.

다음은 근처에 있는 동맹자 영혼에 대해 할 수 있는 질문들이다.

1. 일차적인 영혼 그룹의 근처에 있는 다른 그룹의 영혼들과는 관계가 어떤가요?
2. 다른 영혼 그룹의 몇몇 영혼들과 개인적인 어떤 관계를 맺고 있나요?
3. 주변에 전반적으로 더욱 진화된 다른 영혼 그룹이 있나요, 아니면 당신이 속한 영혼 그룹보다 진화 수준이 더 낮은 그룹이 있나요?
4. 주변에 있는 다른 영혼 그룹과 당신이 속한 그룹의 성격이 어떻게 다른지 이야기해줄 수 있나요?
5. 당신의 안내자가 다른 영혼 그룹의 안내자들과 함께 여러 그룹들에게 어떤 도움이 되는 활동을 하는지 알고 있나요?

중간 단계와
진화된 단계의 영혼들

피술자의 영혼이 최초의 영혼 그룹보다 훨씬 진화했음을 보여주는 첫 번째 신호 가운데 하나는 오리엔테이션을 받지 않는 것이다. 또 다른 신호는 영계로 복귀한 바로 다음에 멀리서 보이는 빛을 확인할 때 나타난다. 4부에 있는 '영혼들과의 첫 만남' 부분에서 나는 흰빛이 어린 영혼과 관련 있다고 설명했다. 이따금씩 "작게 깜빡이는 흰빛들이 덩어리처럼 모여서 저를 기다리고 있어요" 하고 말하는 피술자가 있다. 이런 말의 의미는 보통 한 가지다. 피술자가 비교적 진화한 교생 영혼teaching soul이며, 그의 학생들을 누구보다도 먼저 보고 싶어 한다는 것이다.

일반적으로 이 흰빛들은 아직 환생을 시작하지 않은 아주 어린 영혼을 나타낸다. 그리고 피술자는 이들의 교생이다. 장난기 많고 유머러스한 영혼은 어린이 영혼으로 여겨지는데, 이들은 흔히 작게 너울거리는 흰빛처럼 보인다. 이 어린 영혼들은 순수하고 활기가 넘치지만 쉽게 혼란에 빠진다. 피술자가 교생이라는 것은 대개 발전하는 독자적인 교생 그룹의 구성원으로서 언젠가는 어엿한 안내자가 되리라는 점을 의미한다.

그러나 더욱 진화해서 교생 신분을 벗어난 영혼일 경우에는 또 다르다. 이런 피술자에게는 어린 영혼들의 빛이 마중을 나오지 않는다. 그래서 영계로 들어가는 여정에서 잠시 벗어날 필요가 없다. 교생 신분에서 벗어난 진화한 영혼은 일반적으로 독자적인 학습 그룹의 친구들과 합류할 수 있는 공간으로 곧장 들어간다. 그러나 피술자의 영혼이 이 정도의 진화 수준, 이를테면 레벨 3에 이른 지 얼마 되지 않았을 경우에는 처음에 일차적인 영혼 그룹의 위치를 제대로 찾지 못할 수도 있다. 한두 명 말고는 오래된 영혼의 친구들이 보이지 않을 수 있기 때문이다.

레벨 3으로 진화 중인 영혼들은 일차적인 영혼 그룹과 독자적인 전문적 학습 그룹을 모두 만날 수 있다. 피술자와 최면요법가 모두 구성원들을 살펴보면서 두 그룹을 구분할 수 있다. 레벨 1과 2에 속하는 일차적인 영혼 그룹의 구성원들은 특정한 활동에 대한 동기와 관심, 재능이 각기 다르다. 그러나 지식과 지혜, 경험 면에서 더욱 고차원적인 중간 단계와 상위 단계로 진화하면, 다른 일차적인 영혼 그룹의 뜻이 같은 영혼들과 어울린다.

스승, 삶의 형태를 계획하는 영혼, 탐구자 영혼, 도서관 기록 보관을 담당하는 영혼 등으로 활동하기 위한 전문 훈련은 레벨 3에서부터 시작된다.

피술자가 중간 단계로 올라선 지 얼마 안 됐으면 과거의 그룹과 새로운 그룹에서 번갈아 비슷한 시간을 보낼 수도 있다. 한 가지 기술에 초점을 맞추는 학습 그룹은 대개 일차적인 그룹보다 훨씬 적은 수의 영혼들로 이루어져 있지만, 레벨 3으로 올라온 지 얼마 안 되는 영혼은 새로운 동료들을 즉각 알아보지 못할 수도 있다. 하지만 레벨 5로 진화한 피술자는 함께 작업하는 영혼들을 더욱 빨리 알아본다. 또 높은 레벨로 진화한 영혼도 전문적인 훈련을 하지 않는 기간에는 이

전의 일차적인 영혼의 친구들과 계속 접촉할 수 있다.

더욱 진화한 영혼들에 대한 정보를 자세히 알고 싶으면 《영혼들의 여행》 10장과 11장, 《영혼들의 운명 2》 8장을 다시 읽어보길 바란다. 더욱 진화한 영혼들의 경우에는 평의회의 의원들을 만나러 이동하기 전 단계가 그들이 하는 공부를 이야기하기 가장 좋은 때다. 이때가 발전 중인 피술자와 그의 영혼이 지닌 열망, 이상, 목적을 논하기에 적절한 때라는 뜻이다.

피술자를
평의회로 인도하기

영혼 그룹을 만난 다음에 피술자에게 여러 가지 개방형 질문을 해서 어디로 갈지 묻는다. 피술자의 저항 정도에 따라 다르겠지만, 보통은 1번이나 2번 질문만으로도 충분할 것이다.

1. 이제는 어디로 가고 싶은가요?
2. 여기에서 영혼 그룹과 함께 머물러 있으면서 어떤 활동에 참여하고 싶은가요?
3. 가장 중요하고도 특별한 활동을 위해 출발할 준비가 되었나요?

3번 질문은 언제하든 평의회 이야기를 하자는 초대와 같다. 평의회 의원들을 만나는 시기와 관련해서 확고하게 정해진 규칙은 없다. 보통의 피술자라면 영계로 재진입해서 영혼 그룹을 만난 후 곧장 이 고차원적인 존재들을 만나려 할 것이다. 그래도 이런 일반적인 양상에서 벗어난 선택에도 대비해야 한다.

평의회는 영혼 그룹을 만난 전후는 물론이고 홀로 사색의 시간을 가지기 전후나, 도서관에서 공부를 하거나 교실에서 훈련을 하기 전이나 후에도 방문할 수 있다. 또 방금 마친 삶에 따라 같은 피술자라도 평의회를 방문하는 시기가 다를 수 있다.

여기서 알아두어야 할 점이 있다. 생을 마친 후에 경험하는 일련의 영적인 사건들에 혼란을 느끼는 피술자도 있다는 것이다. 앞에서 설명한 것처럼, 어떤 피술자는 영계의 문턱에서 교착 상태에 빠져버리기 때문에 최면요법가가 앞으로 나가도록 살살 밀어줘야 한다. 이처럼 영계의 문턱에서는 여러 가지 문제가 일어난다.

방향감각의 상실이나 차단, 혼란은 세션 중 언제든 일어날 수 있다. 피술자가 일차적인 영혼 그룹을 만난 뒤 충격에 빠진 것 같으면 나는 이렇게 묻는다.

지금 무언가 혼란스러운 점이 있으면 제게 말해주겠어요?

오래도록 기다려도 아무런 반응이 없으면 더욱 구체적인 질문을 한다.

지금이 당신을 도우려고 기다리는 지혜로운 존재들을 만날 수 있는 곳으로 이동하기에 적절한 때라고 생각하나요?

그러면 대부분의 피술자는 고개를 끄덕인다. 사실 이런 질문은 피술자를 뻔뻔하게 주도하는 것처럼 보일 수도 있다. 그러나 오랜 경험에 비추어 보건대 세션의 몇몇 단계에서는 어떤 식으로든 자극을 줘야 하는 피술자도 있다. 피술자도 자극을 주기 위한 나의 말을 그의 지식과 영계에 대한 보고 능력을 인정해 주는 것으로 받아들인다. 또 앞에서 설명했듯, 적절한 때에 하는 부드러운 지시는 최면요법가가 영계를 잘 아는 박식한 여행자라는 확신을 피술자에게 심어준다.

이렇게 대답하는 피술자도 있다. "아뇨. 의원들을 만날 준비가 안 됐어요." "의원들 앞으로 나가는 제 모습이 보이질 않아요." 이런 저항에는 여러 가지 이유가 있다. 대개는 지난 전생에서 주요한 카르마의 문제들을 겪었기 때문이다. 이럴 때 LBL 시술자는 문제를 억지로 알아내려 하지 않고 그냥 용기를 북돋아주는 것이 좋다. 피술자가 의원들을 만난 기억을 떠올리고 싶어 하지 않는 또 다른 이유는 평의회에서 합의했던 일을 아직 이뤄내지 못했기 때문이다.

영계는 언제나 현재 시간now time 속에 존재한다. 그래서 최면을 통해 영계로 재진입한 피술자는 현생을 토대로 자신을 평가하면서 다시의원들을 방문하는 일에 저항감을 가질 수도 있다. 하지만 이런 일이일반적이지는 않다. 다행히 의원들을 방문하는 일에 오래도록 저항하는 피술자는 거의 없다. 의원들을 만나고 싶어 하는 마음이 그만큼 강렬하기 때문이다. 많은 피술자가 평의회에서 언제든 얻을 수 있는 긍정적인 면들에 사로잡혀서, 의원들의 평가를 들을 기회를 얻기 전까지는 어디로도 가지 않으려 한다.

확실히 모든 영혼이 윤생 사이에서 적어도 한 번은 의원들을 만난다. 이런 만남은 보통 지상의 삶을 마치고 얼마 지나지 않아서 이루어진다. 영혼에게 가장 큰 영향을 미치는 것은 확실히 이 첫 번째 만남이다. 이 만남에서 영혼의 진화 정도를 평가받기 때문이다. 어떤 영혼은 몸을 선택한 전후에 새로운 삶을 준비할 때 의원들을 두 번째로 방문하기도 한다.

윤생 사이에서 영혼이 한두 번 의원들을 방문할 때 특별하게 정해진 양식은 없는 것 같다. 영혼이 의원들을 두 번이나 방문하는 이유는 지난 전생에서 특별히 힘든 시간을 보냈기 때문일 수도 있다. 하지만 의원들이 영혼을 두 번이나 만나주는 주요 이유는 다음의 생이 갖는 중요성과 카르마의 복잡함 때문인 것 같다. 영혼이 오랜 세월 같은 실수를 반복한 탓에 환생하기 전 의원들이 특별히 더 자극을 줘야 한다고 생각했기 때문일 것이다. 영혼의 수준도 물론 고려할 사항의 하나다. 어린 영혼에게는 안내자나 의원들의 지지가 더욱 많이 필요하기 때문이다.

대부분의 피술자는 의원들에게 깊은 존경심을 품는다. 의원들을 일컬어 흔히 '원로elder'라고 부른다. 이 외에 일반적으로 현자Wise Ones나 신성한 존재Sacred Committee, 계획자Planners 같은 명칭을 쓰기도 한다. 나는 의원들을 만날 때 피술자에게 언제나 다음과 같은 질문들을 던진다.

1. 제가 이 존재들을 어떻게 부르면 좋을까요?

피술자가 의원들 앞에 나설 준비가 되었다고 하면 이렇게 묻는다.

2. 혼자 가나요, 아니면 누군가와 함께 가나요?

대다수의 피술자는 안내자가 동행한다고 대답한다. 레벨 1과 레벨 2의 영혼은 특히 그렇다. 그러면 나는 다시 묻는다.

3. 이동 경로를 설명해 주세요. 그들을 만나러 가는 길에 무엇을 보고 무

엇을 하는지 알고 싶습니다. 그리고 도착하면 무슨 일이 벌어지는지도 궁금합니다.

이동에는 오랜 시간이 걸리지 않는 것 같고, 피술자는 영혼 그룹이 있는 곳에서 평의회실까지 그다지 멀지 않다고 느낀다.《영혼들의 운명 2》6장 '원로들의 의회'를 보면, 평의회실의 일반적인 환경이 묘사되어 있다. 또 최면 상태의 피술자에게 의원들이 어떻게 보이는지도 설명되어 있다(부록의 그림 6 참고).

피술자는 흔히 지붕이 둥근 건물이 보인다고 한다. 내가 보기에 이것은 지상의 성소나 사원, 정의의 강당을 상징하는 것 같다. 하지만 피술자가 이 건물을 법정 같다고 여기지는 않는다. 이것은 중요한 차이다. 피술자가 흔히 영계의 구조물을 떠올릴 때 지상의 익숙한 모습들과 상징적으로 비교해서 설명하기 때문이다. 피술자의 마음속에서 평의회실은 경의를 표해야 하는 성스러운 장소다. 그리고 환생을 준비하는 영혼들은 평의회실에 있을 때 신(혹은 근원the Source)에 가까이 있다고 믿는다. 이는 결코 나의 지나친 과장이 아니다.

대부분의 피술자가 원형의 넓은 방에서 의원들을 만난다고 보고하는 것은 신학적인 시각에서 봐도 우연이 아니다. 이 일그러지지 않은 원형은 고차원적인 생각들로 이루어진 집중된 에너지장을 이용하고, 어떤 에너지도 이 에너지장을 피해갈 수 없다. 이 차분하고 정련精練된 에너지는 원로들에게서 발산되며, 환생을 준비하고 있는 영혼들을 용기와 깨우침의 빛으로 감싸준다. 내 생각에 삶을 선택하는 반지 모양의 공간도 마찬가지로 강력한 에너지를 담아두는 특성이 있는 것 같다. 하지만 이 공간에서는 연출자가 영혼들에게 연대기적인 이미지들을 보여주는 데 초점을 맞춘다.

피술자가 평의회실로 들어서는 순간에는 안내자가 대개 그의 뒤편 가까이에 존재한다. 물론 진화한 영혼은 혼자서 이 방에 들어서기도 한다. 이 경우 이들의 안내자는 이미 방 안에 와 있다. 영혼은 원로가 시니어 안내자보다 한두 계단 위에 있다고 생각한다. 그래서 이 지혜로운 존재들에게 외경심을 갖는다.

평의회실로 가는 동안 어떤 피술자들의 목소리에서는 약간의 불안이 묻어난다. 또 기대감에 부풀어 신나게 떠들어대는 피술자가 있는가 하면, 생각에 잠겨 말없이 평의회실로 다가가는 피술자도 있다. 피술자가 평의회실에 들어서면 나는 이렇게 묻는다.

4. 얼마나 많은 존재들이 당신을 기다리고 있나요?

일반적으로는 세 명에서 열 명의 원로들이 기다리고 있다고 보고한다. 평균적으로는 다섯 명에서 일곱 명이다. 그러나 때로는 열 명이 넘는 원로들이 있다고 답하는 피술자도 있다. 이는 희귀한 경우다. 많은 수의 원로들이 참석해 있다는 것은 피술자가 비교적 진화한 영혼이라는 의미다. 하지만 모여 있는 원로들의 수가 열 명이 넘는다고 보고하면 최면요법가는 신중할 필요가 있다.

이런 대답은 단순한 시각적 착각일 수도 있다. 혹은 원로들이 피술자와는 상관없는 이전에 온 영혼에 대해서 대화를 나누고 있다는 의미일 수도 있다. 그러므로 최면요법가는 피술자의 보고를 무시하지 않도록 주의를 기울이면서 4번 질문을 되풀이해서 해봐야 한다. 그러면 피술자는 가까이 다가간 후 몇몇 원로들이 방을 나서는 모습을 보기도 한다. 원로들이 전부 남아 있다 해도, 일부는 피술자와의 대화에 참여하지 않을 것이다.

피술자가 인터뷰 장소로 가까이 다가갈 때 나는 계속 원로들에 대해 질문한다. 그러나 아래의 질문 순서들이 모든 피술자에게 적합한 것은 아니다. 원로들을 만나는 개개인의 상황에 따라 질문 순서는 달라질 수 있다.

5. 지금 당신 기분이 어떤지 설명해 주면 좋겠어요.

필요하다면 원로들을 만나는 도중에 언제든 이 포괄적인 질문을 한 번 이상 해야 한다.

6. 당신의 안내자도 평의회실에 있나요? 그렇다면 이 안내자는 당신을 중심으로 어느 쪽에 있나요?

대부분의 안내자는 피술자의 뒤에서 오른쪽이나 왼쪽으로 살짝 비켜서 있다. 더욱 진화한 영혼의 안내자는 간혹 원로들 근처나 원로들 속에 있기도 한다.

7. 원로들을 중심으로 했을 때, 당신은 어디에 위치해 있나요?

대개의 영혼은 원로들 바로 앞으로 가는 것 같다.

8. 당신은 일어서 있나요, 아니면 앉아 있나요?

거의 대부분 영혼들은 원로들 앞에 서 있다.

9. 여기서 당신을 기다리는 영혼이 정확히 몇 명이나 되는지 다시 살펴봅
   시다. 왼쪽에서부터 원로들을 세어보세요.
10. 원로들은 서 있나요, 앉아 있나요?
11. 원로들이 앉아 있다면, 이들 앞에 가구가 있는지 설명해 주세요.

보통 피술자들은 원로들이 긴 곡선이나 직사각형 모양의 탁자 앞
에 앉아 있다고 보고한다.

12. 원로들은 당신보다 약간 높은, 일종의 연단 같은 곳에 앉아 있나요?
   아니면 바로 정면에 당신과 같은 눈높이에 앉아 있나요?

원로들은 흔히 영혼과 같은 눈높이에 앉아 있다. 내가 이 시점에서
세세한 부분까지 물어보는 이유는 일어나는 모든 일을 피술자가 차근
차근 관찰하고 보고하는 것에 익숙해지기를 바라기 때문이다. 이것은
아주 중요한 만남을 위한 준비와 같기 때문에 나는 더욱 꼼꼼하게 질
문한다.

13. 원로들을 자세히 살펴보세요. 원로들에게서 성적인 어떤 특성이 보이나요? 여성이나 남성처럼 보이는 원로가 있나요? 아니면 원로들이 모두 양성처럼 보이나요?

솔직히 많은 피술자가 원로들이 나이 지긋한 남성처럼 보인다고 보고한다. 이것이 문화적으로 지혜를 나타내는 전형적인 모습이기 때문이다. 진화한 영혼일수록 원로들이 성을 초월한 모습이라고 보고한다. 또 투명하고 긴 빛의 형체처럼 보인다고 보고하는 이들도 있다.

14. 각각의 원로들이 어떤 차림새를 하고 있는지 설명해 주세요.

원로들이 인간의 형상을 하고 있을 때는 일반적으로 긴 예복을 입고 있다. 그러면 나는 이 옷의 색상과 관련된 의미를 묻는다. 때로는 원로들이 전부 흰색(생각의 분명함)이나 자주색(지혜) 옷을 입고 있다. 반면에 제각각 다른 색상의 옷을 입고 있기도 한다. 이런 색상은 특정한 재능이나 전문성을 나타낸다. 이를테면 치유자인 원로는 초록색 옷을 입고 있다. 예복의 색상이 지닌 의미는 영혼의 성격이나 지속적인 발전에 중요한 개인적인 특질의 부족과 직접적으로 연관되어 있다.

15. 원로 한 명이 이 만남의 의장이나 중재자, 또는 지휘자 역할을 하고 있나요?

모두가 동등한 참여자다. 하지만 일반적으로 한 명의 원로가 회의를 이끌어간다. 피술자가 지휘자가 있다고 보고하면 나는 이렇게 묻는다. "다른 원로들을 기준으로 그 존재는 어디에 있나요?" 그러면 피술자들은 대부분 "중앙이요"라고 보고한다. 지휘자가 있을 경우 한두 명의 다른 원로들도 논평을 한다. 하지만 평의회가 네 명 미만으로 구성되어 있지 않은 한, 모든 원로들이 영혼에게 이야기를 하는 경우는 거의 없다.

어떤 피술자들은 지휘자가 다른 원로들보다 더욱 크고 밝은 빛을 발산한다고 보고한다. 이럴 경우 나는 "빛이 더욱 밝고 크다는 것은 이 원로가 다른 원로들보다 더 힘이 크다는 의미인가요?"라고 묻는다. 그러면 피술자는 이렇게 대답한다. "아닙니다. 하지만 저는 이 존재와 이 존재가 하는 말에 더욱 주의를 기울일 겁니다."

16. 이들 가운데 장신구나 문장을 착용하고 있는 원로가 있나요?

많은 피술자가 메달을 목에 걸거나 보석 반지를 끼고 있는 원로가 한 명 이상은 있다고 보고한다. 보석의 색깔은 영혼과 관련된 특정한 의미를 나타낸다. 《영혼들의 운명 2》 6장을 보면 영계에서 사용하는 상징과 신호들이 설명되어 있다. 메달이나 장신구를 착용한 원로가 한 명 뿐이라면 대개는 그가 의장이다.

17. 메달에 새겨져 있는 문양을 묘사해 주세요. 그리고 당신이 보는 것의 의미를 설명해 주세요.

몇몇 피술자는 문장 위에 새겨져 있는 선이나 문양들을 전혀 이해할 수 없다고 보고한다. 그 경우 나는 원로들이 허영심 때문에, 혹은 피술자에게 모종의 권위를 행사할 수 있음을 보여주기 위해서 이런 문양의 장신구를 착용하는 것은 아니라고 설명해 준다. 또 이 상징들은 각각의 영혼들에게 의미가 있으며, 영혼의 개인적 힘과 잠재력, 카르마의 목적을 일깨워준다고도 알려준다.

그러므로 나는 피술자에게 자세히 살펴보고 메달(일반적으로 둥근 모양의 금속으로 묘사된다)이 금이나 은, 동 가운데 어떤 재질로 만들어져 있는지, 크기는 자두만 한지 오렌지나 포도알만 한지를 먼저 말해달라고 한다. 그런 다음 그 모양과 의미를 설명해 달라고 다시 부탁한다. 이 초기 단계에서 하는 부차적인 질문들은 다음과 같다.

18. 원로들의 수와 구성이 생을 마감한 다음 매번 만날 때마다 다른가요?
19. 지난번에 방문했을 때와 비교할 때 지금 주변 환경에서 달라진 점이 있나요?
20. 원로들이 부드러워 보이나요, 아니면 다소 엄격해 보이나요?

원로들의 태도에 대한 20번 질문은 강력한 부정을 이끌어내기 위한 일종의 유도 질문이다. 영혼이 원로들에게 가혹하거나 충격적인 대접을 받았다는 대답은 한 번도 들은 적이 없다. 처음에는 심각하거나 강도 높은 질문을 하는 듯한 원로가 있다고도 한다. 하지만 원로들은 결코 냉혹하거나 명령적이지 않다. 도발적이기는 하지만 논쟁적이거나 비판적이지도 않다.

내가 느끼기에 원로들은 사랑과 연민, 이해의 분위기 속에서 영혼들을 도우려고 하는 것 같다. 내가 20번 질문으로 원로들의 엄격함에 대해서 묻는 이유는 피술자의 항변을 통해 다른 식으로는 얻을 수 없는 정보를 더욱 많이 이끌어내기 위해서다. 원로들과의 대화가 시작되려고 할 때 나는 다음과 같은 질문을 한다.

21. 마음속에서 가장 먼저 들리는 말이 무엇인가요? 당신에게 말을 하는
    원로는 누구인가요?

이 단계에서는 보통 지휘자나 의장이 영혼에게 인사말을 건넨다. 그 후에 다음과 같이 느리고 부드럽게 서로 인사를 주고받는다.

원로 : 다시 우리와 함께하게 되었군요. 돌아온 것을 환영합니다.
영혼 : 저도 돌아와서 기쁩니다.
원로 : 좋습니다. 그럼 이제 지난 생에 대해서 어떻게 느끼는지 이야기해주세요.
영혼 : 괜찮았다고 생각합니다……. 하지만 더욱 잘 살 수도 있었는데 그러지 못했다는 생각도 듭니다.
원로 : 어떻게 했으면 당신과 타인들을 위해 더욱 잘 살 수 있었을까요?

《영혼들의 여행》을 보면 내가 피술자를 원로들 앞으로 인도할 때 언제나 기억하려는 사례가 한 가지 소개되어 있다.

원로들은 저의 모든 삶을 다 알고 있어요. 하지만 흔히 생각하는 것처럼 명령적이지는 않아요. 그들이 저의 보고를 듣고 싶어 하는 이유는 저의 동기와 해결 능력을 가늠하기 위해서예요.

아래의 또 다른 사례는 원로들이 평가 작업을 어떤 식으로 수행하는지 보여준다.

원로들은 대화를 시작하기 전에 먼저 인사를 건넵니다. 그리고 진화에 대한 제 생각을 묻죠. 제 안내자는 정신적으로 도움을 주기는 하지만 개입은 하지 않습니다. 지난 생의 사건들에 제가 어떻게 참여했는지를 살펴보고, 다른 삶들에서 비슷한 사건들에 대처했던 방식과 비교해 봅니다. 원로들은 제 몸이 제게 어떤 식으로 도움을 주거나 방해를 했는지 평가하고, 다음 생에 적절한 몸의 유형을 고민하는 것 같아요. 또 제게 동기와 목적을 묻고, 행복한지도 알고 싶어 합니다. 그들에게는 무엇도 숨길 수 없기 때문에 우리는 서로 잘 협조합니다. 원로들은 제 성격의 장단점을 모두 알고 있어요. 그리고 스스로를 너무 가혹하게 대하지 말라며 용기를 북돋아줍니다.

영혼과 원로들이 대화를 나누는 동안 하고 싶은 질문들이 많을 것이다. 참고할 수 있도록 관련된 질문들을 몇 가지 소개하겠다.

22. 특정한 원로가 당신의 평의회에 포함되어 있는 이유는 무엇인가요?
23. 특정한 전문 영역이나 관심사를 가진 원로가 당신의 관심 영역이나

경험과 직결된 질문을 하나요?

24. 당신의 진화에 대한 원로들과의 대화에 오리엔테이션 등 다른 때에 당신의 안내자와 나누지 않았던 내용이 들어 있나요?

25. 원로들과 대화를 나누는 중에 안내자가 당신의 진화에 대해서 원로들에게 어떤 식으로든 보고를 하나요?

26. 당신이 지난 생을 살아온 방식에 대해서 원로들은 전체적으로 어떤 태도를 보이나요? 그 태도에 대해 당신은 어떻게 생각하나요?

27. 원로들이 모든 전생들과 비교해서 현재의 진화 속도가 어떤지 의견을 피력하나요?

28. 평가를 하면서 당신에게 특별히 건설적인 비판을 하거나 용기를 북돋아주는 원로가 있나요?

29. 이 평의회와 이전에 전생들을 마치고 참여했던 평의회에서 들은 말에 차이가 있나요?

30. 원로들과의 만남이 끝나가면서 자신에 대해 전체적으로 어떤 느낌이 드나요?

31. 평의회실을 떠나기 전에 지휘자나 의장에게 하고 싶은 말이 있나요? 현재의 삶에 관한 유익한 메시지를 들었나요?

원로들과의 만남을 마칠 때는 꼭 31번 질문을 한다. 시간을 초월한 이 장면의 영적인 분위기 속에서 피술자의 현생에 대해 많은 것을 알아낼 수 있기 때문이다.

영혼 그룹으로 돌아가는 길에 나는 피술자와 자주 흥미로운 대화를 나눈다. 이때 피술자는 사색적인 분위기에 젖어 정보들을 처리한다. 이상한 일이지만, 대부분의 피술자가 영혼 그룹으로 돌아갈 때 안내자는 동행하지 않는다. 피술자는 그 이유를 모른다. 하지만 내 생각에는 안내자가 방금 끝난 원로들과의 만남과 관련된 일에 몰두하고 있기 때문인 것 같다. 영혼 그룹으로 돌아가는 동안 나는 때때로 이렇게 묻는다. "당신 영혼 그룹의 구성원들 가운데 당신과 똑같은 원로들을 만난 영혼들이 있나요?" 일반적으로 영혼의 친구들이 만나는 원로들은 서로 다르다. 이것은 영혼들의 성격과 재능, 동기가 다르기 때문인 것 같다. 진화 수준이 낮은 영혼일 경우에는 특히 더 그렇다.

내가 언급하고 싶은 또 다른 점은 영혼들이 이 일에 대해 나중에 친구들과 이야기를 나누지 않는다는 것이다. 터놓고 이야기하기에는 너무 사적인 일이기 때문이기도 하고, 영혼과 원로들 사이의 신뢰를 깨뜨리지 않기 위해서인 것도 같다.

원로들과의 만남을 통한
치료의 기회

나는 피술자가 평의회실에 있는 동안 다음과 같은 질문을 한다.

이 방에 원로들보다 더 고차원적인 존재가 있다고 생각하나요?

있다고 대답할 경우에는 피술자에게 그 '존재'에 대해서 묘사해 달라고 한다. 피술자는 신 같은 우월하고 근원적인 존재가 평의회를 감독한다고 생각한다. 이 존재를 민감하게 인식하는 피술자는 그로 인해 깊은 영향을 받는다. 《영혼들의 운명 2》 6장에 이 존재에 대한 보고들이 소개되어 있다.

피술자를 지상으로 보낸 것으로 여겨지는 지혜로운 존재들이 피술자를 인터뷰하는 시간은 세션 전체에서 가장 의미 있는 순간 중 하나다. 심리적인 면에서도 엄청난 도움이 된다. 그 이유는 피술자가 현재의 몸 안에 깃든 의식을 이용한 관찰자의 역할과 불멸의 영혼 의식을 이용한 참가자의 역할을 동시에 수행하기 때문이다. 피술자가 나중에 삶을 선택하는 방에서 그의 몸을 선택할 때도 (영향력 면에서는 다르지만) 마찬가지로 통찰의 기회들이 존재한다.

안내자의 인도는 전체적으로 영혼의 안녕에 중요한 역할을 한다. 하지만 나는 생을 마친 후 오리엔테이션 중에 하는 인터뷰 보고보다는 평의회에서 이루어지는 단 한 번의 인터뷰가 훨씬 중요하다고 생각한다. 영적인 계획이나 작업 면에서 이 인터뷰가 훨씬 큰 영향을 미치기 때문이다. 영혼의 진화 상태를 살펴볼 때, 원로들은 영혼의 존재 전체를 예리하게 평가한다. 그러므로 피술자와 원로들 사이의 상호작용을 통해 여러 전생의 인상적인 순간들을 살펴볼 수 있다. 또 오래된 기억들이 다시 솟아오르면서 피술자는 불멸의 존재로서 자신이 진정으로 누구인지를 인식한다. 이런 인식은 자기 발견의 과정에서 아주 중요한 영향을 미친다.

나는 초의식적인 영혼 상태에서는 다른 치료 방식에서 드러나지 않던 의식의 비밀스러운 부분까지 표출된다고 생각한다. 의식은 깊은 최면 상태에서 원로들 앞에 섰을 때, 억압을 훨씬 덜 받는다. 영혼의 의식이 피술자의 진정한 자기에 대한 근본적 진실을 알려주기 위해 인간의 두뇌와 상호작용을 하기 때문인 듯하다. 그래서 지혜롭고 자애로운 조언자들을 만난 경험에 대해 보고할 때, 피술자는 자신의 성격과 관련된 비밀들을 두려움 없이 털어놓는다.

그러나 이 모든 사실에도 불구하고 한 가지 분명하게 이야기하고 싶은 것이 있다. 피술자가 원로들과의 만남을 속속들이 다 기억하지는 못한다는 점이다. 이런 기억의 차단은 일부분 의도된 것일 수도 있다. 피술자가 영적으로 현생에서 그것을 받아들일 준비가 되어 있지 않기 때문이다. 피술자가 심리적으로 준비가 덜 돼서 만남의 다른 측면들을 드러내지 않을 수도 있다. 그러므로 LBL 시술자는 원로들을 만나는 중에 피술자가 기억을 거부하는 것이 원로의 지시 때문인지, 아니면 자신의 실수나 단점을 분석하는 고통스러운 과정을 회피하고 싶은 마음 때문인지 판단해야 한다.

원로와 안내자도 귀환한 영혼에게 송신하는 생각들을 차단할 수 있는 것 같다. 이런 차단으로 인해 피술자가 평의회에서 일어난 일들을 완벽하게 기억할 수 없는 것이다. 원로들끼리 나누는 대화를 엿들을 수 있는 피술자의 영혼은 고도로 진화한 소수에 불과하다. 그 드문 예를 소개하면 다음과 같다.

뉴턴 박사 : 당신이 평의회의 의장과 대화를 나누는 동안 다른 원로들 사이에서는 어떤 일이 벌어지고 있나요?

피술자 : 원로들끼리 서로 대화를 나누면서 저와 비슷한 다른 사례들을 비교합니다.

뉴턴 박사 : 좀 더 자세히 설명해 주세요.

피술자 : 그들의 대화를 충분히 알아들을 수는 없어요. 하지만 다음 환생에서 제게 가장 좋은 방법이 무엇일지를 판단하기 위해서 다른 영혼들에게 효과적이었던 방법을 비교해 보는 것 같아요.

뉴턴 박사 : 당신이 듣기에 이 정보가 어떤 식으로든 당신에게 도움이 될 것 같나요?

피술자 : 그렇지는 않아요. 대화가 너무 추상적이고 빨라서 의식의 장애물들 사이에서 단편적으로만 알아들을 수 있거든요. 게다가 저는 의장에게 계속 집중해야 해요.

영계에서 염력으로 나누는 대화를 차단하는 힘과 상대의 차단막을 뚫고 들어가 생각을 읽어내는 능력은 영혼의 진화 수준이 높을수록 큰 것 같다. 확실히 원로들은 그들이 나누는 대화를 앞에 있는 영혼이 듣지 못하게 차단한다. 환생을 준비하고 있는 영혼에게 이것은 좀 부당한 일인 것 같지만, 피술자들은 결국 그들이 알아야 할 정보는 공개될 것이라고 생각하고, 편안하게 받아들인다.

몇몇 상세한 정보들을 피술자나 원로들 가운데 누가 차단하고 있는지를 판단하는 것은 쉬운 일이 아니다. 그러나 어찌 됐든 피술자 개개인에게는 선별적으로 기억이 상실된 부분이 있고, 피술자가 삶의 이 시점에서 알아야 할 정보라면 세션 중에 밝혀지리라 믿는다. 나머지는 나중에 더욱 적절한 시기가 됐을 때 피술자의 내면에서 흘러나올 것이다.

피술자가 원로들을 만날 때는 정보를 얻어내기 위해 최대한 노력해야 한다. 이것이 LBL 시술자의 의무라고 생각한다. 하지만 이럴 때도 주의해야 할 점이 있다. 아주 드문 일이지만, 경험이 없거나 전문성이 떨어지는 최면요법가들 가운데 부적절하게 전이를 부추기거나 투사 혹은 역전이를 일으켜 순진한 피술자에게서 반응을 이끌어내는 이들이 있다.

최면 중에 피술자는 자신의 느낌을 일시적으로 최면요법가에게 전이시킨다. 영향을 잘 받는 피술자, 특히 유년기의 유대감 형성 과정에서 생긴 정서적 문제를 아직 해결되지 못한 피술자는 최면요법가를 기쁘게 만들어주고 싶어 한다. 본능적으로 최면요법가를 부모로 만들고 싶은 것이다. 그러므로 전이는 의존적 성격을 끌어안고 있다.

한 예로 이렇게 투사하는 피술자도 있다. "제 영혼 그룹에 당신(최면요법가)도 보여요!" 이런 투사가 불러오는 문제는 말할 수 없이 크다. 그러므로 최면요법가는 언제나 이런 말이 그를 향한 호의적인 감정과 관련된 자동적인 반응임을 알고 있어야 한다. 전문적인 LBL 시술자는 신뢰할 수 있는 영혼의 조언자 같은 존재로서 피술자를 그의 영혼의 역사와 연결 지어주는 역할을 한다.

그러므로 이런 상황이 닥치면, 지구상에 존재하는 사람들로 이루어진 영혼 그룹이 수없이 많다는 점을 생각할 때 피술자의 영혼 그룹 안에 자신이 있다는 것이 상당히 미심쩍은 일임을 부드럽게 일깨워주어야 한다. 영광스러운 일이기는 하지만 다른 피술자들에게도 같은 이야기를 들은 적이 있으므로, 영혼 그룹의 구성원들을 더욱 자세히 살펴보는 것이 좋겠다고 설명해 준다. 이런 오해는 가능한 빨리 지워버리는 것이 좋기 때문이다.

역전이는 미성숙한 최면요법가가 피술자의 전이를 부추기고 피술자가 떠올리는 것들 속에 자신을 투사시켜서 의존 욕구를 더욱 부추길 때 일어난다. 최면요법가의 다음과 같은 질문은 LBL 세션에서 일어나는 역전이를 일으키는 대표적인 예다. "당신 영혼의 안내자들 가운데 저도 있나요?" "원로들 속에 저도 있나요?"

이런 역전이의 원인은 다양하다. 자신감이 없는 최면요법가의 경우, 피술자가 떠올리는 내용이 만족스럽지 않기 때문일 것이다. 혹은 자신의 바람을 피술자에게 투사시키고 싶거나, 스스로 피술자를 보살피고 있다고 착각하기 때문일 수도 있다.

어쨌든 이런 어설픈 태도는 전문가답지 않은 무지의 증거다. 또한 신뢰를 무너뜨리는 비윤리적인 짓이기도 하다. 다행히 이런 일은 극히 드물다. 또 대다수의 피술자는 판단력이 있고 영적으로도 독립적이기 때문에 최면요법가의 역전이를 허용하지 않는다. 영혼퇴행요법을 하다 보면 다양한 에너지 차원에서 피술자와 최면요법가가 연결된다. 그러므로 전이가 일어날 때 즉각 차단하지 않으면 정보가 편견 없이 자유롭게 흐르지 못한다.

그래도 LBL 시술자는 세션을 진행시키기 위해 개인적인 질문을 할 수밖에 없다. 피술자가 원로들과 만날 즈음 나는 이렇게 묻는다.

지금 이 지혜로운 스승들이 제 도움으로 당신이 찾는 영혼의 삶에 대한 정보들을 얻어낼 수 있도록 당신에게 정신적으로 힘을 북돋아주는 이유는 무엇인가요?

이런 질문은 우연의 일치를 생각해 보게 한다. 우연의 일치는 특정한 시기에 어떤 분명한 이유로 사건들이 동시에 일어나는 것이다. 대부분의 피술자는 대답하기 전에 잠시 침묵을 지킨다. 그러면 나는 다시 질문을 하지 않고 대답할 때까지 기다린다. 앞서 말한 것처럼 최면 상태의 피술자는 조사를 위한 질문에 느리게 반응한다. 최면요법가에게 실제로 보고하는 내용보다 더욱 많은 생각을 전달받고 더욱 많은 이미지를 보기 때문이다. 물론 최면요법가는 접수 면접 동안 피술자에게 원로들을 통해 특별히 알고 싶은 현생의 문제가 무엇인지를 물어볼 수 있다. 하지만 피술자가 원로들 앞에 있을 때 위의 질문을 하면, 피술자가 삶의 이 시점에서 최면요법가를 매개로 영혼의 인도를 받으려는 이유를 더욱 분명히 알 수 있다.

물론 모든 피술자에게는 지속적인 핵심 문제들이 있다. 하지만 대부분의 피술자는 교차로에 놓였을 때 최면요법가를 찾아온다. 똑같은 삶의 양식을 지속할 것인가, 아니면 정신을 긍정적으로 변화시킬 준비가 되어 있는가? 피술자들은 흔히 이렇게 말한다. "지난해 위기를 겪을 때 선생님을 꼭 만나야 한다고 생각했어요. 하지만 지금이 더 좋은 시기 같아요. 지금은 그때보다 더 차분하고 깊게 생각할 줄 아니까요."

피술자들이 세션을 받으러 온 목적은 아주 분명하다. 이런 목적 의식은 원로들과 안내자가 모두 참석한 평의회에서 명확하게 드러난다. 이들이 영혼의 일차적인 안내자들이기 때문이다. 여기에 덧붙이고 싶은 것은, 내 안내자가 시술실 의자 뒤에서 나를 도와주고 있다고 말하는 피술자가 많다는 점이다. 나도 안내자의 존재를 느낄 때가 많다.

피술자가 현재의 삶에서 안고 있는 문제들을 이야기할 때는 영계의 영혼들이 현재 시간now time 속에 존재한다는 점을 이해해야 한다. 이 현재 시간은 시간선에 제약을 받지 않기 때문에 절대적이지 않다. 이런 인식은 원로들을 만날 때 특히 도움이 된다. 영계의 현재 시간이 좋은 이유는 피술자를 과거나 미래로 이동시킬 수 있고, 원로들과의 대화를 일시적으로 중지시킬 수도 있다는 점이다. 나는 이 사실을 피술자들에게 분명히 일깨워준다. 요컨대 현재 시간은 영혼퇴행에서 훌륭한 치료 도구가 되어준다.

예를 들어보자. 원로들을 만나는 동안 삶을 선택하는 문제에 대해 대화를 나눌 수도 있다. 그러면 나는 대화를 중지시키고 원로들과의 만남도 보류시킨 채 삶을 선택하는 장소로 피술자를 인도한다. 그리고 현생의 몸에 대한 선택을 놓고 이야기를 나눈 다음 다시 평의회가 열리는 곳으로 돌아온다. 이런 방법은 원로들과의 만남에 깊이를 더해준다. 또 평의회를 보류한 채, 원로들과 논의 중이던 구체적인 문제와 직결된 현생이나 다른 생의 중요한 사건으로 피술자를 인도할 수도 있다.

원로들과의 만남은 전생을 마감한 후에 이루어진다. 그래서 피술자로 하여금 의문을 품고 최면요법가를 찾아오게 만든 사건은 현재의 단선적인 시간 속에서는 아직 일어나지 않았다. 그러나 이로 인해 현재의 치료에 제약을 받지는 않는다. 영계는 시간을 초월한 영역이고, 이 영역에서는 모든 가능한 현재 시간이 함께 존재하기 때문이다. 그래서 전생에서 경험한 일련의 물리적이고 생물학적인 사건들은 물론이고 현생에서 경험한 사건들까지 자유롭게 분석할 수 있다. 나는 흔히 이렇게 말한다.

이제 원로들을 주의 깊게 보세요. 그리고 당신이 현생의 이 시점에서 살아가는 모습을 그들이 어떻게 느끼는지 말해주세요.

원로들이 피술자의 영혼을 충분히 주의 깊게 살피기 때문에 최면요법가는 이런 질문을 통해 피술자의 자아를 둘러싼 심층적인 문제를 발견할 수 있다. 이 시점에서 최면요법가가 할 일은 피술자의 잘못된 인식을 명확하게 바로잡아 주고, 피술자가 자신의 고유성을 확인하게 도와주며, 행동 양식들을 더욱 잘 이해해서 자신의 강점과 약점을 최대한 활용할 수 있는 지각력을 길러주는 것이다.

초의식적인 최면 상태의 피술자는 통찰력이 발달한 상태로, 내면의 행위를 더욱 잘 이해할 수 있을 것이다. 최면요법가는 더욱 강력한 영적인 힘들을 피술자의 존재 속으로 끌어들이는 매개자일 뿐이다.

이 점을 나는 잘 알고 있다.

사람들은 종종 이렇게 묻는다. "영계의 시간이 절대적이지 않다면, 초의식 상태에서 과거는 물론 미래까지 내다보는 일은 가능한가요?" 소수의 피술자에게는 아주 일부나마 이런 일이 가능하다. 하지만 미래로의 이동에 대해서는 신뢰할 수 없다. 현재의 삶에서 미래를 들여다보는 것이 일반적으로 가능하지 않는 이유는 자기 발견이나 자유의지, 아직 결정되지 않은 선택의 길 같은 문제들과 직결되어 있다. 미래로의 진행에 대한 문제는 뒤에 나오는 '삶과 육체의 선택' 부분에서 다시 설명할 것이다.

원로들과의 만남에 대한 설명을 마치기 전에 덧붙이고 싶은 점이 있다. 원로들을 만나는 중에 삶을 선택하는 장소로 피술자를 인도해도, 나중에 세션이 끝날 때 다시 이곳을 찾아 더 자세하게 알아볼 수 있다는 점이다. 피술자는 삶을 선택하는 장소를 다시 찾아가 현재의 몸을 선택하게 된 이유를 철저하게 살펴본다. 이것은 매우 의미 있는 일이다.

이미 말했듯이 LBL 요법에서는 오리엔테이션 장면을 떠올린 다음에 친구들을 만나고, 이후에 원로들을 만나는 것처럼 피술자를 반드시 순차적으로 이동시킬 필요는 없다. 그보다 유연성과 창조력을 발휘해서 피술자를 적절한 시기에 다양한 공간들로 이동시켰다 돌아오게 하는 것이 좋다.

전생
돌아보기

전생의 모습들을 이야기하기에 가장 좋은 때는 원로들을 만나는 중이나 그 직후다. 그럼 피술자가 도서관이나 교실, 혼자만의 공간에 있을 때는 어떨까? 이때 역시 전생의 중요한 사건들을 이야기하기에 적합하다.

피술자의 윤회 역사에서 의미 있는 전생의 특정한 측면들을 돌아보면서 영혼의 성격을 더욱 분명하게 이해하는 것은 치료 면에서 중요하다. 이 과정을 통해 피술자가 자신의 정체성과 고유성을 더욱 분명하게 인식하기 때문이다.

영혼이 지닌 불멸의 성격을 형성하는 것은 의지와 욕망, 상상의 방향이지만, 사실 전생의 육체들이 행한 행위나 일들에도 영향을 받는다. 나는 전생의 행위에서 비롯된 결과와 영향에 대해 알고 싶다.

삼라만상의 체계 속에서 자기의 본래 모습을 분명하게 알지 못하면, 인간 사회 중에서도 인구가 밀집된 지역에서는 고립감과 공허감으로 인해 삶에 충실하기가 어렵다. 전생을 돌아볼 때 하는 중요한 작업 가운데 하나는 피술자의 다양한 육체를 분석해서 참된 정체성을 발견하게 해주는 것이다. 이와 관련해서 나는 피술자에게 다음과 같은 질문들을 한다.

1. 당신이 선택하는 각 육체의 두뇌는 당신의 영혼의 에고에 얼마나 많은

영향을 미쳤나요? 당신의 영속적인 정체성을 유지하기에 특별히 어려운 육체가 있었나요?

2. 당신 영혼의 가장 중요한 개인적 특징은 무엇인가요? 삶과 삶이 거듭되어도 이어지는, 본래의 당신을 규정짓는 특징은 무엇인가요?
3. 당신은 전생들에서 어느 쪽의 성gender을 더 많이 선택했나요?
4. 문화나 지리적인 이유로 세계의 어느 특정한 지역에서 환생하고 싶은 적도 있었나요?
5. 어떤 종류의 삶이 가장 편한가요?
6. 모든 전생 가운데서 가장 의미 있고 생산적이었던 삶에 대해 이야기해주세요.

피술자에게 전생의 육체들을 확인하게 하면, 현재의 삶과 관련된 전생들에서 왜 특정한 육체를 선택했는지 더욱 쉽게 이해할 수 있다. 나는 이런 전생들에서 특정한 목적을 성취했을 때 나타나는 피술자의 만족스러운 표정이나 그것을 이루지 못했을 때의 실망스러운 얼굴에 주목한다. 전생퇴행을 경험하고도 LBL 시술자들을 찾아오는 피술자는 아마 전생의 다양한 몸에 깃들어 있던 영혼의 정체성에 대해서 적절한 질문을 받아보지 못했을 것이다. LBL 세션은 과거의 이런 전생퇴행 경험에 의미를 더해준다.

LBL 세션에서 전생들을 압축적으로 돌아볼 때, 나는 몇 개의 중요한 전생들만 개괄적으로 살펴보는 방식을 취한다. 이런 맥락에서 어떤 피술자에게든지 꼭 다음의 질문을 한다.

7. 당신은 지구에 언제 처음으로 등장했나요?

　세계 문명사와 문명의 흥망성쇠에 대해 아는 것은 아주 중요하다. 내가 '최초의 삶first life'에 대해 물으면 피술자는 5만 년 전 석기 시대나 10만 년 전 구석기 시대에 부족민의 일원으로 살았다고 대답하기도 한다. 5천~1만 년 전 신석기 시대에 태어났다고 말할 수도 있다. 또 3천~5천 년 전 고대 이집트나 메소포타미아 문명에서 처음으로 삶을 시작했다고 답하는 피술자도 많을 것이다. 윤회의 경험이 적은 아주 어린 영혼이 아니라면, 피술자는 아마 가장 중요한 것을 성취해낸 전생 말고는 대부분의 전생을 기억하지 못할 것이다. 그래도 지구상에서 처음으로 경험한 전생은 거의 모든 피술자가 기억한다.

　그렇다면 외계인의 몸으로 지구를 방문했던 영혼들은 어떨까? 물론 지구에 오기 전 다른 행성에 살았던 혼성 영혼 hybrid soul 들이 있다. 하지만 외계인의 몸을 갖고 실제로 지구를 방문했던 영혼은 극히 드물다. 이들은 아마 인류 문명의 초기에 모종의 지구 식민지화 계획에 가담했거나 그냥 잠깐 지구를 찾아온 영혼일 것이다. 나를 찾아온 피술자들 가운데 이런 영혼은 몇 안 됐다. 미국에서 발행된 〈운명Fate〉이라는 잡지의 2001년 3월 호에 이런 특이한 영혼에 대한 나의 기고문이 실려 있다.

　"당신은 지구의 어디에서 첫 생애를 경험했나요?" 하고 물었을 때, "아틀란티스 대륙이요" 하고 답하는 피술자도 있다. 이런 대답에 미리 대비하고 있어야 한다. 3부 앞부분에서 '의식의 개입 현상'을 이야기할 때 선입견에 의한 '아틀란티스 이끌림' 증후군을 소개했다. 이

'잃어버린 여덟 번째 대륙'은 약 1만 년 전에 존재했던 것으로 여겨진다. 나도 이 전설에 흥미를 느끼지만 한편으로 회의적이기도 하다. 아틀란티스가 어떤 형태로든 지구에 존재했을 수도 있지만, 여전히 증명되지 않은 신화 같은 이야기이기 때문이다.

LBL 시술자는 아틀란티스 대륙에 대한 피술자의 초기 반응을 무조건 부정하지 말고, 피술자가 혼성 영혼일 수도 있다고 생각해야 한다. 《영혼들의 운명》을 보면 혼성 영혼의 예들이 많이 실려 있다. 지구에서의 첫 생애 동안 아틀란티스 대륙에 있었다고 느끼는 피술자들은 실제로 지구에 오기 전 아틀란티스라는 전설의 대륙과 비슷한 세계에서 수천 년간 환생을 거듭하다가 그곳에서의 생을 마감하고 지구로 온 혼성 영혼일 수도 있다. 하지만 지구에서 환생하는 사이사이 다른 행성들에서도 간헐적으로 태어나는지는 확인하지 못했다.

혼성 영혼과 작업하다 보면 심리적인 문제들을 발견하게 된다. 혼성 영혼들은 지구의 삶에 적응을 잘 못하기 때문이다. 인간의 두뇌, 육체의 무거운 에너지 밀도와 화합하는 것이 이들에게는 여전히 힘겨울 수 있다. 실제로 지구에서의 몸이 이질적으로 느껴진다는 피술자들도 있었다. 또 지구에서의 첫 생애 동안 자살을 하는 사건이 비혼성 영혼보다는 혼성 영혼에게서 훨씬 많이 일어났다. 피술자가 혼성 영혼일 때는 이들이 외계에서 했던 경험과 관련해서 기본적으로 다음과 같은 질문들을 한다.

1. 이 행성은 우리가 사는 우주의 한 부분인가요, 아니면 다른 차원의 행성인가요?

2. 이 행성이 우리가 사는 우주에 있다면 은하계에 있는 건가요? 혹시 지구와 가까운 곳에 있나요?

3. 이 행성이 지금도 존재하나요? 행성의 이름은 무엇이죠?

4. 그곳은 물리적인 세계인가요, 정신적인 세계인가요?

   a. (정신적인 세계라면) 이 세계와 이 행성에서의 당신 위치를 설명해 주세요.

   b. (물리적인 세계라면) 이 행성이 지구보다 큰지, 아니면 작은지 말해주세요.

5. 이 행성의 환경을 산이나 사막, 바다, 공기 등 지구의 환경과 비교해 주세요.

6. 이 행성에 유기체가 있다면 가장 지적인 유기체는 무엇인가요? (대개 피술자의 환생 중인 몸이었다.)

7. 이 행성에 사는 동안 당신의 외모는 어땠는지, 어떤 생각들을 갖고 있었는지, 어떤 활동들을 했는지 말해주세요.

8. 이 행성에서의 환생을 멈추고 지구에 오기로 결심한 이유가 무엇인가요?

9. 이 행성에서의 몸과 지구의 인간이 가지는 몸은 정신적인 면에서 어떤 차이가 있나요?

10. 이 행성과 지구의 기술을 비교해 주세요.

11. 이 행성에서 함께했던 존재들 가운데 지구에서의 삶에도 등장하는 존재가 있나요?

전생들을 돌아볼 때 전생에 언제나 지구에서 살았다고 주장하는 피술자들이 있다. 나는 이들이 외부적인 영향을 받은 것은 아닌가 하는 의구심이 들 때가 간혹 있다. 다음에 그 두 가지 사례가 있다.

1. 지구에서 보낸 초기의 생애들 동안 저는 의식의 변화를 통해 이 원시적인 두뇌를 더욱 인간적인 것으로 만들고 싶었어요.
2. 마지막 빙하 시대 전(2만 5천 년 전)에 초기의 생에서 가장 의미 있는 생을 살았어요. 이때 저는 미네랄이 섞인 약초를 발견해서 제 부족민들의 의식을 향상시켜 주었죠. 이 약초는 신경계를 편안하게 만들고 두뇌의 인식 작용을 예리하게 만들어주었어요. 덕분에 부족민들은 원시적인 상태에서 더 이성적인 상태로 변화했죠.

간단히 말해서, 모든 전생의 경험들이 영혼의 성장에 영향을 미친다는 점을 명심해야 한다. 개중에는 영향력이 큰 경험들도 있다. 피술자는 영계의 삶을 떠올림으로써 모든 전생의 경험에서 얻은 가르침을 현생으로 끌어들이고 적용하게 도울 수 있다. 그리고 다른 행성들과 지구로 올 때 했던 이전의 모든 육체의 선택이 낳은 심리적 결과를 토대로 각각의 생을 시작하기 전에 육체를 선택한다.

피술자를 영계로 인도하기 전에 전생의 죽음에서 얻은 상처에서 벗어나도록 도와야 할 때가 있다. 그 필요성은 이 책의 4부 첫 부분에서 이미 이야기했다. 전생에 얻은 몸의 부정적인 흔적들은 현생에도 영향을 미칠 수 있다. 이는 의심의 여지가 없는 분명한 사실이다. 이로 인해 전생 치유의 이 영역은 지나치게 과장된 반면, 윤생 사이의 삶이 지닌 치료적 특성은 마땅한 관심을 받지 못하고 있다. LBL 치유법이 새로운 영역인 것도 이 때문이다.

자격이 충분한 전생치유가들 중에도 전생에서 얻은 심리적 상처의 결과가 현생의 몸에까지 이어진다고 확신하는 이들이 있다. 이들은 현생의 정신적 고통을 크게 강조한다. 이런 고통은 어느 전생에서 희생당한 경험이 낳은 분노나 두려움, 타인에게 악행을 저지른 죄책감과 연관되어 있다.

이들은 여기에서 한발 나아가, 이 경험들을 통해 필요한 모든 것을 배웠어도 부정적인 카르마의 양상에서 비롯된 찌꺼기들이 여전히 존재하므로 이 찌꺼기들을 제거해야 한다고 믿는다. 이것은 재고가 필요한 낡은 생각이다.

티베트의 신비주의자나 동양의 종교 철학자들은 우리의 의식에 연기법dependent origination이 영향을 미친다고 주장한다. 고대인들은 몸에서 몸으로 전해져 영혼까지 병들게 하는 부정적인 카르마의 양상들을 설명할 때 삼스카라samskaras, 과거의 인상이 남긴 잠재적 성향라는 용어를 사용했다. 이런 생각들이 전생 치유에 영향을 미치고 있다.

그러나 오늘날 우리가 영계에 대해 갖고 있는 것과 같은 인지적 지식이 고대인들에게는 없었다. LBL 요법을 잘 모르는 전생퇴행가들도 전생에서 비롯된 부정적인 생각과 감정들이 윤생 사이의 삶에서 많은 부분 치유된다는 것을 충분히 인지하지 못하고 있다.

우리를 괴롭히는 문제들을 전생의 부정적인 흔적 탓으로 돌리는 것은 쉬운 일이다. 그러나 솔직히 말하면, LBL 요법을 시술하던 몇 년 동안 내가 만난 피술자들 가운데 전생의 흔적으로 심각하게 고통받는 피술자는 상대적으로 적었다.

그렇다면 영혼들이 그토록 자주 갈등을 겪는 이유는 무엇일까? 많은 경우 육체와 영혼의 힘든 결합으로 인해 정신적 고통을 받았다. 이 문제는 뒤에 나오는 '육체와 영혼의 결합' 부분에서 더욱 상세하게 살펴볼 것이다.

영계의
다른 활동들

원로들을 만나고 난 뒤나 삶을 선택하는 공간으로 이동하기 전의 적절한 때에 나는 다음과 같은 포괄적인 질문을 한다.

영계에서 하는 다른 활동들을 자세하게 설명해 주겠어요? 상담자들에게 평가를 받지 않을 때나 특정한 훈련을 하지 않을 때 하는 활동들 말입니다. 당신이 가장 좋아하는 레크리에이션 활동부터 이야기해보세요.

《영혼들의 운명 2》 7장에서 영혼들의 다양한 레크리에이션 활동을 비교적 자세히 소개했다. 물론 똑같은 활동도 레크리에이션으로 받아들이는 피술자가 있는가 하면, 훈련으로 인식하는 피술자도 있다. 다음은 영혼들의 다양한 활동을 분류한 목록이다.

1. 영계에서 에너지를 창조적으로 사용하는 훈련을 받는다.
2. 사람이 살지 않는 물질계 등 영계의 바깥에서 에너지를 조정해 생물과 무생물을 모두 창조해 내는 기술을 연마한다.
3. 정신계 등 다른 차원의 영역에서 공부나 놀이를 위해 여행한다.
4. 공용 공간에서 노래나 춤, 이야기, 게임 등 순수한 오락 활동을 한다.
5. 고독의 공간으로 가서 공부를 하거나 사색에 잠긴다.

6. 여럿이 모이는 공간에서 다른 영혼들과 함께 초빙 강사의 강의를 듣는다.

이 일반적인 분류를 토대로 여러 가지 질문을 할 수 있다. 한 예로, 3번과 연관된 다음 질문들을 통해 차원 간의 여행을 더욱 깊이 파고 들어가 볼 수도 있다.

- 당신은 왜 차원 간 여행을 하나요?
- 우리의 실제는 같은 차원 안에서 또 다른 실제와 결합되어 있나요?
- 당신은 얼마나 많은 차원들을 방문할 수 있나요? 그곳과 우리가 사는 우주의 차이점은 무엇인가요?
- 차원 간의 실제 속에서 다른 지성체들을 만나고 상호작용을 할 수 있나요?
- 물질적인 차원과 정신적인 차원 모두와 관련을 맺고 있나요? 그렇다면 둘은 어떤 차이가 있나요?

다양한 영역의 활동을 살펴보면 피술자의 성격이 지닌 여러 측면들과 진화 수준을 가늠할 수 있다. 레벨 3 이상으로 완전히 진화한 영혼은 그의 재능이나 경험, 관심사에 잘 들어맞는 활동에 전념한다. 전문적인 활동 영역은 《영혼들의 운명 2》 8장의 '나아가는 영혼들' 부분에서 개략적으로 설명해 놓았다.

피술자가 영계에서 하는 활동들을 살펴보면, 영혼의 동반자들이 전체적으로 어느 수준에 있는지도 파악할 수 있다. 이런 맥락에서 내가 말하는 영혼의 심리극psychodrama에도 주의를 기울여보기 바란다. 영혼의 친구들이 펼치는 이 심리극을 살펴보면 많은 정보를 얻어낼 수 있다.

심리극은 교실에서 이루어지는 활동의 범주에 들어간다. 그러나 교실이나 교사와 관계없는 환경에서 이루어지는 경우도 종종 있다. 심리극은 공부 그룹이 동료들의 공연을 서로 평가하는 형식을 띠고 있다. 피술자들 가운데는 영혼 그룹의 심리극에 참여는 하지 않아도, 친구들의 행위를 자신의 행위와 비교하는 데 심리극이 매우 유익하다고 생각하는 이들도 있다. 나는 LBL 요법에서 이 활동에 특별히 주의를 기울일 필요가 있다고 생각한다. 이 활동을 탐구할 때는 먼저 다음과 같은 질문을 한다.

당신은 영계에서 친구들과 함께하는 활동에 어떤 식으로든 참여하며, 이 활동을 통해 전생의 행위들을 서로 평가해 주나요?

이 역할 놀이를 할 때 영혼 그룹은 그들의 신체적 삶을 재창조하고 영혼의 친구들은 각기 다른 역할을 맡는다. 이것은 마치 방 안에 가득 모인 사람들이 같은 패로 시작해서 득점을 노리는 듀플리킷 게임Duplicate bridge을 하는 것과 같다. 여기서는 누가 최선의 전략을 통해 가장 생산적인 삶을 만들어내는지를 본다.

심리극에서는 한 명의 영혼의 친구가 비교를 위해서 몸은 그대로 두고 다른 영혼의 역할을 한다. 그리고 친구들은 '판사'의 역할을 맡는다. 심리극은 하나의 게임과 같다. 짓궂은 장난이고 재미도 크지만,

동시에 가르침도 준다.

심리극을 하는 이유는 영혼들이 주어진 환경에서 특정한 임무를 잘 수행하기 위해 어떤 식으로 몸과 마음을 선택하는지를 더욱 잘 이해하도록 돕기 위해서다. 피술자와 영혼의 친구들이 상호적인 장면들을 재창조하면서 전생의 어떤 상황에서 모든 주요한 변수들을 살펴보는 동안 최면요법가도 참관한다. 해결이 필요한 전생의 많은 난관들은 당연히 피술자가 당면하고 있는 현재의 문제들과 연관되어 있다. 그러므로 심리극에서 펼쳐지는 장면들에 귀 기울이다 보면 여러 가지 결론에 도달할 수 있다. 다음은 그 세 가지 예다.

1. 피술자는 삶의 교차점에서 어려운 선택을 해야 할 때 타인과 협력해서 움직였는가, 아니면 외로운 늑대처럼 행동했는가?
2. 이 선택은 자신의 이익을 위한 것이었는가, 아니면 타인의 삶과도 연관되어 있어서 모두의 상황에 긍정적인 변화를 불어넣기 위한 것이었는가?
3. 심리극을 통해 얻은 새로운 인식의 결과로, 현재의 삶에서 어려운 상황에 대한 피술자의 대응 방식은 어떻게 변화했는가? 특히 관계와 연관된 반응은 어떻게 달라졌는가?

영계의 심리극에 참여했던 배우들은 대부분 피술자의 현생이라는 드라마에서도 의미 있는 역할로 재등장한다.

피술자가 현생에서 경험하는 특정한 문제에 대한 실마리를 찾을 때는 피술자가 영계에서 하는 활동의 모든 면에 주의를 기울이는 것이 좋다. 그러나 모든 피술자는 영계에 대해 다양하게 왜곡된 기억을 갖고 있다. 그러므로 똑같은 질문이라도 어떤 피술자에게는 효과가 있는 반면, 다른 피술자에게는 그렇지 않을 수도 있다. 안내자나 원로들과는 전혀 관계없이, 영혼의 삶에 대해서 희미한 기억밖에 없는 피술자가 있는가 하면, 많은 일을 생생하고 상세하게 기억하는 피술자도 있다.

여기서 명심해야 할 점이 있다. 피술자가 정보를 알아서 자동적으로 제공하는 일은 없다는 점이다. 질문을 체계적으로 하지 않으면 어떤 세션에서든 길잡이를 놓쳐버릴 수 있다. 영혼의 활동과 관련해서 중요한 실마리를 간과하고 넘어갈 뻔했던 실례를 소개하겠다.

잭의 LBL 세션을 거의 끝내려던 참이었다. 나는 마지막 보완을 위해 다음과 같이 물었다. "지난 생과 현생에서 오늘 살펴봐야만 했는데 그러지 않고 놓친 가르침이 있나요?" 그러자 잭은 오래 말을 멈추었다가 이렇게 말했다. "아, 잘 모르는 열다섯 명의 영혼들과 함께 초빙 강사의 강의를 들은 것을 말씀하시는 것 같은데요……." 나는 사실 잭이 무엇을 말하는지 전혀 몰랐다. 하지만 최대한 자신 있는 태도로 대답했다. "맞아요. 그 강의요. 셋을 세는 동안 그 강의 장면으로 돌아가서 제게 강의에 대해 말해주세요…… 하나, 둘, 셋!"

그러자 잭은 그레코로만Greco-Roman 양식의 작은 사원 안에 있는 강당 같은 곳에서 둥글게 둘러앉아 '만약에what if' 강의를 듣고 있다고 했다. 강사는 한가운데에 있었다. '만약에' 강의는 강사가 윤생 중에 특정한 상황이 닥치면 어떻게 할 것인지를 참석 중인 영혼들에게 물어보는 식으로 진행되었다. 잭의 차례가 됐을 때, 나는 그가 어떤 반응을 보일지 모르고 있었다. 그는 어두운 얼굴로 더듬더듬 이렇게 말했다.

아…… 그거야! 제 숙제는…… 동물들에게 친절을 베푸는 것…… 그런데 저는 부족해요. 전생들에서 저는 동물들에게 잔인하거나 무심했어요. 전장에서 타고 다니던 말들에게 특히 더 그랬습니다. (길게 멈추었다가) 저는 고양이가 싫어요. 강아지한테도 친절하지 않아요. 이들은 제게 연민을 가르쳐주려고 여기 왔어요. 이 점을 기억해야 해요! 강사가 제게 '만약에' 질문을 하네요. 애완동물을 대하는 태도와 관련된 질문이에요.

언뜻 보기에는 피술자가 떠올린 활동이 카르마의 다른 문제들 속에서 그다지 중요하지 않은 것처럼 여겨질 수도 있다. 하지만 이는 잘못된 생각이다. 잭과 나는 친절과 연민 같은 폭넓은 문제들에 대한 그의 태도를 탐구해 보았다. 그리고 동물의 속성들이 어떻게 모든 생물에 대한 이해를 돕는지도 생각해 보았다.

잭은 애완동물을 좋아하지 않았지만 그의 가족들은 애완동물을 갖고 싶어 했다. 나는 그 영계의 스승이 동물에 대한 태도와 관련된 질문을 유독 잭을 지목해서 한 이유를 캐물었다. 그 결과 잭이 생각하는 '저차원의 생명체'들에 대한 편견과 연관이 있음을 발견했다. 단지 다르다는 이유로 동물들을 무시하거나 그런 취급을 받아도 당연한 존재로 여기는 사람들도 있다.

더욱 깊이 탐구한 결과, 다른 사람들보다 우월하다는 느낌을 받고 싶은 잭의 욕망이 외적으로 현시된 존재가 바로 동물임을 깨달았다.

요컨대 이 특별한 활동은 현생이 시작되기 전에 그에게 경각심을 불러일으키기 위한 것이었다. 세션이 끝나기 전에 이 수업에 대한 잭의 기억을 발견할 수 있었던 것은 참으로 다행이었다.

영계에서의 다양한 활동들에 대해 질문을 던질 때는 더욱 진화한 영혼과 그렇지 않은 영혼들이 보여주는 인식의 차이에 주의를 기울인다. 우리 두뇌의 물리적 한계로 인해 피술자가 영계로부터 받아들이는 정보도 걸러지는 것 같다. 피술자는 보통 보고를 할 때 한 번에 하나의 이미지나 행위만 떼어내서 말하는 경향이 있다. 그러나 소수지만 영적인 지혜의 끊임없는 통합을 경험하는 피술자도 있다. 이들은 영혼의 모든 활동에서 중요한 메시지들을 동시에 받아들인다.

삶과 육체의
선택

영혼퇴행 세션에서 마지막 주요 단계는 환생하기 전에 현생의 몸을 살펴봤던 공간으로 피술자를 다시 인도하는 것이다. 영혼들은 다시 환생할 준비가 됐을 때만 이 공간으로 간다.

《영혼들의 여행》 12장과 13장, 《영혼들의 운명 2》 9장을 보면, 피술자들이 새로운 생을 위한 육체를 살펴보는 과정이 상세하게 설명되어 있다. 각기 특정한 기능을 담당하는 영계의 다른 공간들처럼 피술자들은 이 영역도 다양한 명칭으로 부른다. 가장 일반적인 명칭은 '삶을 선택하는 장소the Place of Life Selection', '상영실the Screening Room', '운명의 링the Ring of Destiny'이다.

피술자들은 삶을 선택하고 몸을 살펴보는 이 공간에 보통 액상 에너지로 이루어진 투명한 스크린이나 커다란 판이 둥글게 세워져 있다고 보고한다. 원형극장theater-in-the-round 같은 이곳에서는 새로운 삶 속으로 들어갈 준비가 된 영혼을 위해 미래의 사람과 사건들을 보여준다. 여기서 피술자가 보여주는 반응은 대개 두 부류로 나뉜다.

1. 상영되는 장면들을 그저 바라본다.
2. 자신이 선택한 장면 속으로 들어가 실제로 참여하고 싶어 한다.

이런 반응은 이 장소를 방문하는 시점에 영혼이 가진 특정한 성향과 성격, 앞으로 전개될 삶의 본질에 따라 달라진다. 어떤 영혼들은 그냥 순순히 받아들이는 반면, 분석적이거나 탐구적인 성향을 강하게 드러내는 영혼도 있다.

대부분의 영혼은 앞의 스크린에서 펼쳐지는 장면들을 통제할 수 있는 것 같다. 이 스크린은 다양한 삶에서 일어날 수 있는 미래의 모습들을 보여준다. 논리적으로 이런 조종을 하는 것은 영혼의 의식인 듯하다. 그러나 피술자들은 단추나 동그란 손잡이, 문자판, 지렛대처럼 기계와 관련된 지상의 용어들로 이런 기능을 설명한다. 내 책들에서 이미 설명한 것처럼, 대개 영혼은 이 공간을 통제하는 전문가나 지휘자를 볼 수 없다. 하지만 윤회 중인 영혼은 책임을 지고 행동을 감독하는 누군가가 존재하고 있다는 것을 안다. 또 어떤 영혼은 안내자와 함께하는 반면, 그렇지 않은 영혼도 있다.

내가 경험한 사례들을 놓고 볼 때, 서로 다른 육체들이 경험하는 사건이나 연대기적 기간과 연관된 시간선이 편집된 형태로 스크린 위에 나타나는 것 같다. 이것은 다가올 삶의 성격과 카르마의 교훈, 연관된 영혼에 따라 달라진다. 또 새로운 생을 시작하기 전에 선택할 수 있는 육체가 더 많은 때가 있고 그렇지 않은 때가 있는 것처럼, 볼 수 있는 선택권이 더욱 많은 생이 있는가 하면 선택권이 적은 경우도 있다. 이런 점도 여러 가지 변수 가운데 하나다. 또 어떤 피술자는 어린 시절에서부터 청소년기, 성인기, 노년기에 이르기까지 점진적으로 삶의 대부분을 보는 반면, 어떤 피술자는 아주 짧은 기간만을 보기도 한다.

어떤 경우에는 선택할 수 있는 육체를 한두 개밖에 갖지 못하는가 하면 어떤 경우에는 다섯 개까지 갖기도 한다. 그러나 언제나 주요

후보가 있다. 영혼들은 배움에 가장 좋은 육체가 어느 것인지를 알고 있고, 대개는 이 육체를 선택한다. 예를 들어, 피술자들은 세 개의 육체, 즉 편한 육체와 적절히 수용적인 육체, 아주 힘든 육체 가운데서 선택할 수 있다고 보고하기도 한다. 또 이 가운데 어느 육체를 선택하느냐에 따라 건강한 삶과 약간 힘든 삶, 고된 삶이 펼쳐질 수 있다고도 한다.

이런 선택권이 주어지는 이유는 영혼이 전생에서 보여준 성취와 진화 정도, 카르마의 문제, 동기가 되는 욕망들 때문이다. 그러나 피술자는 특정한 삶이나 이 삶에 주어진 육체와 관련된 모든 변수의 이면에 어떤 근본적인 이유와 가르침이 있는지 설명하지는 못할 것이다.

미래의 시간선은 삶을 선택하는 영사실에서 필수적인 부분이다. 지구의 물리적인 시간 속에서 보면 가능성과 개연성을 지닌 사건들이 화면 위에서 빠르게 흘러가는 것처럼 보인다. 하지만 미래에 지상에서 일어날 것이라고 분명하게 확신할 수 있는 사건은 하나도 없다. 이런 확신이 가능한 것은 자유의지를 발휘할 여지도 없이 삶이 완전하게 결정되어 있다는 의미이기 때문이다. 우리를 지배하는 것이 완벽히 정해진 운명이라면, 지구라는 실험실은 형편없고 힘겨운 학교가 되어버릴 것이다.

나는 영계의 현재 시간now time 속에서 펼쳐지는 현재와 관련된 미래는 수없이 많다고 생각한다. 이 많은 미래 가운데 영혼들은 가능성과 개연성의 바탕 속에서 가장 일어남직한 일을 살펴본다. 미래의 사건과 기회들은 영혼들이 분석할 수 있게 화면 위에서 확대되거나 멀어지거나 축소된다. 마치 커다란 나무둥치와 작은 가지들을 보는 것 같다. 이런 비유를 사용하는 이유는 시간선이 다른 삶에 비해서 더욱 두드러지게 나타나는 경우가 있기 때문이다.

영계의 현재 시간이 어떻게 과거와 현재, 미래의 결집처럼 보이는 지는 이미 이야기했다. 사건들을 담고 있는 에너지파가 미래로 흘러 들어가거나 과거에서 흘러나오다가 영계의 소용돌이를 뚫고 중심에 서 만나는 모습을 상상해 보라. 피술자가 도서관에 앉아 컴퓨터 화면 같은 스크린 위에서 전생의 온갖 차이들을 보는 모습을 떠올릴 수 있다. 삶을 선택하는 방에서는 가까운 미래를 살펴볼 수 있는 똑같은 기회를 얻는다. 하지만 전생을 돌아볼 때만큼 세세하게 살펴볼 수는 없다. 우리가 보는 것은 미래의 표본들이므로 미래 시간의 진행 속에서 볼 수밖에 없기 때문이다.

시간선과 자유의지에 대한 나의 생각은 《영혼들의 운명 2》 9장에 서 상세하게 설명해 놓았다. 그러나 여기서 덧붙이고 싶은 점이 있다. 양자이론을 믿는 과학자들 가운데는 우리가 언제나 확률이 아주 높은 현재now의 사건들 속에서 자신을 보기 때문에 저울의 눈금이 결정론 쪽으로 기울어 있다고 주장하는 이들도 있다는 점이다. 이미 예정되어 있기 때문에 크게 변할 가능성이 적은 미래에서 자유의지의 역할은 줄어든다.

나의 피술자들은 미래에도 서로 다른 여러 가지 선택이 있으며, 각각의 현재 시간이 모든 가능한 현재 시간들과 동시에 존재한다고 믿었다. 그러나 교체되는 실제들이 하나의 실제 안에서 맞물리고 있는지, 아니면 평행을 달리는 실제들이 서로 가까이에 존재하는지는 알수 없다.

영계의 현재 시간에서 지상의 사건들은 실제로는 움직이고 있지 않을 가능성이 크다. 단지 나이를 먹는 우리의 물리적인 우주의 시간 속에서 동시에 함께 움직이는 것처럼 보이는 다양한 시간선 위에 있을 뿐이다. 내가 믿는 것은 어떤 사건이 닥치든 사람들에게는 선택의 기회가 주어지고, 삶의 중간에서도 궤도를 수정할 수 있다는 점이다.

사람마다 같은 사건도 다른 식으로 접근하기 때문에 우리에게 영향을 미치는 사건들의 결과도 달라질 수 있다. 그래서 나는 자유의지로는 사건들을 변화시킬 수 없다고 생각하는 사람들에게 사건들을 향한 그들의 반응과 행동이 결과에 영향을 미친다는 사실을 인정하는지 묻는다.

간혹 나의 최면을 통해 미래로 가볼 수 있는지 궁금해하는 이들이 있다. 나는 그런 일은 하지 않는다. 삶을 선택하는 방에서 다음 생의 장면들을 볼 수 있을 뿐이다. 그 이상은 아니다. 예를 들어, 마흔 살의 피술자가 이번 생을 선택하기 전에 본 것들을 살펴보고 있다고 하자. 이 피술자는 마흔 살 이후의 장면은 하나도 보고하지 못할 것이다. 마흔 살 이후의 사건들을 그가 아직 선택하지 않았기 때문에 보고가 불가능한 것이다.

나도 초기에는 미래로의 유도를 실험해 본 적이 있다. 그 실험들을 통해 대개의 경우 안내자들이 먼 미래를 들여다보는 일을 방해한다는 것을 발견했다. 장기적으로 영혼이 스스로를 발견할 수 있게 하기 위해서다. 물론 가끔씩은 미래를 흘긋 들여다보는 피술자도 있다. 예를 들어 23세기에 우주선에 탑승하고 있는 자신을 보는 식이다. 그러나 이런 짧은 일별은 대개 흐릿하고 불분명하다.

이 '스타 트렉' 피술자의 경우, (우주선의 사령관이 되고픈 욕망이) 희망사항으로 굳어지면서 객관적인 보고를 방해했다는 느낌을 피할 수 없었다. 대부분의 피술자는 미래를 들여다보는 일을 영계의 계획자에게 맡기는 편이 가장 좋다고 생각한다. 나의 결론을 이야기하자면, 최면을 통해 미래의 시간으로 유도하는 것이 LBL 요법에서 효과적이지 않다는 것이다.

피술자가 삶을 선택하는 방으로 갈 준비가 되면, 현재의 육체나 삶과 관련된 결정들을 확인한다. 다음의 질문들이 의미 있는 정보를 얻어내는 데 도움이 될 것이다.

1. 환생을 해야 할 때라는 사실을 어떻게 알았나요? 누군가가 말해주었나요?

2. 다시 태어날 때 어떤 모습이고 싶은지에 대한 당신의 바람을 말해주겠어요? 당신은 강한 존재, 아니면 온건하거나 약한 존재, 또는 반항적인 존재로 태어나고 싶은가요?

3. 아직 새로운 삶을 받아들일 준비가 안 됐다고 말한 적이 있나요? 그렇다면 그 상황에 따른 최종 결과는 어땠나요?

4. 삶을 선택하는 방에는 혼자 가나요, 안내자와 함께 가나요?

5. 다른 고차원적인 존재가 삶을 선택하는 방에서 당신의 선택에 관여하고 있나요?

6. 주변 환경을 묘사해 주세요. 당신이 무엇을 보는지, 어떤 일을 하는지도 말해주세요.

7. 당신이 선택할 수 있는 육체는 몇 개나 되나요? 각각의 육체를 세세하

게 묘사해 주세요.

8. 각각의 육체가 당신에게 어떤 가르침을 줄 거라고 생각하나요?

9. 주요한 후보로 꼽는 육체가 있나요? 당신이 선택한 육체가 이 육체인 가요? 다른 육체들을 거부한 이유는 무엇인가요?

10. 당신이 선택한 육체가 현생에서 움직이는 모습을 살펴볼 때 이 육체가 스크린 위에서 실제로 움직이는 것처럼 보이나요? 이 육체의 움직임을 당신 스스로 조종할 수 있나요? 아니면 다른 누군가가 당신을 대신해서 장면의 움직임을 조종하나요?

11. 당신은 관찰자의 입장에 있나요? 아니면 실제로 현생의 장면들 속으로 들어가 참여하나요?

12. 가장 관심이 가는 장면은 무엇이고, 그 이유는 무엇인가요?

13. 삶을 선택하는 방으로 가기 전에 특정한 육체를 선택하는 데에 도움이 되는 정보가 있나요?

14. 삶의 다양한 장면들 가운데서 다른 육체에 비해 특정한 육체에 더욱 적절한 장면이 있나요?

15. 이 육체는 어떤 장단점을 갖고 있나요? 당신의 육체에서 가장 긍정적인 면들과 부정적인 면들을 설명해 주세요.

16. 이 육체의 두뇌는 당신의 영혼이 최근에 깃들었던 다른 육체들의 두뇌와 어떻게 다른가요?

17. 당신의 일차적인 삶의 임무는 무엇인가요? 지금 삶을 선택하는 방에서 보고 있는 임무와 이 임무가 다른가요?

18. 이번 생의 목적이 다른 삶들의 목적과 다른가요? 만약 그렇다면 어떻게 다른가요?

19. 스크린에 등장하는 인물들 가운데 이번 생에서 함께할 인물들이 있나요?

20. 스크린에 나타나는 일들 가운데서 우리가 이야기하지 않은 점이 있나요? 혹시 어떤 실체가 당신이 본 것을 제게 말하지 못하게 막고 있나요?

피술자가 이 영적인 경험을 설명하는 방식은 다양하다. 어떤 이들은 모든 장면을 생생하게 묘사하는 반면, 어떤 이들의 설명은 약간 모호하다. 또 얼마간 장면들을 살펴보거나 참여해 보고 육체를 선택하고 나면, 더 이상은 미래의 삶에 대해 알고 싶어 하지 않는 이들도 있다. 그런가 하면 "저는 그들이 무엇을 하고 있는지 알고 있어요. 그래서 더 이상은 볼 필요가 없어요" 하는 식의 태도를 취하는 피술자도 있다. 피술자는 삶을 선택하는 방에서의 경험을 떠올리는 동안 현생에 대한 질문에 답할 수 있다. 이 점을 잊지 말아야 한다. 삶을 선택하는 방에서의 경험이 끝날 즈음 꼭 다음의 질문을 해야 하는데, 16번 질문 뒤에 하기에도 적당하다.

당신은 스크린에 나타난 것에 따라 살고 있나요? 그렇지 않다면 다른 점과 그 이유는 무엇인가요?

육체와 영혼의
결합

삶을 선택하는 방에서 몇몇 피술자는 자신이 최종적으로 점유할 영혼 없는 육체를 처음으로 본다. 스크린 위에서 실제 움직임은 아직 시작되지 않았다. 이에 대해 한 피술자가 이렇게 보고했다. "처음에는 영혼이 없는 육체들이 우리를 향해 줄지어 있어요. 이 육체들의 뇌는 로봇처럼 텅 비어 있어요." 그러나 스크린이 움직이기 시작하면, 피술자는 신속하게 이 육체들과 연결된다. 영혼이 이 육체의 일부가 됐을 때의 상태를 느끼고 확인하기 위해서다.

이따금씩 '적합하지 않은 것' 같아서 몸을 거부하는 중이라고 보고하는 피술자도 있다. 또 극히 드물지만, 육체를 잘못 선택해서 태아 속으로 들어간 지 한 달도 안 돼 그 육체에서 벗어나게 해달라고 부탁했다는 피술자도 있다. 이런 경우에는 다른 영혼이 그 육체로 들어간다. 그러나 내가 경험한 사례들 중 영혼이 이미 태어난 아이의 육체로 들어간 경우는 한 번도 없었다.

이런 영혼의 침투에 대한 나의 견해는 《영혼들의 운명 1》 3장에서 이미 밝혀놓았다. 나는 무슨 일이든 가능하다고 생각한다. 하지만 나의 피술자들은 마음대로 드나드는 영혼들의 존재를 거부한다. 우리 영혼의 스승들이 대단히 지혜로워서 다른 실체들이 정신을 장악하는 것 같은 혐오스러운 짓을 용납하지 않기 때문이다. 외부의 실체가 우리의 정신을 지배할 수도 있다는 생각은 대부분 중세에 생긴 미신이

나 두려움에 토대를 두고 있다. 그러나 내 생각과는 달리 이런 외부의 실체가 선한 행위에 관여할 것이라고 주장하는 이들도 있다.

영혼이 인간의 발달 중인 두뇌와 결합하기 위해 어떻게 태아 속으로 들어가는지는 이미 사례들을 통해 설명했다. 이 사례를 읽어보았다면 그 과정이 믿을 수 없을 정도로 정묘하고 예민하며 신중하게 진행된다는 것을 알 것이다. 이 책의 3부 '어머니의 자궁 속에서'에서 소개한 낸시의 경우가 좋은 예다.

영혼은 자신의 에너지 진동을 태아의 정신과 맞추면서 두뇌의 신경 전달 물질을 따라 부드럽고 조심스럽게 탐색을 시작한다. 어떤 영혼이 그의 불멸의 성격이 지닌 에너지를 다른 것으로 바꿀 때 정신에 얼마나 큰 충격이 가해질지 한번 상상해 보라. 미치거나 죽을 수도 있다.

영혼과 인간 두뇌와의 통합은 영혼퇴행에서 가장 복잡한 요소 중 하나다. 영혼과 두뇌의 통합에 대한 여러 가지 측면들은 나의 전작들에서 여러 사례들을 통해 설명했다. 대부분의 피술자들은 자신의 몸 속에 존재하는 영혼과 두뇌의 이중성을 이성적으로 편안하게 받아들인다. 하지만 영혼과 두뇌의 관계로 인해 약간 혹은 심각하게 혼란을 겪는 이들도 있다. 따라서 LBL 시술자는 피술자의 정신적 혼란의 원인을 신중하게 판단해야 한다.

전생의 인격들이 다시 표층으로 올라오는 것이 다중인격 장애의 근본적인 원인이 아니냐는 질문도 자주 받는다. 나는 현생의 유년기에 겪은 상처로 인해 현생의 단일한 인격이 심각하게 억압됐을 때 나타나는 것이 다중인격 장애라고 생각한다. 다중인격 장애를 가진 이들은 흔히 어린 시절의 학대와 관련된 고통스러운 기억으로부터 자신을 분리하려고 한다. 자기 영혼의 실상을 외면하기 위해 전생과는 관계없이 인격들 속으로 도피하는 것이다. 평범한 사람에게 진정한 자기 정체성의 혼란을 불러오는 요인은 다중인격 장애보다 영혼과 두뇌 사이의 파괴적인 관계일 가능성이 더 크다고 생각한다.

정신병과 관련해서 또 한 가지 참고해야 할 사실이 있다. 두뇌의 비정상적인 화학작용과 호르몬의 불균형에 유난히 취약한 몸이 있다는 사실이다. 여기에 어린 시절에 정서적으로나 신체적으로 학대를 당하면 정신이 혼란스러워진다. 이런 정신에 영혼이 어리고 미숙하기까지 하면 문제를 극복하지 못하고, 영혼이 오염되고 만다. 결국 영혼은 병든 생물학적 정신 속에 갇히게 되고, 이로써 제기능을 못하게 된다.

영혼이 가진 불멸의 성격은 인간의 두뇌, 중추신경계와 결합한 후 우리의 몸속에서 일정한 정서적 기질을 만들어낸다. 이런 통합으로 인해 한 번의 생애에서 하나의 한시적인 인격이 형성된다. 이 핵심을 나는 '자기의 원리Principle of Self'라고 부른다.

개인의 정체성은 의식과 무의식의 기억 모두와 관련 있기 때문에 진정한 자기를 찾는 일은 어려울 수 있다. 그러나 진정한 자기를 인식하고자 할 때 사람들은 두뇌에서 보내온 정보에 대한 감각적이고 정서적인 반응을 살피는 일에 과도하게 의존한다. 물리적인 정신은 환경적인 영향들과 그에 대한 정서적인 반응들을 기초로 우리가 자기自己라고 생각하는 그것이 진정한 자기라고 착각하게 만드는 데도 말이다.

자기는 생각과 기억, 삶에 대한 인식 등을 통해 폭넓게 확인할 수 있으며, 불멸의 의식, 즉 우리의 영혼에 영향을 받는다. 그러나 우리는 거울을 들여다보면서 묻는다. "나는 왜 나일까?" 이렇게 정체성의 혼란을 경험하는 데다, 우리의 인성(영혼의 에고와 생물학적인 에고)은 평생 고르지 않게 성장과 변화를 거듭한다. 생물학적 에고는 한 번의 생에서도 급속하게 변화하지만, 영혼의 에고가 진화하는 데는 훨씬 긴 시간이 걸린다. 그리고 진정한 자기는 정서적 기질과 성격에 영향을 미치는 우리의 진정한 인간성에 토대를 제공한다. 이 모든 요소들이 통합되어 하나의 인간이 만들어진다. 이 미묘한 통합에 금이 갔을 때 정신병이나 범죄 행위 등이 촉발된다.

영혼의 자기에 도달하면 우리의 불멸의 성격이 지닌 내적 특징을 인식할 수 있다. 그러면 진정한 개인성을 깊이 이해하고 하나의 전체적인 인간으로서 자신의 정체성도 이해하게 된다. 이렇게 LBL 요법은 마음과 육체의 결합에 대한 무의식의 기억들을 발견해서 진정한 자기를 찾을 수 있도록 돕는다. LBL 요법은 더욱 완전한 자기 이해를 위한 영적인 추구의 한 가지 방식인 것이다.

영혼의 자기는 그것이 깃든 육체의 정서적 성격과 아주 다를 수도 있고, 비슷할 수도 있다. 영혼은 영계의 계획자들에게 의지해서 자신의 강점과 약점을 모두 다뤄줄 만한 가장 적합한 후보 육체들을 찾는다. 특정한 육체를 선택하는 이유는 영혼의 성격이 지닌 결함과 강점을 인간의 강하거나 나약한 정서적 기질과 결합시켜 서로에게 이익이 되는 특질을 만들어내기 위해서다. 인간의 생물학적 정신이 영혼과 연결되면, 이 영혼은 상상력과 직관, 통찰력, 양심을 만들어낸다. 이 결합으로 인해 우리는 한 명의 인간이 되며, 살아가는 동안 내면에 있는 두 에고의 힘과 관계를 맺는다. 이 결합은 우리의 몸속에서 영혼과 정신의 이중성을 나타낸다.

　두 에고는 잘 섞일 수도 있고, 상충하여 신경증적인 불안을 야기할 수도 있다. 서로 상반될 수도, 잘 화합할 수도 있다. 그러나 두 에고가 서로 상반된다고 해서 조화와 균형이 어려운 것은 아니다. 예를 들어, 에너지가 낮고 수동적인 영혼은 침착하지 못하고 공격적인 두뇌와 결합하고 싶어 하는데, 이는 자신의 머뭇거리는 본성을 극복하기 위해서다. 한편 타인들을 통제하려는 성향이 있고 제멋대로이며 강력한 영혼이 공격적인 육체와 결합하면 쉽게 격해지는 성격이 나타나기도 한다.

　LBL 요법을 통해 진정한 자기를 확인한다고 해서 상반되는 감정이나 태도들을 언제나 해결할 수 있는 것은 아니다. 그래도 LBL 요법은 피술자의 관찰과 보고를 통해 심리적으로 보다 조화롭고 탄탄한 자아상을 갖는 데 효과가 있다. 이로 인해 피술자는 삶에서 더욱 분명한 인식과 치유를 경험한다.

　LBL 세션에서 최면요법가의 주요한 일은 모든 피술자의 내면에 존재하는 에고의 이중성을 탐구하는 것이다. 두 에고의 갈등을 보여주는 사례가 하나 있다. 수업 시간에 이 사례를 소개하자, 학생들은 이를 '역동적인 2인조 사례'라고 했다. 사례의 주인공은 서른다섯 살의 미혼 여성 로이스다. 로이스는 국제적인 대기업에서 세일즈 매니저로 일하고 있었다. 마와나라는 이름을 가진 그녀의 영혼은 약간 어렸는데, 지구에 태어난 지는 약 500년밖에 안 됐다. 이 영혼은 그간의 모든 전생에서 남자였다. 현생에 이르기 전까지 마와나는 언제나 육체와의 양립성을 기준으로 육체를 선택했다. 그런데 이제 모든 것이 달라졌다. 다음은 현생에 태어나기 전에 삶을 선택하는 방으로 피술자 마와나를 인도했을 때 일어난 장면이다.

뉴턴 박사 : 당신이 선택할 수 있는 육체는 몇 개나 되죠?

마와나 : 두 개요. 하나는 남자이고, 다른 하나는 여자입니다. 저는 예전에 그랬던 것처럼 남자의 육체를 선택할 수도 있지만 이번에는 여자의 육체를 선택할 겁니다. 확장을 시작해야 하거든요.

뉴턴 박사 : 마와나, 로이스를 처음 봤을 때 어떻게 보였나요?

마와나 : 음…… 빼빼 마른 데다 극도로 흥분해 있고 머리는 산발을 하고 있어요. 이런! 그녀는 아주…… 미친 것 같아요. 아, 통합하기가 쉽지 않을 것 같아요……. 이번에는 정말로 각오를 단단히 해야 할 것 같습니다.

뉴턴 박사 : 과거에 선택한 육체들은 통합이 그렇게 어렵지 않았는데, 이번 선택으로 인해서 당신의 본성이 바뀔지도 모른다는 의미인가요?

마와나 : 예. 알다시피 저는 조용하고 분석적인 영혼이에요. 결정을 내리기 전에 모든 것을 신중하게 고려하죠.

뉴턴 박사 : 그런데 왜 변화가 필요한 거죠?

마와나 : 어떤 상황에서든 가능성들을 전부 검토한 다음, 결국에는 삶에서 모험을 감행하지 않았기 때문이에요.

뉴턴 박사 : 당신의 영혼이 우유부단하다는 말인가요?

마와나 : 아…… 그렇게 생각하지는 않아요……. 그냥 신중한 편이

지요.

뉴턴 박사 : 로이스의 몸은 기질이 어떤 것 같나요?

마와나 : 시한폭탄 같아요! 그녀는 제정신이 아니에요……. 항상 일을 벌여서 수렁에 빠져버리죠.

뉴턴 박사 : 마와나, 이것이 당신의 성격과 로이스의 육체가 지닌 기질의 주요 대비 영역이라면, 과거의 결합과 다른 이 결합을 통해서 당신은 무엇을 얻을 수 있나요?

마와나 : (길게 멈추었다가) 인정하기 어려운 사실이지만, 저는 정서적으로 냉담한 육체들과의 결합이 편안했어요. 일이나 상황에 관찰자 같은 태도요…… 특히 관계에 완전히 빠져들지 않는 것이 제게는 편했어요. 저는 사람들에게…… 마음을 열지 않았어요.

뉴턴 박사 : 알겠습니다. 그럼 로이스의 육체에 있을 때는 삶이 어땠나요?

마와나 : 롤러코스터를 타는 것 같았어요! 그녀는 너무…… 복잡했어요……. 많이 생각해 보지도 않고 무작정 상황에 뛰어들지요. 언제나 무슨 일에든 자신을 다 바칠 준비가 되어 있었죠. 저는 걱정거리를 피하는데, 그녀는 그렇지 않아요. 제가 상상력은 없어도 꾸준히 나아가는 편이라면, 그녀는 스스로 동기를 부여하죠.

뉴턴 박사 : 그녀는 자신을 직접적으로 표현하는 반면, 당신은 좀더 간접적으로 드러낸다는 말인가요?

마와나 : 조심스럽게 평가한다면 그게 맞는 말이죠. 저는 그녀를 느긋하게 만들려고 애쓰는데, 그녀는 안절부절못해요…… (눈물을 글썽이며) 특히 남자들한테요. 그녀가 스스로를 통제하지 못해서

우리에게 정서적으로 많은 고통을 안기는 때도 있어요. 정말 큰 고통이죠.

뉴턴 박사 : 마와나, 이런 일들을 당할 때면 당신은 어떤 기분이 드나요?

마와나 : 덫에 걸린 것 같아요.

피술자의 마음이 편안해지고, 그녀가 이 육체를 선택한 이유와 이 육체를 통해 배움을 얻을 수 있는 방법에 다시 초점을 맞출 수 있도록 여기에서 잠시 멈춘다.

뉴턴 박사 : 둘의 공통점을 이야기해주세요.

마와나 : (기운을 차리고) 둘 다 나름대로 사랑을 베풀어요. 사실 저는 좀 베푸는 데 주저하는 편이지요. 그녀는 저의 본성 속에 있는 온기를 이끌어내 줍니다. 저는 과거에 이 온기를 표현하기가 힘들었어요. 또 둘 다 자존심이 강하고, 상처를 주는 사람들에게도 화를 내거나 복수심을 드러내지 않는 편이에요.

뉴턴 박사 : 그래서 당신의 이중적인 에고가 지닌 그 측면이 어느 정도 조화를 찾았나요?

마와나 : (약간 머뭇거리며) 음, 예…… 이 부분은 적응하기가 더 쉬워요…….

뉴턴 박사 : 좋아요. 마와나, 그럼 그녀의 특질 가운데서 당신에게 가장 이득이 된 점은 무엇인가요?

마와나 : 그녀는 언제나 믿을 준비가 되어 있어요. 사람들을 사랑

하기 때문이죠. 그 덕분에 저는 여러 전생에서와는 달리 외롭지도 무료하지도 않아요. 그녀가 저를 떠밀거든요.

뉴턴 박사 : 그럼 당신은 어떤 면에서 그녀에게 가장 큰 도움을 주나요?

마와나 : 시간이 많이 걸리기는 했어요. 하지만 드디어 그녀를 좀 느긋하게, 무작정 뛰어들기 전에 생각을 먼저 할 수 있게 만들고 있어요.

우리는 남자와 여자의 몸이 지닌 차이를 탐구했다. 그리고 남자로서의 마와나가 여자들에게 다소 자기중심적이고 이기적이었음을 발견했다. 이 영혼이 경험 중인 변화는 많은 부분 윤생 사이에 안내자와 진지하게 상담을 한 덕분인 것 같았다. 또 남자로서 유대감을 맺지 못해 관계가 실패로 끝나는 데 신물이 났기 때문이기도 했다. 그러나 세션을 통해 로이스와 마와나는 서로를 더욱 분명히 이해하게 되었다.

로이스는 오랜 세월 마음을 피폐하게 만드는 여러 번의 관계를 경험하고 난 후 드디어 내면의 자기에 귀를 기울이기 시작했다. 세션이 끝나고 몇 달 후 로이스가 편지를 보내왔다. 이제는 그녀의 두 에고가 서로에게서 배우고 있음을 잘 알기 때문에 이 '통합된 개성'을 균형 있게 만들기 위해 애쓰고 있다는 내용이었다. 두 에고가 드디어 공생의 관계에 이른 것이 분명했다.

어떤 사람의 행위가 그의 자기와 전혀 혹은 거의 연결되어 있지 않은 것처럼 보일 때가 있다. 이럴 때 나는 그가 자신의 영혼을 찾기 위해 씨름하고 있다고 생각한다. 한 피술자가 이런 말을 했다. "저는 개방적이고 수용적인 인간의 정신에 이끌리는 조용한 영혼이에요. 둘이 결합되어 있을 때 저는 아주 편안해요." 이와 상반되는 견해를 가진 피술자도 있었다. "저는 처음부터 두뇌가 저항하기를 바랍니다. 둘이 비슷하지 않으면, 결합 작업이 훨씬 어렵기 때문입니다. 결합에 성공 했을 때 둘 다 더욱 많은 것을 얻을 수 있어요."

LBL 요법에 비법은 없다. 개개의 사례를 따로 평가해야 한다. 육체 와 영혼의 이중성에 대해 피술자와 소통할 때, 나는 스스로에게 세 가 지 주요한 질문을 한다.

1. 피술자의 현재의 육체가 지닌 관심과 동기들이 영혼의 에고가 성취하려는 목적을 좌절시키고 있는가? 근심이 아닌 감사의 마 음을 불러일으키는 행위들은 무엇인가?
2. 피술자의 영혼의 의식과 육체의 의식은 서로 배척 중인가, 아니 면 서로 결합하고 있는가? 이런 상태들은 발전을 위해 의도된 것 인가?
3. 피술자는 자신이 처한 환경과 사회 안에서 잘 어울리고 있는가, 아니면 이 지구에 속하지 않는다는 생각을 하고 있는가?

오랜 세월 윤회를 거듭하다 보면 다른 육체에 비해서 특별히 저항 감이 큰 육체가 있다. 혼란에 빠진 피술자와 작업하는 LBL 시술가에 게는 영혼이 인간이라는 유기체의 신경증을 이겨내기 위해 애쓸 때 이런 갈등이 일어나는 것처럼 보일 것이다. 영혼에게는 육체를 치유 할 수 있는 힘이 있는 반면, 육체는 원초적 방어 기제를 이용해서 영혼을 차단할 수 있는 힘이 있기 때문이다. LBL 시술자의 주요한 목적은 피술자가 그와 그의 근원을 더욱 잘 이해해서 내면의 조화를 찾게 도와주는 것이다. 그러면 피술자는 세션이 끝나고 오랜 시간이 흐른 후에도 계속 자기를 들여다볼 것이다.

강의 중에 종종 이런 질문을 받는다. "불구의 몸 안에 들어가는 영혼은 어떻게 된 거죠? 왜 그토록 제한적이고 고통스러운 삶을 선택한 거죠?" 어떤 학생은 불구의 몸을 원하는 영혼은 없기에 몸에 대한 사전 지식이 없어서 이런 몸에 깃들게 된 것이라고 생각했다.

그러나 나의 경험에 비추어 보면, 이런 생각은 타당하지 않다. 영혼들은 힘든 삶을 자원하기도 한다. 그리고 삶을 선택하는 방에서 그들에게 어떤 일이 닥칠지도 확인한다. 안내자들의 강요로 힘든 육체를 선택하는 것이 아니라는 말이다. 영혼들은 자신이 직면할 카르마의 교훈이 구체적으로 무엇이며 이처럼 힘든 삶으로 얻을 수 있는 것이 무엇인지 처음부터 알고 있다.

피술자 중에 장애아들을 가르치는 교사가 있었다. 그녀의 학생들 중에는 휠체어 신세를 지는 조쉬라는 소년도 있었다. 이 소년은 장애가 너무 심해서 움직이기는커녕 말을 하기도 힘들었다. 그러나 그녀는 조쉬가 눈과 얼굴 표정으로 '말을 하며' 미소가 멋지다고 했다.

그녀는 깊은 최면 상태에서 조쉬가 더욱 진화한 영혼 그룹의 구성원임을 알았다. 그녀도 이 영혼 그룹의 구성원이었다. 우리는 조쉬가 에너지 진동이 매우 강력한 공격적이고 주도적이며 행동 지향적인 영혼을 가지고 있음을 발견했다. 이로 인해 그의 영혼은 그가 선택했던 조용하고 내향적인 육체들을 대부분 지치게 만들었다. 반면에 외향적이고 흥분을 잘하는 육체들은 통제 불능의 상태로 만들어버렸다. 이로 인해 조쉬의 영혼은 그를 고요하고 사색적으로 만들어줄 몸을 경험해 보기로 서로 합의했다. 이런 배정은 효과적인 것 같았다.

물론 외향적인 영혼이나 내향적인 영혼 모두 윤회를 하는 동안 수많은 육체와의 결합에서 배움을 얻는다. 우리에게는 삶의 주요한 장애물을 극복하는 데 필요한 육체가 주어진다. 삶의 고통은 감당할 수 있는 만큼만 주어진다고 한다. 이것은 매우 정확한 말이다. 우리의 지금 모습은 계획에 따른 것이다. 내가 피술자들에게 즐겨 하는 질문이 있다. 이 질문은 피술자들에게 많은 깨우침을 줄 것이다.

당신이 깃들었던 몸들 가운데서 가장 좋은 몸은 어느 것이며, 그 이유는 무엇인가요?

영혼퇴행의
치료 효과

LBL 시술자들도 정신분석이나 행동심리학, 형태심리학, 통찰정신치료, 자유연상 등의 여러 가지 치유법에 이끌릴 수 있다. 실제로 LBL 요법을 배우는 학생들은 다양한 철학적 성향을 지니고 있다. 아마도 많은 최면요법가들이 하나의 입장에 얽매이지 않는 인문주의자이기 때문일 것이다. 이 책은 나의 방식을 반영하고 있지만 나는 LBL 요법에서 모든 것을 아우르는 '완전한' 방법은 없다고 생각한다. 많은 심리학적 접근법을 효과적으로 영혼퇴행에 통합시킬 수 있다.

전통적인 심리 치유법을 경험한 예비 피술자들은 종종 접수 면접 중에 LBL 요법의 심리학적 측면과 임상적 측면에 대해 일반적인 수준 이상으로 캐묻곤 한다. 처음에는 심리학적인 면을 설명해 주고 싶어도 피하는 것이 최선이라고 생각한다. 피술자가 정말로 알고 싶어 하는 문제가 아니기 때문이다. 대부분의 피술자가 관심을 갖는 내용은 최면요법이 어떤 것이고, 영혼을 발견하는 데 어떤 효과가 있는가 하는 점이다. 그러므로 이런 점을 일반적인 시각에서 간략하게 설명해 준다.

나는 영혼의 의식과 육체의 에너지 균형이 중요하다는 점을 강조한다. 그리고 피술자가 걱정하지 않게 간단하게 설명한다. 또 LBL 요법이 영혼의 기억들을 되살리고 갈등을 해소하는 강력한 도구이기는 하지만 그 자체가 심리 치료법은 아니라는 점을 분명히 한다.

한편, 치료에 대해 더욱 적극적으로 알고 싶어 하는 피술자가 있을 때는 무의식 속으로 돌아가 전생들과 이 전생들 사이의 영혼의 삶에 대한 기억들을 회복해서 진정한 자기를 통찰하면 치료 효과를 얻을 수도 있다고 말해준다. 저장되어 있던 모든 부정적인 에너지를 열면 자신의 의식을 더욱 잘 파악할 수 있기 때문이다.

그러나 솔직히 나는 세션 전에 이런 치료 영역을 자세히 설명해 주는 것을 좋아하지 않는다. 이런 설명이 오해를 불러올 수도 있기 때문이다. 내가 바라는 것은 그저 피술자가 열린 마음으로 세션에 참여하는 것뿐이다. 세션이 끝날 무렵에 얻는 치유의 통찰은 다른 문제다.

초의식 상태에 들어가면 피술자는 심리적으로 어떤 문제가 그의 잠재력을 방해하고 있는지를 상상했던 것보다 훨씬 잘 파악한다. 세션이 진행되면서 이런 자기 인식은 더욱 확대된다. 내가 보기에 전생 퇴행과 영혼퇴행의 차이점이 여기에 있다. LBL 요법은 인식의 변화를 더욱 쉽게 이끌어낸다. 피술자는 여러 개의 한시적인 인격들로 이루어진 전생들 속에서 자신을 살펴보다가, 드디어 영적인 환경에서 하나의 분명한 불멸의 성격을 가진 진정한 자기를 본다.

세션이 끝나갈 때가 되면 나는 치료와 관련해서 다음과 같은 점을 확인한다.

1. 피술자는 과연 세션을 통해 자기 영혼의 욕망과 열망을 확인했는가?
2. 피술자는 영혼의 메시지를 의미 있게 해석할 수 있게 됐는가?
3. 피술자는 그의 삶 안에서 부정적인 흔적들을 개조해서 얻은 새

로운 인식에 따라 살아갈 수 있게 됐는가?

　심리 치료를 받은 경험이 있어도 최면요법가를 찾아오는 많은 피술자가 부정적인 행동양식이나 태도를 그대로 간직하고 있다. 최면 퇴행은 마음에 상처를 입힌 근원을 더욱 신속히 찾을 수 있게 돕는다. 그러나 이 근원에 대한 기억을 되살리는 작업만으로는 상처를 치유할 수 없다. 피술자 스스로 사건들의 이면에 있는 의미를 이해하고 모든 경험이 어떤 식으로 영혼에 영향을 미쳤는지 알아야 한다. LBL 요법을 통해 현재의 정서적 딜레마에서 비롯된 왜곡과 혼란을 줄이면, 피술자는 고차원적인 자기를 발견할 기회를 얻는다. 자신의 모든 모습을 더욱 객관적으로 보게 되는 것이다.

　피술자를 영혼 상태로 되돌리는 이유가 꼭 윤생 사이에 존재하는 삶의 모습을 떠올리기 위해서만은 아니다. 몇몇 피술자들의 경우, 정신과 영혼의 이중성을 효과적으로 이용하면 현재의 삶과 관련된 상처의 장면들 속에서 영혼으로부터 직접 정보를 얻어낼 수도 있다. 이 기법은 최면요법가와 피술자, 안내자 간의 삼자 대화와 비슷하다. 《영혼들의 여행》의 케이스 13을 보면 이 점을 자세히 알 수 있다.

　삼자 소통은 최면요법가와 피술자, 영혼 사이에서도 효과적으로 이루어질 수 있다. 또 피술자의 영혼이 피술자를 통해 말할 때는 피술자의 목소리가 변하기도 한다. 안내자가 피술자를 통해 말할 때도 마찬가지다.

　나도 유능하고 직관적인 최면요법가에게 LBL 세션을 받은 적이 있다. 나는 현생의 일곱 살로 돌아가 있었다. 당시 나는 내 의사와 상관없이 기숙학교에 보내졌다. 나의 영혼이 내 몸 위에서 맴도는 것 같았다. 나중에 이 부분의 녹음을 들어보니, 부모로부터 버림받은 슬픔과 외로움에 눌린 어린 소년의 마음에 용기와 결의를 불어넣어주어야 한다고 객관적으로 설명할 때의 내 목소리가 원래와는 달랐다. 이런 강력한 치유법은 숨겨져 있던 것을 분명하게 드러내준다.

여러 해 동안 영혼퇴행을 시술해 오면서, 나는 피술자가 마음의 눈을 통해 자신을 불멸의 존재로 인식하고, 단지 생물학적인 이유로 여기 존재하는 것이 아님을 깨달을 때 내면의 진실을 이야기하기 시작한다는 점을 발견했다.

과거에서 비롯된 갈등들을 이해하고, 여기서 벗어나 자신의 본질을 새로이 인식하게 도와주면 피술자들은 삶에서 앞으로 나아간다. 자신의 불멸성을 깨달으면 모든 일의 구조 속에서 자신의 위치를 더욱 잘 받아들인다. 이로 인해 LBL 세션이 끝나면 이 구조 속에 질서와 목적이 있으며 자신이 맡아야 할 역할도 있음을 깨닫는다. 이런 통찰 덕분에 세계를 바라보는 시각이 달라지고, 목표를 이루는 데 필요한 방법도 개선하게 된다.

LBL 요법은 단기간에 받을 수 있다. 하지만 LBL 요법으로 피술자의 문제가 즉시 해결되는 것은 아니다. 피술자들 가운데는 LBL 세션이 끝나고 몇 년이 지난 후에도 세션에서 얻은 정보를 여전히 소화하는 중이라고 편지를 보내오는 이들도 있다. 그래도 이들은 혼란스런 세상에서 자신의 위치와 본질을 더욱 잘 파악하게 됐다고 말한다. 심리적인 안정과 함께 더욱 생산적인 삶을 살고 타인들의 아픔도 이해하게 된 것이다.

영혼퇴행을 통해 피술자들은 삶이 고독해도 자신이 혼자가 아님을 깨닫는다. 친척이나 연인, 친구, 그냥 아는 사람들의 몸속에 깃들어 있거나 깃들어 있었던 영혼의 친구들과 자신이 영원히 연결되어 있음을 알기 때문이다. 현생에서 어떤 환경에 처해 있건 자신이 타인에게 가치 있는 존재임을 분명히 깨달으면 큰 힘을 얻을 수 있다.

그래서 나는 피술자들에게 매일 그들을 굽어보고 있는 존재들과 고요히 소통하는 시간을 가지라고 권유한다. 새로운 인식 덕분에 피술자들은 훨씬 쉽게 이런 시간을 가질 수 있다. 이런 소통의 시간은 내면의 평화를 키워준다. 일상의 번잡함에서 벗어난 고독의 시간은 직관적인 내면의 목소리와 연결되는 통로를 열어준다.

영혼 상태의 피술자들에게 더욱 분명한 인식에 이르기 위해 영계에서는 어떻게 하느냐고 묻곤 한다. 그러면 그들은 격리된 곳으로 가서 존재의 순수한 상태에 집중한다고 답한다. 물론 영혼들은 물질계의 몸이 받아들이는 감각적이고 감성적인 정보들과 일상의 온갖 현실적인 문제들에 방해를 받지 않기 때문에 이렇게 하기가 훨씬 쉽다. 그렇지만 다시 환생을 한 영혼들도 이렇게 할 수 있다. 이처럼 정기적으로 영계와 다시 연결되면 영혼의 안내자와도 소통할 수 있다.

영혼퇴행을 통해 피술자가 그의 안내자와 가까워졌을 때 어떤 이득이 있는지도 살펴보았다. LBL 요법을 하다 보면 나 자신은 물론이고 피술자의 안내자까지 나를 관찰하고 있음을 느낀다. 때때로 이들이 피술자의 발전을 가로막는 심리적 요인들을 발견할 수 있게 나를 도와주고 있음을 분명하게 느낀다. 그러므로 최면요법가는 치유사가 자신이 아니라 피술자의 일차적인 안내자임을 명심해야 한다. 세션을 마치고 돌아간 후 피술자가 위안을 구하는 대상은 바로 그의 영혼의 안내자다. 영혼의 안내자가 피술자에게는 결국 최종적인 치유사인 것이다.

피술자들이 제각각 어떤 의도를 갖고 있건, 최면요법가가 세션 중에 어떤 좌절에 부딪히건, 모든 피술자를 이해하고 존중하는 마음으로 대해야 한다. 물론 나는 피술자들에게 도전의식을 불러일으키는 것도 필요하다고 생각한다. 하지만 LBL 시술자는 치료와 관련해서 최종 평가를 내릴 때, 피술자가 방어적인 자세를 하지 않게 신중을 기해야 한다. 또 피술자가 최면요법가의 도움으로 발견한 새로운 사실들에 위협을 느끼지 않게 해야 한다. 최면요법이 아주 강력한 매개체여서 최면요법가가 자신의 권력을 개인적으로 과시할 수도 있기 때문이다.

유능한 최면요법가가 되는 열쇠는 겸양에 있다. 최면요법가를 인도해 주는 것은 그보다 더욱 큰 힘이다. 그러므로 권위를 내세우기보다는 공감하고 보살피려는 마음을 보여주는 것이 훨씬 강력한 효과를 발휘한다. 이것은 최면요법가의 자아상이나 표현 기술, 경험과도 직결된 문제다. 영혼의 발견과 관련된 영혼퇴행은 신성한 믿음을 구현하는 것이므로 우리는 이것을 존중해야 한다.

6부

세션을
마감하며

환생을 위한
준비

삶을 선택하는 방으로의 마지막 방문 장면을 모두 살펴보고 나면 세션은 막바지를 향해 치닫는다. 《영혼들의 여행》 14장에서는 환생을 위한 영혼들의 준비만을 전적으로 다루었다.

수업 시간에 이렇게 묻는 학생들이 있다. "모든 영혼이 새로운 삶을 똑같은 방식으로 준비하나요?" 물론 다 똑같이 준비하지 않는다. 각 영혼들이 다음 환생을 준비하는 방식도 다를뿐더러, 같은 영혼도 환생 때마다 다른 방식으로 준비한다. 세션의 이 시점에서 나는 피술자들에게 다음과 같이 주문한다.

영계를 떠나 지금의 삶으로 환생하기 전 무엇을 하는지 설명해 주세요.

영혼들은 다가올 삶의 성격이나 영혼의 진화 수준에 따라 다양한 반응을 보인다. 다음은 피술자들의 반응이 다양한 이유들을 간단하게 정리한 것이다.

1. 환생을 위한 마지막 준비 단계를 전혀 기억하지 못하는 피술자도 있다. 이들이 기억하는 부분은 삶을 선택하는 방에서 작업을 마친 후 어머니의 자궁 안에 들어가 있는 모습이다.
2. 어떤 피술자들은 다가올 삶에서 가장 중요한 장면들을 살펴보기

위해 준비 수업에 참석한다고 보고한다. 이때 두 가지 양상이 나타난다.

    a. 이들은 안내자만 만나기도 한다.

    b. 피술자의 삶에서 중요한 역할을 할 영혼들과 안내자 모두를 만날 수도 있다.

3. 어떤 영혼들은 영혼 그룹의 친구들에게 서둘러 작별 인사를 한 후 곧바로 안내자와 함께 환생을 위한 장소로 간다.

4. 영계를 떠나기 직전에 혼자 있는 영혼들도 있다. 이때도 두 가지 양상이 나타난다.

    a. 피술자는 그의 안내자를 의식하지 못하다가 갑자기 태아 속으로 들어갈 수도 있다.

    b. 안내자의 인도를 받으며 환생을 위한 장소로 간 뒤 다른 영혼들과 똑같은 경로를 통해 태아 속으로 들어간다.

영혼 그룹에 속한 친구들과의 작별 인사가 아주 짧거나 영혼끼리 아예 인사를 주고받지 않는다는 인상을 독자들에게 심어주고 싶지는 않다. 작별 인사는 영계에서 벌어지는 일련의 사건들 속에서 작별을 하는 시기가 언제인가에 따라 달라진다. 영혼이 떠날 준비가 됐을 때 급하게 작별 인사를 한다고 해서 꼭 초기 단계에서 작별 인사를 안 하는 것은 아니다. 또 에너지의 일부는 영계에 남기 때문에 전 존재가 떠나는 것처럼 인사를 하지는 않는다는 점도 기억해야 한다.

영혼의 분리에 대해 설명할 때 이미 말한 것처럼 영계에 남아 있는 부분은 우리가 얼마나 많은 에너지를 갖고 이 세상에 오느냐에 따라 아주 활발하게 움직일 수도 있고, 그렇지 않을 수도 있다. 어떤 경우건 어느 시점에서 인사를 하건, 영혼들은 친구들에게 강렬한 인사를 남긴다. 다음 생으로 함께 환생할 친구들일 경우에는 특히 그렇다.

영계를 떠날 영혼들을 위한 준비나 확인 수업은 일반적으로 조정자director-coordinaters가 한다. 하지만 이 조정자는 수업에 참여한 영혼들의 안내자는 아니다. 프롬프터로도 알려져 있는 이 조정자는 다가올 삶의 의미 있는 장면들을 총연습시키는 전문가다. 특히 이들은 떠나는 영혼들을 위해 마지막으로 기억 보강 훈련을 시킨다.

곧 시작될 드라마에서 중요한 역할을 맡을 영혼의 친구나 동맹자 영혼을 인식하는 것은 이상한 일이 아니다. 또 이 준비 수업에 참여한 학생들에게 실제적인 탄생 시기는 중요하지 않은 것 같다. 예를 들어, 당신이 아내보다 다섯 살 많다고 하자. 그래도 두 사람은 똑같은 준비 수업을 듣고, 서로가 만나리라는 것을 알 수 있다.

피술자들 가운데는 이 준비 수업에서 주로 미래의 동반자 영혼을 알아보는 것에 집중한다고 말하는 이들도 있다. 한편, 하나의 특정한 카르마의 교훈에 대한 보강을 경험한다고 말하는 이들도 있고, 수업에 여러 가지 요소들이 결합되어 있다는 피술자도 있다. 사람들이 어떤 사건들에 대해 설명할 수 없는 우연의 일치나 기시감을 느끼는 것은 준비 수업에 대한 무의식적인 상기 때문일 수도 있다. 이 단계에서는 피술자에게 여러 종류의 질문을 한다.

1. 특정한 사건들을 기억할 수 있도록 미리 어떤 자극 기제나 신호를 받았나요?

2. 당신의 삶에서 의미 있는 사람들을 어떻게 기억하기로 되어 있는지 말해줄 수 있어요?

3. 지난 준비 수업에서 가장 의미 있었던 것은 무엇인가요?

새로운 삶으로 환생하기 전에 자신감을 불어넣는 안내자의 말이나 설득이 조금 필요했다고 말하는 피술자도 더러 있다. 이런 두려움은 결코 흔한 감정이 아니다. 환생을 하기로 했다가 취소하고 싶어 할 경우, 그때가 언제든 어떤 영혼도 환생을 강요당하지 않는다. 이미 언급한 것처럼, 내가 만난 피술자들 가운데 태아 속으로 들어간 후 대체를 요구한 영혼은 극소수였다. 대다수의 피술자는 다가올 삶에 대해 불안을 느끼기보다 기쁨과 희망, 기대감으로 충만했다고 보고한다. 나의 피술자들 가운데서도 80퍼센트 이상이 이렇게 보고했다. 두려움을 호소하는 피술자는 극히 일부에 불과하므로 환생에 대한 피술자의 태도는 다음과 같이 물어보는 것이 좋다.

1. 이번에 환생을 하려는 일차적인 이유는 무엇인가요?

2. 환생하는 것이 의무라는 생각이 들었나요? 새로운 환생이 불가피한 일처럼 느껴졌나요? 아니면 그냥 영계에 남을 수도 있었나요?

3. 환생에 대한 당신의 태도는 어떤가요?

   a. 새로운 환생의 기회에 기대감과 기쁨으로 충만해 있나요?

   b. 또 다른 생에 무관심한가요?

   c. 환생을 꺼리거나 조심스러워하고 있나요?

《영혼들의 여행》 15장의 케이스 29를 보면 영혼이 지구로 돌아오는 과정이 설명되어 있다. 이 과정을 설명할 수 있는 피술자라면 흔히 안내자가 출구 같은 곳까지 동행한다고 보고할 것이다. 이후 영혼은 소용돌이나 터널 같은 곳을 통과해 지상으로 내려온다. 그러나 대부분의 피술자는 환생의 마지막 단계를 희미하게밖에 기억하지 못한다. 그들은 아마 이렇게 보고할 것이다. "밝은 곳에서 어두운 곳(출구)으로 들어가자 (자궁 속에서) 온기가 느껴졌어요."

영혼퇴행의
마무리

환생을 위한 준비 과정을 분석하는 일이 끝나면, 이제는 세션에서 미진한 부분들을 매듭짓는다. 나는 흔히 이 단계에서 다음과 같은 개방형 질문을 한다.

이제까지 배운 것들에 대해 어떤 기분이 드나요?

영혼퇴행을 통해 삶의 의미를 느끼고 나면 피술자들은 흔히 그동안 별로 중요하지도 않은 문제들에 심각하게 매달려 왔음을 깨닫는다. 모든 경험의 이면에 존재하는 가장 큰 목적을 깨달은 덕에 더욱 넓은 시각을 갖게 된 것이다. 그래서 세션이 끝난 다음 일상으로 돌아간 몇몇 피술자들은 이제 삶에서 정말로 중요한 면들에 더욱 집중하게 됐다고 편지를 보내온다.

윤생 사이 영혼의 삶을 살펴보고 나면, 대부분의 피술자가 미래의 결정들 앞에서 새로운 결의로 충만해진다. 자신의 몸이 스스로가 선택한 소중한 보물임을 알고, 삶을 배움과 풍요를 위한 하나의 기회로 보며, 자신에게 더욱 커다란 자신감을 갖는다. 무엇보다도 자신의 실제 속에 질서와 목적이 있음을 깨닫는다.

세 시간이 넘는 세션이 끝날 때가 되면 피술자나 최면요법가 모두 녹초가 된다. 이 막바지의 어느 시점에 이르러서 나는 피술자에게 언제나 다음과 같은 포괄적인 질문을 한다.

작업을 마치고 영계를 떠나기 전에 주변을 마지막으로 한 번 둘러보세요. 그리고 놓쳐버린 중요한 점들 가운데 이야기하고 싶은 것이 있으면 말해 주세요.

대부분의 피술자는 말할 게 없다고 대답한다. 아마도 최면요법가 만큼 그들도 지쳐 있기 때문일 것이다! 그러나 미처 살펴보지 못한 활동이나 명확하게 밝힐 필요가 있는 구체적인 문제 같은 것들이 문득 떠오르는 경우도 이따금 있다. 세션이 끝날 때가 되면 대부분의 피술자는 필요한 기억들을 회복했다고 믿는다.

피술자
깨우기

피술자를 깊은 최면 상태에서 깨울 때는 많은 주의를 기울여야 한다. 오랜 시간 최면으로 인해 초의식적 세타 상태에 있다 깨어나면, 피술자는 엄청난 무게감과 더불어 무감각해지는 느낌을 경험한다. 몇 분간은 살짝 방향 감각을 상실할 수도 있다. 영혼이 완전히 몰입된 상태에서 현재의 인격으로 돌아오면서 자아의 변화를 경험하기 때문이다. 그래서 피술자가 깨어날 때는 천천히, 아주 신중하게 다루어야 한다.

하지만 최면 상태에서 벗어난다고 해서 영혼과의 연결 흔적이 즉시 사라져버리는 것은 아니다. 실제로 피술자들은 남은 생애 동안 그들의 영혼과 더욱 강한 교감을 유지한다.

최면에서 깨어나면서 피술자는 안전한 성소와 같은 영원한 고향에서 번잡하고 할 일도 많은 현실 속으로 돌아온다. 따라서 이동을 급격하게 유도해서는 안 된다.

영혼퇴행이 끝날 즈음 나는 다음과 같은 지시문으로 피술자를 최면 상태에서 깨운다.

이제 윤생 사이에 존재하는 영계에서의 아름다운 삶과 당신 영혼의 의식이 머물고 있는 고차원적인 영역에서 떠나고자 합니다. 하지만 이 아름다운 세계가 언제나 당신과 함께한다는 것을 기억하기 바랍니다. 우리가 이야기했던 모든 것들, 당신의 생각과 기억, 통찰들은 당신에게 변함없이 도움을 줄 것입니다. 새로운 에너지와 목적의식을 갖고 지상에서의 남은 생을 마감하도록 당신에게 힘을 북돋아줄 겁니다. 이 모든 인식을 적절한 시각 속에서 차분히 당신의 의식 속으로 받아들이세요. 유일한 존재인 당신 자신을 온전히 느껴보세요. 이제 높이, 더욱 높이 떠올라 시간의 터널을 지나서 현재 속으로 돌아오면, 당신의 불멸의 자기는 당신의 인간적 자기와 일체가 되어 결합합니다.

확실히 이 지시문mantra은 피술자를 위한 최면 후 암시로 여겨질 수도 있다. 그러나 나는 각성 상태로의 이동을 위해 이 지시문을 사용하기도 한다. 물론 전통적으로 사용하는 최면 후 암시가 영혼퇴행의 필수 요소라고 생각하지는 않는다. 특히 피술자들이 집으로 돌아갈 때 세션 기록을 담은 녹음테이프를 함께 주기 시작한 이후로는 더욱 그렇다.

최면 후 암시는 얼마 동안만 지속되지만, 영혼퇴행은 더욱 지속적인 영향을 미친다고 생각한다. 내 경험에 비추어 보면, 계획적으로 최면 후 암시를 주지 않아도 피술자는 영혼의 의식이 떠올리고 흡수한 영계의 모든 기억을 간직한다.

물론 최면 후 암시에 대한 모든 연구 결과들을 보면, 최면 후 암시를 사용할 경우 특별히 의미 있고 필요한 정보들을 더욱 오래 기억할 수 있다고 한다. 나도 안내자를 다룬 부분에서 최면요법가들이 다음과 같이 말할 수도 있다는 점을 언급했다. "영혼의 안내자의 모습이나 그와 나눈 대화는 결코 잊지 않을 겁니다." 최면 후 암시는 다른 특별한 단계들에도 적절히 사용할 수 있다. 예를 들어, 전생의 상처를 치유하기 위해 탈감각화를 더욱 강화시킬 수도 있다.

나는 또 치유를 촉진시키기 위해 평의회실이나 특정한 영혼과 관련된 기억을 강화시켜야 하는 피술자도 있다는 가능성을 배제하지 않는다. 이것은 피술자 개개인과 세션을 근거로 판단해야 할 문제다. 그러나 영계나 미래의 운명과 관련해서 기억을 차단한 부분을 최면요법가가 최면 후 암시로 파괴해 버리는 것은 권장하지 않는다.

모든 최면요법가에게는 피술자를 완전한 각성 상태로 되돌리는 나름의 방식이 있다. 나는 앞에서 설명한 것과 같이 피술자를 준비시킨 다음, 마지막으로 각성 지시를 내린다. 숫자를 세어 내려가는 것이다. 그리고 숫자를 세어 내려가는 동안 피술자에게 호흡을 깊이 하고 눈에 초점을 맞추며 머리를 맑게 비우라고 주문한다. 또 혈액순환이 잘되게 돕고, 긴장을 푼 채 행복하고 상쾌한 기분을 느끼도록 유도한다.

마무리
인터뷰

영혼의 경험에서 깨어나면 대부분의 피술자는 자신이 본 것에 경외감을 느끼며 얼마간 멍하니 허공을 응시한다. 눈물을 흘리거나 기쁨에 겨워 웃음을 터뜨리는 이들도 있다. 그러면서도 대부분의 피술자는 영혼의 스승들이 그에게 큰 기대감을 갖고 있음을 느낀다.

나는 처음에는 말을 많이 하지 않으려고 애쓴다. 피술자들에게 고요한 반추의 시간을 주고 싶기 때문이다. 그래서 물을 한 잔 건네주고 녹음테이프를 준비하면서, 피술자가 고요히 앉아 재발견의 시간을 갖게 한다.

LBL 세션을 받아들이는 피술자들의 반응은 대개 두 유형으로 나뉜다. 먼저 어떤 피술자들은 자신이 본 것을 많이 이야기하지 않으려고 한다. 너무 사적이고 은밀한 내용이라고 생각하기 때문이다. 이들은 세션이 끝난 후 최면요법가의 개입 없이 자신의 생각을 정리하고 싶어 한다. 물론 나중에 최면요법가에게 연락을 하는 피술자도 종종 있다. 그러나 대부분의 피술자는 세션에서 가장 중요했던 점들을 즉각 처리하고 싶어 한다.

처음에 나는 피술자가 원하는 방향대로 대화를 이끌어나가게 두라고 조언하곤 했다. 그러나 자기 발견으로 당황해하는 피술자들도 있다. 내면의 자기를 향한 수문이 열렸음을 의식의 차원에서 깨닫게 되었기 때문이다. 또 흥분과 함께 자신의 삶에 신성한 책임감도 느낀다.

자신의 정체성에 대한 분명하고도 개인적인 확인 덕분에 자신은 물론이고 세계 속에서의 자기 위치에 믿음을 갖게 된다.

많은 피술자가 세션의 의미에 대해서 최면요법가의 의견을 듣고 싶어 한다. 최면요법가는 이 점을 중요하게 인식하고 신중을 기해야 한다. 최면요법가의 책무는 피술자가 떠올린 영계의 모습들을 스스로 해석하게 돕는 것이다. 물론 피술자들에게는 최면요법가에게 지도를 바라는 경향이 있다. 최면요법가가 해석 작업을 도와주기를 바란다. 또 최면요법가도 피술자가 떠올린 영계의 삶에 대해서 자신의 의견을 피력할 수 있다. 그러나 피술자가 맞닥뜨릴 미래의 결정에 대해서 이 정보를 근거로 조언을 해주는 행위에는 특별히 신중을 기해야 한다.

이때는 다음과 같은 일반적인 질문을 던지는 것도 좋은 방법이다.

1. 세션에서 가장 크게 얻은 점은 무엇인가요?
2. 새로이 알게 된 것들로 인해 당신 스스로에 대해서 어떻게 이해하게 되었나요?
3. 어떤 방법을 통해 삶과 삶 속에서의 당신의 위치를 더욱 잘 이해하게 되었나요?
4. 이런 정보를 얻은 지금 당신에게 어떤 가능성과 대안들이 열려 있다고 보나요?

세션을 마친 직후에는 이런 질문에 제대로 답하지 못할 수도 있다. 영혼퇴행은 피술자에게 분명한 목적과 방향을 제시해 주기 위한 것이다. 하지만 이를 위해 피술자가 선택하는 방식은 그들에게 달려 있다.

피술자들에게 긴 자기 평가의 시간이 필요할 수도 있다.

마무리 인터뷰는 피술자가 오랜 최면 세션에서 깨어나 완전하게 의식을 되찾게 도와준다. 이것은 마무리 인터뷰가 지닌 이점의 하나이며, 적어도 30분 정도는 진행해야 한다. 피술자가 충분히 의식을 회복하지도 않은 채 서둘러 사무실을 나가 자동차 속으로 뛰어들게 해서는 안 되기 때문이다.

그래서 나는 마무리 인터뷰 중에 피술자의 눈과 몸의 움직임을 주의 깊게 관찰한다. 또 피술자가 깊은 최면 상태에서 벗어나는 동안, 앞으로 며칠 혹은 몇 주 동안 회상을 하거나 꿈을 꿀 때 그의 자유로워진 영혼에서 자잘한 기억들이 계속 의식의 표면으로 솟아오르리라는 점도 설명해 준다. 그러므로 저절로 기억들이 떠오르면 얼른 적어둘 수 있게 언제나 일기장이나 노트를 가까이 두라고 조언한다. 그래야 녹음테이프에 담은 정보에 새로운 정보들을 보탤 수 있다. 이런 조언을 하다 보면 자연히 두 번째 LBL 세션에 대해 문의하는 피술자들이 생긴다.

단 한 번의 세션으로 알고 싶은 정보를 모두 얻어낼 수는 없다. 그래서 자연스럽게 두 번째 세션에 대해 문의하는 피술자들이 있다. 그 자리에서 두 번째 세션을 요청하는 이들도 있지만, 대개는 집에 돌아가 녹음테이프를 들어보고 세션의 몇몇 부분들을 되돌아본 후 더욱 많은 것을 얻어내기 위해 다시 최면요법가를 찾기로 결심한다. 이 대목에서 최면요법가들에게 한 가지 일러두고 싶은 것이 있다. 피술자가 사무실을 나서기 전에 세션을 더 받아도 더 이상 중요한 정보를 얻어내지 못할 수도 있다는 점을 분명히 알려주어야 한다는 것이다.

두 번째 세션에서 별 소득을 거두지 못할 수도 있는 이유는 피술자의 역량, 안내자들의 성향, 배워야 할 교훈, 피술자들의 진화 단계 등 여러 가지 요소에 기인한다. 그러나 두 번째 세션을 통해 영혼의 삶에 대해서 더욱 중요한 정보를 얻어낼 수 있는 피술자들도 분명히 있다.

두 번째 세션을 진행할 때 딱히 정해진 접근법은 없다. 그러나 영계에 다가가기 위해 최면 상태에서 특별히 힘들게 노력해야 하는 피술자들은 어린 시절에서 전생을 거쳐 영계로 유도해야 한다. 그러나 보통의 피술자들은 어린 시절로의 퇴행을 건너뛰고 곧장 유도와 심화 과정을 통해 전생으로 인도한다.

두 번째 세션에서는 심화 작업이 그리 오래 걸리지 않을 것이다. 첫 번째 세션에서 최면 후 암시를 통해 앞으로의 세션은 더욱 빠르고 쉽게 진행되리라는 점을 각인시켜 주었을 경우에는 특히 그렇다. 두 번째 세션에서는 또 다른 전생을 통해서 자연스럽게 영계로 진입해 들어가면 된다. 첫 번째 세션과는 다른 전생을 통해 영계로 들어가야 하는 이유는 피술자에게 더욱 다양하고 상세한 부가 정보를 제공하기 위해서다. 그래야 서로 다른 몸에 깃든 피술자 영혼의 진정한 자기에 대해서 더욱 많은 것을 배울 수 있다.

맺는 글

　대부분의 피술자는 녹음테이프를 금덩어리라도 되는 양 꽉 움켜쥐고 사무실을 떠난다. 그럴 때마다 나는 이들이 과연 세션에서 터득한 내용들을 토대로 새로운 삶의 방향을 찾아낼 수 있을까 궁금해진다. 또 더욱 많은 정보를 찾아내고, 더욱 나은 방식으로 도와주고, 영적인 삶의 그 모든 경이들을 더욱 잘 인식하게 도울 수도 있었을 텐데 하는 아쉬운 마음도 든다.

　그러나 모든 세션은 나름대로 특별하기 때문에 불멸의 영혼에 대한 숨겨진 진실을 발견하도록 도와줄 때마다 특권을 부여받은 듯한 느낌이 들기도 한다.

　여러 해 전 처음으로 최면을 통해 윤생 사이의 삶으로 들어가는 작업을 시작할 때 나는 혼자서 새로운 땅을 개척해야만 했다. 그러나 여러분은 그럴 필요가 없다. 미래의 영혼퇴행요법가들은 나보다 훨씬 깊이 이 작업을 발전시켜 나갈 것이다. 피술자 한 명 한 명마다 상당히 복합적인 감성을 지니고 있으므로, LBL 시술자들은 책임감을 갖고 최대한 작업에 몰입해야 한다.

　자신의 불멸성을 발견하고 나면 피술자들은 현재 속에서 삶의 중단할 수 없는 연속성을 인식한다. 삶과 죽음, 재생의 연속 속에서 자신의 위치를 깨닫는다. 현재의 상황이 어떻든지 간에 사무실을 나설 때는 내세에 영원한 고향, 사랑과 평화와 용서의 고향, 그들을 사랑하는 고차원적인 존재들이 있는 고향이 있음을 분명하게 인식한다.

그러나 이 모든 정보들을 얻은 지금 이제 어떻게 해야 하느냐고 묻는 피술자도 있다. 이 세상에 온 고차원적인 목적들을 어떻게 이뤄야 할지 걱정이 되는 것이다.

그러면 나는 우리의 스승들은 우리에게 끝없이 관대하다는 점을 다시금 확인시켜 준다. 우리가 자신을 위해 한 일이 아니라 살아가면서 타인을 어떻게 도와줬느냐에 따라 우리의 존재가 평가받는다는 점도 일깨워준다.

어떤 생애에서든 비틀거리다 실수하고 때로는 잘못된 길로 빠져들기도 하겠지만, 기회를 받아들이고 결정을 내릴 때마다 우리는 성장한다. 좌절 후에도 다시 일어서서 삶을 강건하게 마무리하는 용기야말로 특별한 삶의 흔적이라 할 것이다.

영혼의 길 : 영혼의 법칙

1. 영혼들의 신성한 창조에는 한계가 없다. 그러므로 영혼은 정의할 수도 평가할 수도 없다. 영혼은 불멸의 지적 에너지이며 특별한 진동수를 지닌 빛과 색깔의 파장으로 나타난다. 이것이 영혼의 본질에 대한 가장 일관된 보고다.

2. 모든 인간은 하나의 영혼을 지니고 있다. 이 영혼은 스스로가 선택한 물리적인 육체에 죽음의 순간까지 깃들어 있다. 윤회를 거듭하는 동안 다음의 물리적인 육체를 선택할 때 영혼들이 나름의 역할을 담당한다. 보통 영혼은 수태 후 4개월에서 탄생 사이에 물리적인 육체와 결합한다.

3. 개개의 영혼은 고유한 불멸의 성격을 지니고 있다. 인간의 두뇌와 결합할 때 이 불멸의 자아가 지닌 성격은 물리적인 육체의 정서적인 기질 혹은 인간적인 자아와 통합되어 한 번의 생을 위한 일시적이고도 단일한 성격을 만들어낸다. 이것은 인간 정신의 이중성을 나타낸다.

4. 영혼의 기억은 의식의 차원에서 차단된 상태일 수도 있다. 그러나 영혼의 사고 양식들은 인간의 두뇌에 영향을 미쳐 특정한 행동 동기들을 유발시킨다.

5. 영혼은 인간의 몸으로 수많은 윤회를 경험한다. 이 윤회를 통해 전생의 카르마를 풀어나가면서 여러 단계를 거쳐 진화한다. 모든 생에서 부여받은 개개의 인성은 영혼의 진화에 기여한다. 영혼은 윤생 사이에 존재하는 영혼의 스승들의 지휘 아래 전생의 생각과 행위들을 숙고하고, 이 배움의 과정을 통해 성장한다.

6. 우리의 행성은 무수한 세계들 가운데 하나다. 지구는 우리에게 영혼의 진화를 위한 훈련 학교와 같다. 물리적인 육체를 받고 일시적으로 지구에 와 있는 동안 영혼들은 시행착오를 통해 진화하면서 지혜를 축적할 기회를 얻는다. 인간은 예정된 삶에 묶여 있지 않다. 카르마의 힘과 이전에 한 영혼의 약속에서 생겨나는 다양한 가능성과 개연성은 영혼의 자유의지의 지배를 받는다.

7. 지구는 크나큰 기쁨과 아름다움의 공간인 동시에 인간이 만들어낸 고통과 미움, 무지가 숨어 있는 곳이기도 한다. 이것들이 지구의 자연적인 재앙과 결합되면 우리는 이를 통제하지 못한다. 지구상에서 긍정적이거나 부정적인 요소들과 싸우는 것은 계획된 일이다. 지구는 외계의 악마적인 힘이나 악이 지배하는 장소가 아니라 영혼들을 위한 시험장과 같다. 우리 영혼의 근원이기도 한 사랑과 연민의 신성한 질서 속에 영혼의 악의적인 힘은 존재하지 않는다.

8. 깨달음은 우리 개개인의 내면에서부터 비롯되며, 이런 깨달음은 매개자 없이도 우리 자신의 신성함에 이를 수 있는 힘을 부여한다.

9. 물리적인 죽음의 순간에 영혼은 자신이 창조된 근원인 영계로 돌아간다. 윤생 중에도 영혼 에너지의 일부는 영계에 남아 있으므로, 영계로 돌아간 영혼은 진정한 자기와 재결합한다. 영적인 배움은 결코 끝나지 않으며, 영계는 영혼들에게 윤생 사이에서 휴식과 반성의 기회를 제공한다.

10. 영혼들은 특정한 영혼 그룹의 구성원이다. 창조의 순간부터 영혼들은 이 그룹에 배정되어 있다. 각 영혼 그룹의 스승은 그룹 구성원들에게 개인적인 영혼의 안내자 역할도 한다. 이 영혼 그룹의 영적인 친구들은 지구상에 같이 환생하며, 영혼이 펼치는 삶의 드라마에서 의미 있는 역할을 수행한다.

11. 영계는 궁극적인 무위나 열반의 장소가 아니다. 그보다는 생물이나 무생물을 창조할 수 있는 능력을 지닌 고차원적인 에너지 형태로 진화하는 영혼들을 위한 중간 지대와 같다. 영혼의 에너지를 창조하는 것은 고차원적인 근원이다. 영계는 우리가 사는 우주와 근처의 다른 차원들까지 포함하는, 결코 한정할 수 없는 영향력을 가진 공간이다.

12. 영계로 돌아간 영혼들에게 지상의 종교적 신들은 전혀 보이지 않는다. 영혼들이 가장 가깝게 관계 맺는 신성한 힘은 각 영혼의 일을 감독하는 자상한 원로들과 개인적인 영혼의 안내자다. 지구에서 온 영혼들은 평의회를 구성하는 지혜로운 존

재들의 위에 신과 같은 대령Oversoul이나 근원의 존재가 있다고 느낀다.

13. 영계는 윤회를 하지 않는 고도로 진화한 전문가 영혼들이 지휘하는 것처럼 보인다. 이 전문가 영혼들은 자신의 관할 아래에 있는 영혼들의 작업을 조정한다. 윤회하던 영혼이 높은 차원의 지혜를 갖게 되어 그런 행적을 보여주면, 윤회를 멈추고 이 전문가 영혼의 반열에 올라 아직 윤회 중인 영혼들을 돕게 된다. 전문가 영혼을 선별하는 기준은 동기와 재능, 행적인 것 같다.

14. 모든 영혼의 궁극적 목적은 완전한 상태를 추구하고 이를 발견해서, 그들을 창조해 낸 근원의 존재와 궁극적으로 재결합하는 것인 듯하다.

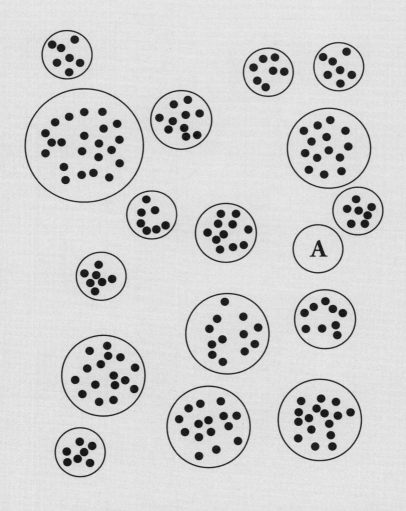

그림 1. 공동체 센터의 커다란 실내

많은 영혼들이 처음 맞닥뜨리는 대규모의 일차적인 영혼 그룹은 이런 모습을 하고 있다. 이 일차적인 영혼 그룹들은 1천 명 정도로 이루어진 거대한 이차적인 영혼 그룹을 형성한다. 일차적인 그룹 A는 피술자 자신의 영혼 그룹이다.

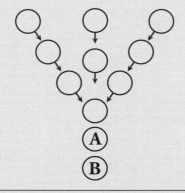

그림 2. 일차적인 영혼 그룹의 구성원들은 이처럼 다이아몬드 형태로 서서 귀환하는 영혼을 맞이한다. A는 귀환한 영혼이고 B는 그의 안내자다. 여기서 대부분의 영혼들은 자신의 차례가 오기 전까지 다른 영혼의 뒤에 몸을 숨기고 있다.

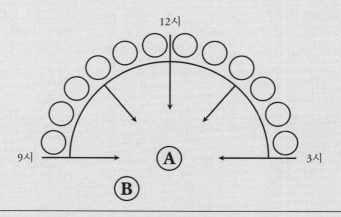

그림 3. 귀환하는 영혼을 맞이하기 위해 기다리고 있는 영혼 그룹의 모습이다. 일반적으로 이런 반원 형태를 이룬다. A는 귀환하는 영혼이고 B(없을 수도 있다)는 그의 안내자다. 영혼들은 180도 이내에서 이 시계 모양의 시침 자리에 위치하고 있다가 자신의 차례가 되면 앞으로 나와 영혼을 반긴다. 귀환한 영혼의 뒤편(6시 위치)에 서 있다가 영혼과 인사를 나누는 경우는 거의 없다.

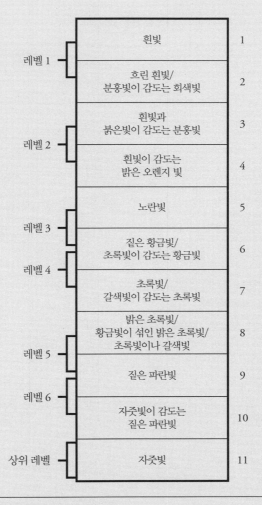

그림 4. 영혼 오라의 컬러 스펙트럼

이 스펙트럼은 영혼의 주요한 핵심 색깔들이 레벨 1의 초급 단계에서 레벨 11의 스승 단계로 올라갈수록 짙어진다는 것을 보여준다. 겹쳐져 있는 다양한 색조의 후광이 영혼의 주요한 핵심 색깔들을 에워싸고 있다. 또 레벨 1에서 6 사이의 오라 색깔들도 겹쳐져 있다.

주요한 핵심 색깔들

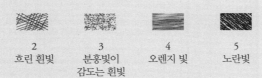

2	3	4	5
흐린 흰빛	분홍빛이 감도는 흰빛	오렌지 빛	노란빛

부차적인 후광 색깔들

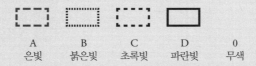

A	B	C	D	0
은빛	붉은빛	초록빛	파란빛	무색

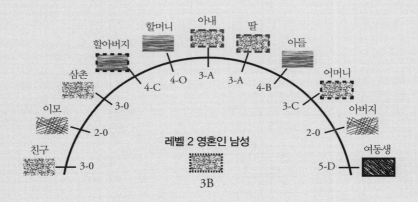

그림 5. 영혼 그룹으로 보여지는 에너지 색

이 도표는 3B로 표시된 피술자의 현재 삶에서 구현된 친지와 친구들을 보여준다. 친지들 개개인의 핵심 색깔과 후광 색깔은 그림 4에 의거해 분류한 것이다. 2, 3, 4, 5는 주요한 핵심 색깔들이고, A, B, C, D는 영혼 그룹 구성원들의 부차적인 후광 색깔들을 나타낸다.

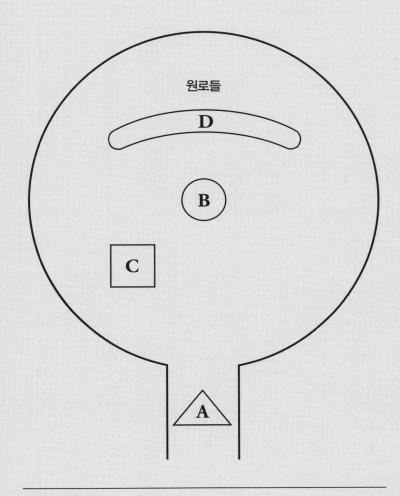

그림 6. 평의회실

원로들이 영혼들을 만나는 평의회실의 일반적인 구조다. 대부분의 피술자들에게 이
공간은 둥근 천장이 있는 커다란 홀처럼 보인다. 영혼들은 복도 A의 끝이나 구석을
통해 들어온다. 영혼은 중앙의 B 지점으로 이동해서 위치하고, 안내자는 대개 영혼의
뒤편인 C에 자리를 잡는다. 원로들은 일반적으로 영혼의 앞에 있는 기다란 초승달
모양의 탁자 D에 앉는다. 이 탁자는 직사각형처럼 보일 수도 있다.

찾아보기

288

삶과 삶 사이로 떠나는 여행

영혼들의 시간

초판 1쇄 발행 2014년 10월 15일
초판 3쇄 발행 2022년 4월 7일

지은이 | 마이클 뉴턴
옮긴이 | 박윤정
펴낸이 | 한순 이희섭
펴낸곳 | (주)도서출판 나무생각
편집 | 양미애 백모란
디자인 | 박민선
마케팅 | 이재석
출판등록 | 1999년 8월 19일 제1999-000112호
주소 | 서울특별시 마포구 월드컵로 70-4(서교동) 1F
전화 | 02)334-3339, 3308, 3361
팩스 | 02)334-3318
이메일 | tree3339@hanmail.net
홈페이지 | www.namubook.co.kr
블로그 | blog.naver.com/tree3339

ISBN 978-89-5937-364-2 03800